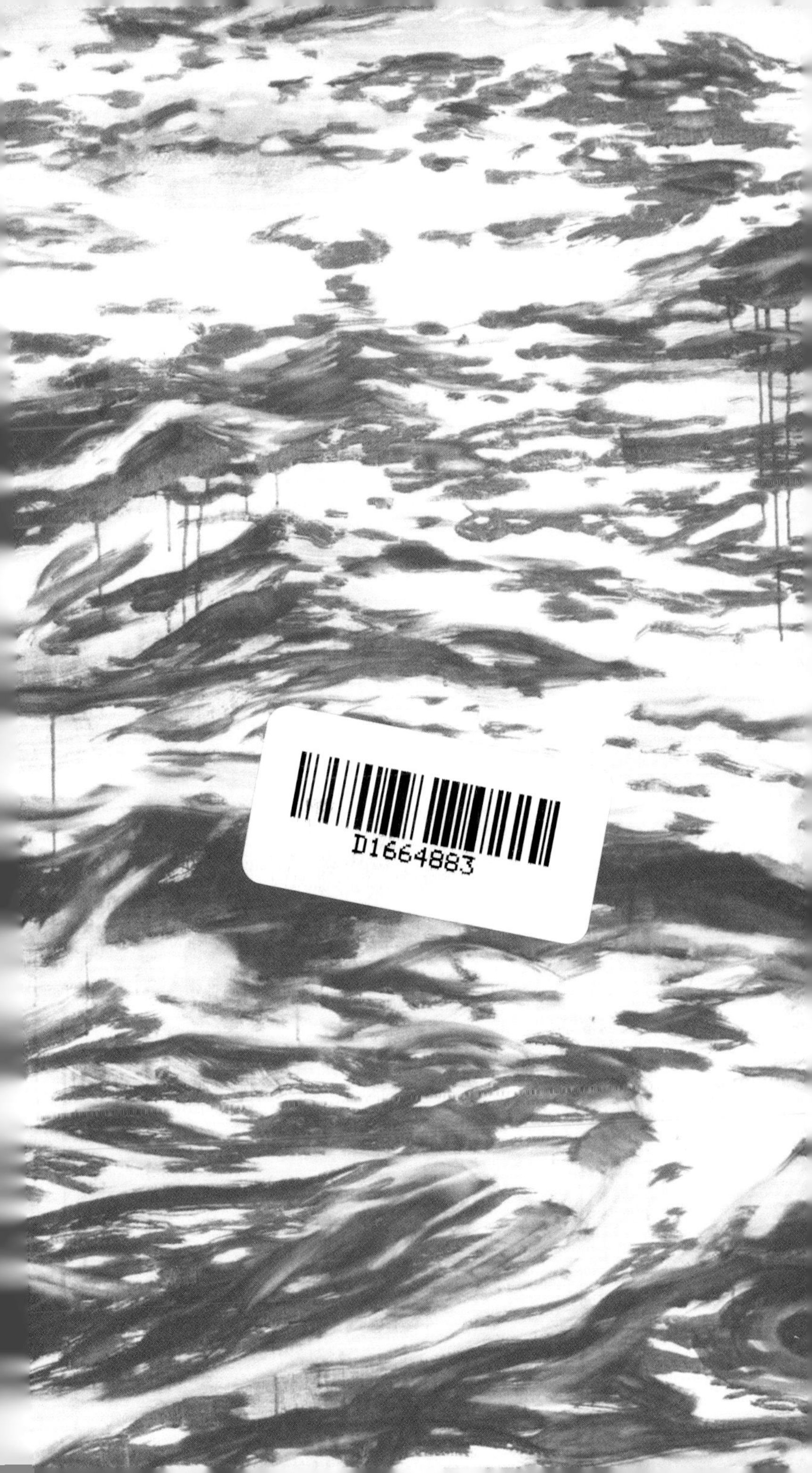
D1664883

MIŁOŚĆ

WL

MIŁOŚĆ

IGNACY KARPOWICZ

Wydawnictwo Literackie

J.

PIĘKNO

– „Jutro nie będziemy tacy jak dziś" – powiedziała Anna, odganiając bzyczącą muchę kartkami zwiniętymi w tubę. – Jutro. Nie. Będziemy. Tacy. Jak. Dziś – powtórzyła, dla odmiany tym razem akcentując każde słowo z osobna. – Weronko, to sześć słów. Palców masz więcej, złociutka! Wierzę, że te słowa zapamiętałby nawet pies. – Westchnęła i z wysiloną łagodnością uzupełniła: – A ty jesteś mądrzejsza od Burka i Krztynki, prawda, kochanie?

Weronka patrzyła okrągłymi oczyma, jak gdyby ją szarpano na wszystkie strony. Sześcioletnie piąstki zacisnęła w grudki palców, a usteczka drgały, nie do płaczu, lecz odtwarzając słowa. Sześć słów, lecz najpierw trzy:

– Jutro nie będziemy... – wyrzekła Weronka, a widząc uśmiech na twarzy pani, sama odpowiedziała najwdzięczniejszym z uśmiechów, aby z dumą skończyć: – Dziś.

Anna z trudem zdobyła się na swój uśmiech. *I cóż z tego, że nieszczery?*

– Dobrze. Dzieciątka, to czas na koniec. Pędźcie do domów, a koniecznie pozdrówcie i podziękujcie rodzicom!

I dziatwa ruszyła skocznym krokiem aleją z nasadzonymi po bokach białodrzewami, tak wielkimi, że czas nie mógł ich powiększyć, mógł je tylko obalić.

Stokroć była niewielkim dworem z folwarkiem, choć bez nadanej wsi. Przytulny budynek z czerwonej cegły postarzał się od czasów poprzednich właścicieli i fundatorów, państwa Lubenlidlów, do tego obrósł bluszczem i winoroślą. Dach z blaszanego wymieniono na dachówki, a roślinność narosła bez potrzeby i opamiętania. Starszy pan Lubenlidl wielbił linie proste i linijki, stąd rozległy tylny ogród przyjął formę precyzyjnych pasów: zagajniki sosen i świerków nasadzano naprzemiennie z kwitnącymi krzewami oraz trzecimi pasmami brzóz, pomiędzy które wetkano naście klonów i innych liściastych gatunków dla uroku a niemonotonii. Teraz wszak, po wojnach, zawieruchach i adwokackich geszeftach, jego założenie zaniedbało się, rozmyło i poddało czasowi, jak poddaje się wszystko, co skrywa w sobie jakiś plan życia. Ogród zgubił krok i zmieszał szyki, przeszedłszy na stronę założeń angielskich lub w słowiański ich brak. A w tle jeszcze polśniewało ramię rzeki.

Lilpopowie weszli w posiadanie dworu wraz z folwarkiem bez przypisanej wsi niedługo po Wielkiej Wojnie, a po Drugiej Wojnie nadal sprawowali pieczę nad szlachetnym siedliskiem. Stało się to z tej przyczyny, iż nowy pan na Stokroci, wżeniony w Lilpopównę, okazał ówczesnym władzom stosowną atencję, godząc ją w duszy z niezawisłością własną, a naówczas kompromis się dopełnił: dwór pozostał w dawnych rękach, przybyło jednak panu obowiązków wobec świata, zwłaszcza zagranicznego.

Na Stokroci wciąż mieszkali Anna i Jarosław, teraz z trojgiem dzieci, wspierani nieliczną rodziną o niestałej i zasadniczo malejącej liczebności – rozbitkami z wojen i życiowych kraks – i służbą tak przyzwyczajoną do służenia, że nadejściem nowszych czasów wzgardziła, nie wyobrażając sobie przyszłości odmiennej od przeszłości.

Posiadłość podupadła wewnątrz w instalacjach domowych, nazbyt niedzisiejszych, czy też niewystarczająco zaopiekowanych, z zewnątrz jednak nadal kusiła wykwintnością, o jaką niełatwo w tamtym czasie. Ktoś rzekłby, iż Stokroć nakrył klosz niewidzialności dla oka historii, tymczasem muchy bieżącego porządku brzęczały, nie mogąc dobrać się do środka.

Anna denerwowała się częściej niż zazwyczaj. Dwa tygodnie temu Jarosław powrócił z wyprawy państwowo-pisarskiej do Kopenhagi cały nieswój. Przywiózł faksymilia listów Andersena, do których zabierała się, by je tłumaczyć, a w niespodziance od siebie dorzucił krytyczne wydanie baśni w oryginalnym języku. Poza tym jednak milczał uparcie, a pytała i pytania ponawiała.

Wyciągnął się w łóżku obok niej, dalszy jeszcze niż w tej Kopenhadze. Następnego dnia wyjechał do Varsovie na zjazd literatów, nieczule musnąwszy jej czoło w pocałunku, a dzieciom poświęciwszy mniej uwagi niż odpadającemu tynkowi, zadanemu Wieśkowi do naprawy.

Telegrafował, że sprawy pierwszej wagi ważą się w stolicy, i mu wierzyła, gdyż przy wszystkich swoich wadach skłonności do kłamstwa akurat nie przejawiał, a wręcz przeciwnie – bywał względem niej nadmiernie szczery. I złość czuła, bo tu na prowincji też działo się niemało: Julcia złamała rękę, Kazia serce o przejezdnego chłopca od tych nowych czerwonych, a Joli wdał się dziecięcy szkorbut. Skąd on na Stokroci? Cebuli jedli w nadmiarze, mleko z krów pili, mięso pojawiało się na stole częściej niż raz w tygodniu, a kolacja nie obywała się bez przystawki i deseru.

Potrzebowała docenienia jej pracy. On jeździł fru-bździu, podczas gdy ona starała się utrzymać Stokroć w kupie i w porządku, zaniedbując swoje prace umysłowe.

Tynk mu się nie spodobał, ano fakt: odpadło mu się trochę na wyjazd Jarosława. *A nie zauważył na przykład nowych podpór, com je wymienić kazała. Gdyby mu piętro na łeb zleciało, dalibóg by otrzeźwiał!* Pomyślała, że nieraz on staje się taki nieuważny, a przez nieuważność wręcz dla niej okrutniejszy.

Jarosław zatelegrafował, że przybędzie brat jego dawnego przyjaciela wraz z żoną na popas tygodniowy, on zaś dołoży starań, aby zjawić się nie dalej niż w dzień po ich przybyciu. Tak brzmiał najdłuższy telegram, jaki otrzymała od niego.

Goście oczywiście przewijali się przez Stokroć, a niektórzy na tyle przewlekle, że wypadałoby ich uznać za półdomowników. Od dawna brakowało wszak prawdziwych gości. Takich na niedługo i do „do widzenia". Dla przykładu wujenka Nastazja została przejazdem na dwa lata, aby doumrzeć w cieple świata, który znała.

Spoczywała na psim cmentarzu, innego wyznania była i żaden okoliczny ksiądz nie zechciał jej odprowadzić na tamten świat, a czasu zabrakło na organizację księży nieokolicznych bądź kapłanów stosownych do jej braku wiary. Wujenka zmarła gorącym latem i wonieć zaczęła wnet po wydaniu ostatniego tchnienia, a bardziej nawet niż za życia. Jarosław ściskał jej martwiejącą dłoń, Anna zamartwiała się, co zrobią z ciałem. – Do psów ją damy! – powiedziała mężowi. I tak się stało. Nastazję pochowano między Tunią, pstrym kundelkiem o niemożliwie niebieskich oczach, a Zbyniem, wilczurem mądrym i refleksyjnym, tam, w sosnowym lasku, było najwięcej ziemi do grzebania. Zbynia Anna kochała najmocniej ze wszystkich psów, jakie przewinęły się przez ich życie na Stokroci. *Zbyniu najdroższy, pewnie aportujesz pastorały Panu Bogu!*

Wydała polecenia służbie, a córkom, teraz zażywającym wakacji, przykazała na jutro naszykować się odświętniej na wizytę, a na wieczór zaordynowała dodatkową kąpiel. Wiesiek się naburmuszył, trzeba będzie wody nanosić, a przecież panienki czystości zażyły trzy dni temu.

– Od czego one tak się zabrudzają? – zapytał mrukliwie.

Ciasto postanowiła naszykować osobiście, resztę dokładając Cecylii, dziś w szerszenim usposobieniu:

– Abo to nam się przelewa, żeby ugaszczać innych?

Wydawszy polecenia, poszła doglądnąć gościnnego pokoju. Musiała przejść obok innego, prawie niewidzialnego i zawsze zamkniętego na klucz. Nikt od lat do niego nie wchodził, a klucz skrył w wiadomym tylko sobie miejscu Jarosław. Nie lubiła tego pokoju, a jego ostatniego lokatora polubiła wbrew własnej woli: cierpiał i zasługiwał na to, aby jego cierpienie dostrzec i wyciągnąć pomocną rękę. Jarosław nazwał ten pokój umieralnią. Nazwa się przyjęła. Koniec końców był pisarzem, to oni przecież nadają imiona, nawet jeśli trupie.

W gościnnym należało obłóczyć świeżą pościel, stara bowiem zatęchła. No i w szafach półki przetrzeć. Rdza z kurzu znowu je pokryła, a tak przecież dbała o wszystko i sama nieraz ścierała dłonie, szorując i pucując. Zajmowała się wszystkim i każdym, o nią nie dbał nikt. Nikt, dosłownie do policzenia na palcach jednej ręki. Tyle pociechy znajdowała, co w scalającej medytacji, a i to musiała się jej oddawać po kryjomu przed Jarosławem, on bowiem zapiekle takich praktyk nie pochwalał.

Na kolację wjechała waza rosołu z obiadu i jeszcze biszkopta starczyło z wczoraj. Zauważyła, że dosztukowana noga stołu ponownie zaczęła się oddzielać, jak gdyby ją stolarz wzywał do powrotu. Dziewczynki dziwnie spokojne, kąpiel je tak pewnie rozmiękczyć i uszlachetnić zdołała. Nareszcie przypominały panienki z dobrego domu, o jakich zawsze marzyła, a jakich jakoś nie całkiem dostała.

Anna doglądnęła córek w łóżkach, nagrodziła na noc dobrym słowem i pozwoliła wieczornej modlitwy nie zmawiać, jeśli zmęczone emocjami.

Pobawiła w sieni Adalberta i Libertyna: dwa wielkie dogi arlekiny, wiecznie zaślinione i z wiecznym zakazem wstępu do jadalni, następnie udała się na psiętarz, tak nazywała psi cmentarz. Zwykle zabierała coś pod spód do siądnięcia, żeby wilka od zimna nie złapać. Ze strony kamienia ciągnęło listopadem nawet w lecie. Dziś wieczór tkwił na niebie księżyc w prawie pełnym obliczu. *I cóżeś taki zadowolony?*

Rozłożyła pled wełniany i przysiadła na kamiennej ławie, wreszcie sama i wolna od krzątaniny z dziesiątkami malutkich decyzji. Pośród niewielkich kamiennych nagrobków wybijał się kamień Nastazji, przywleczony z pola przez Janusza, zamęczonego potem za akcje antypaństwowe, choć przecież on tylko, zdaje się, kradł, jak kradli prawie wszyscy, tyle że bez głowy musiał kraść, skoro go dopadli, albo – Anna czasem pozwalała myśli osunąć się i w tę stronę – kryła się za tym jakaś inna, wstydliwsza tajemnica.

Przymknęła oczy, czekając na Podmuch. On w nią czasem wchodził i przemieniał, a wtedy czuła wszystko wyraźniej i rozleglej, stapiając się z otaczającym ją życiem, a równocześnie uwalniając od obowiązku rozumowania. *Ach, Podmuchu, wejdź we mnie!*

Anna w takich wieczornych lśnieniach samotności najpełniej była sobą, chociaż nie wyrozumiała, co to oznaczało, albo: o to w istocie szło, żeby nie musiała niczego rozumieć, przewidywać, dbać o nic. Starczało, że była, a jej byt rozciągał się po okolicy i cieniał, aż po delikatne łaskotanie na krawędziach siebie samej, gdzieś w Karaśkach czy Sumowie.

Anna lękała się pogodzić z nawiedzającą ją czasem myślą, iż tym, co tak ukaja, nie było bycie bardziej, lecz zatrata i zaniknięcie osoby w czymś wspanialszym i istotniejszym.

Dziś wieczór Podmuch nie zechciał przybyć.

Ze stacji gości miał dostarczyć Wiesiek dorożką. Zaprzęgli Chabeta z Łyskiem i pociągnęli we troje czekać pociągu, a ostatnio zdarzały się nieregularności w rozkładzie. W kraju z węglem podobno krucho, aczkolwiek Anna nie znajdowała zadowalającego jej logikę przełożenia węglowych niedoborów na punktualność kolejek, choć wiedziała, że najpopularniej węglem są opalane i temu takie czarne niczym w żałobie. *Jakby węgla nie było, to powinny nie jeździć na amen, ale nie się spóźniać!*

Dopilnowała ostatnich wstążek w córczynych fryzurach, zmazała niespodziewane plamy z policzków, sprawdziła, czy samowar Nastazji – nic więcej nie zostało po niej – gotów do nastawienia. Na koniec przygotowań kazała zamknąć dogi w szopie, inaczej zaślinią gości od stóp do głów.

Nie znosiła tych chwil oczekiwania. Za ostatniej wojny czekała dwa lata, aż przyjdą Niemcy, zarekwirują, spalą. I przyszli, sytuacja powstała, rozumie się samo przez się, niemiła, jednak niewarta dwuletniego czekania, ani nawet anegdoty do kolacji na pogodniejsze czasy.

Jola przypędziła na ganek z krzykiem:

– Goście, goście jadą!

Najpierw zeskoczył Wiesiek, po nim wysiadł mężczyzna w lnianym garniturze i kapeluszu ocieniającym twarz. Podał on dłoń kobiecie, a ta od razu Annie krzywo stanęła. Za ładna się zdawała i pewnie ciężka na umyśle, chociaż nie zdążyła ani słowem głupoty okazać.

Pomimo niepopartego niczym uprzedzenia Anna uśmiechnęła się tak szeroko, jak jej fizjonomia pozwalała. *I cóż z tego, że uśmiech nieszczery? To tylko goście, ludziki Jarosława.*

Para podeszła do pani na Stokroci.

– Najserdeczniej zapraszam w nasze skromne progi. – Annie dobry nastrój przesłoniła chmura niejasnych lęków.

– Pani Anno, pozwolę się przedstawić. Nazywam się Jerzy Siwicki, a to moja żona, Irenka. Mam nadzieję, że pan Jarosław uprzedził dobrym słowem naszą wizytę.

Imbecyl. Jakby nie uprzedził, to skąd posłałabym dorożkę?!

– Istotnie, uprzedził. Telegraficznie. Poznajcie nasze córki: Kazia, Jola i Julcia. – Dziewczynki dygnęły jedna po drugiej. – Zapraszam do środka. Na herbatę z jabłecznikiem. Własnoręcznie piekłam.

– Tu taki drobiazg dla naszej dobrodziejki. Antykwaryczny. – Jerzy wręczył pakunek, wcale elegancko otulony ozdobnym papierem.

– Och, nie trzeba było się kłopotać. Jednak uroczo z pana strony.

Anna pomyślała, że zaraz ją zemdli od tych uprzejmości powitalnych i nie zdoła zjeść jabłecznika, kuszącego od upieczenia, gdyż udał się jak rzadko: wyrośnięty i bogaty.

Młodzian od Jarosława zdjął kapelusz i wtedy Annę uderzyła fala niekoniecznie dobrego wspomnienia. Był toczka w toczkę wykapany Jakub, przyjaciel Jarosława z dawien dawna. Ta sama twarz o ostrych rysach i zapadającej w pamięć szlachetności. Te same pełne usta i cienkie brwi o regularnym przebiegu. Tylko oczy były inne, a jeszcze piękniejsze. Wydawał się też, Anna dopiero teraz to dostrzegła, postawniejszy i wyższy.

Przodem ruszyła, oni za nią.

Jabłecznik trącił mysim bobkiem, nie wyniosła żadnej radości z ciasta, za to milkliwie i nieco niegrzecznie pogrążała się w zadumie.

– Chcielibyśmy się rozpakować, jeśli dobrodziejka pozwoli. I odpocząć po podróży, pociąg spóźniony i uciążliwy, żona zaś przy nadziei. – Spojrzał na nią czule, w co Anna nie uwierzyła.

– Och, gdzie ja mam głowę! – wykrzyknęła Anna z rozmyślnym afektem. – Już prowadzę. Wiesiek powinien był przytargać walizki z bryczki do waszego pokoju.

Anna odprowadziła gości i postała w korytarzu, dłużej niż potrzeba. Zza drzwi dobiegło ją: „Dlaczego powiedziałeś, że jestem w ciąży?", „A nie chcesz być?", „Pacan i świnia!".

– Mamo – Julcia nie potrafiła powstrzymać pytania – czy ten pan powstał z grobu? On mi przypomina zdjęcia u taty z gabinetu.

– Cóż ty wygadujesz za dyrdymał! To jego brat, rozumiesz? Tak żywy, że bardziej trudno.

Julcia nie wiadomo, czy przekonała się do żywotności gościa, tak czy tak dygnęła z niespodziewaną po niej grzecznością, aby oddalić się do sióstr pałaszujących ciasto. Nieczęste w obecnych czasach.

Kolacja upłynęła drętwo jak posiedzenie komisji literackiej. Dotrwali końca i w komplementach rozeszli się do sypialń.

Annę poderwała z łoża jakaś tęsknica. Korony drzew zdawały się unurzane w śmietanie, świerkowe szpice opròszone cukrem pudrem, a dalej znaczyła się lukrowana linia rzeki. *Ach, jak ładnie! Jak na święta!*

Usiadła w niemym zachwycie, nasłuchując pohukiwań sówek, zalęgłych w dzięciolich dziuplach. Stała się wrażliwa do granicy, za którą już tylko szpital stał nieruchomy.

Usłyszała coś i nie była to sówka. Dłoń obca, nie skrzydło, miękko opadła na jej ramię, tłumiąc cielesne rozwibrowanie, w które Anna wprowadziła się po części świadomie, po części jednak z nieutulenia i niedokochania.

Przekręciła głowę, widziała więc w szczególe, jak piękną dłonią obdarzył ją Los: żyły uwypuklały się, a ciemna glazura skóry połyskiwała w miesięcznym świetle.

– Mam nadzieję – przemówiła – że wszystko jest takie, jak pan się spodziewał, a przynadziejna żona zażywa odpoczynku.

Usiadł obok zwyczajnie i bez zbędnego słowa. Od dawna nie doświadczała tak przekonującej obecności. Zdało się jej, że Jerzemu mogłaby zawierzyć troski i lęki. Na takim mężczyźnie potrafiłaby się wesprzeć albo i wręcz podnieść, choć przecież jeszcze nie upadła.

Czy on przysunął ramię bliżej? Czy naprawdę? *Jerzy, Jerzy, dokąd byś mnie powiódł? I kto jest twoim Smokiem?* A pomimo tych myśli tkwiła nieporuszona, jakby w nieczułym zastygnięciu.

– Lubię nocą posiedzieć i pozwolić myślom się toczyć. Toczyć swobodnie. Otwierają się wtedy bramy Piękna – rzekła z lękiem, czy aby nie nazbyt się odsłoniła.

On nic nie odparł, tylko zarzucił swoją marynarkę, a potem opatulił w nią ciało Anny, gotowe ulecieć pośród nietoperze – w ich piski, niewidzialność i błoniaste skrzydła. Patrzyli w księżycowy ogród. Dla niego pewnie nic to nie znaczyło, dla niej wiele. W końcu na szali coś drgnęło i Anna naraz oschle zapytała, czy aby małżonka nie tęskni za jego obecnością.

Jerzy parsknął jak źrebak i odszedł bez słowa, Anna natomiast dosiedziała kwadransa, aż i ją znużyła muzyka nocy. Zmarzło jej się i wróciła do dworu, aby nie dospać poranka.

Na śniadanie prócz jajecznicy Cecylia wytrzasnęła szynkę, a jeszcze twaróg i miód uzyskane od pana Ambrożego po sąsiedzku. Anna nie przeoczyła niechętnego wzroku Ireny, gdy ten spoczął na marynarce odczyszczonej z rana bez wielkiej potrzeby. Dzięki radosnemu paplaniu córek atmosfera stała się mniej formalna.

– Jarosław powinien się dziś stawić. Wybaczycie, wzywają mnie obowiązki. Ze swej strony gorąco zalecam spacery. Mamy piękne lasy, a w nich mnóstwo znakomitego powietrza – zachęciła.

Koło południa postanowiła ograbić nieco z kwiatów ogród. Bukiet umyśliła wystawić na stole do obiadu, a miały być dwie kuropatwy, kruszejące już ze trzy dni, nie pamiętała, kiedy dokładnie darował je gajowy w podzięce za napisanie listu do instancji wyższych. Tak się składało, że okno gościnnego pokoju wychodziło wprost na ogród, a młodzi nie zaciągnęli stor, zatem Anna, chcąc nie chcąc, skazana została na wgląd w tymczasową sypialnię małżeńską.

Dostrzegła kobietę rozmazaną niby u Moneta, bardziej podobną do płynących nenufarów niż do ludzkiego ciała. Leżała wyciągnięta w łóżku, zamiast zażywać spacerów i znakomitego powietrza. Jakże była soczysta, ach, jak kusząca! *Wypisz, wymaluj – krowa na pastwisku.*

Do łóżka zbliżył się ciemniejszy nagus z białymi pośladkami. Anna w pierwszej chwili płochliwie odwróciła wzrok, jednak przemogła wstydliwość: rodziła córki, a męskie ciało nie było jej obce. Dzikus położył się na kobiecie i zaczął na niej poruszać. Ściskając w dłoni kwiaty, obserwowała spotkanie kobiecego i męskiego pierwiastka. Ostatnie pchnięcia wzięła wręcz do siebie, a zawstydzenie, które ją napadło, nawet w części nie równało się przyjemności z podpatrywania, której doświadczyła.

Jarosław nadal nie nadciągał, stąd obiad upłynął w atmosferze napiętego oczekiwania i nad kuropatwami: wyszły kruche i soczyste, podlane żurawinowym sosem rozpływały się na podniebieniu. Na sześć osób przypadły cztery nogi i tyleż skrzydeł.

– Weszliście w lasy? – zapytała z nieoczekiwaną podstępnością.

Irena spłoniła się, Jerzy zaś nie dał zbić się z pantałyku.

– Pani Anno, lasy macie tutaj pierwszej jakości – zwyczajnie oznajmił.

Wszelkie napięcia uleciały wraz z pojawieniem się Jarosława, a dowiózł go szary automobil z pyskiem długim jak charcia kufa. Jarosław zaaferował się w gospodarskim rozhoworze z Wieśkiem, ona zaś przyglądała się mężowi z czujnością, nieraz braną za czułość. No i widziała, że włosów mu ubywa. Oby nie poszedł w ślady świętej pamięci teścia i oszczędził jej widoku zaczesek.

Anna nie potrafiła przejrzeć tych wszystkich potyczek, które staczać musiał w Varsovie. Nie zamierzała zresztą, żyjąc swoimi kłopotkami. Tak je nazywała. Od zdrobnienia nie stawały się lżejsze, tylko liczniejsze.

Dopiero późnym popołudniem – goście wreszcie wyruszyli podziwiać szczególnie urokliwy skręt rzeki – znalazła się chwila sam na sam z mężem.

– Psie – powiedziała, a tak go w prywatnym języku nazywała od narzeczeństwa – o co z tymi ludzikami chodzi?

Postukiwał papierośnicą o blat stołu, Jarosław był elegancki jak zawsze i odległy jak zazwyczaj.

– Jerzy odezwał się do mnie, powołując na Jakuba. Co miałem zrobić, Tuszko, jak nie zaprosić do Stokroci? – Tak z kolei on ją zwał sekretnie. Tuszka, mała duszka. Duszyczka.

– Nie podoba mi się ta szemrana parka – oznajmiła dobitnie.

– Łykasz tabletki? – zapytał.

– Co to ma do rzeczy?! – wykrzyknęła.

Tabletki na psychiczne przypadłości Anny zawsze stanowiły drażliwy subdżekt. Małżonkowie starali się o tym nie rozmawiać dopóty, dopóki Jarosław żywił przekonanie, iż Anna łykała je jak perliczka ziarno.

– Czy u ciebie wszystko składnie? – dopytał się, a ona nie wiedziała: zainteresowanie udawał czy je istotnie odczuwał?

– Mam się zwyczajnie, ani dobrze, ani źle. Wystarczająco do życia tutaj, na tym odludziu. Nie masz czym się martwić.

– Musimy ich przeczekać, Tuszeczko. Za niecały tydzień staną się wspomnieniem.

Wieczorem panowie zasiedli w gabinecie do tytoniu i brandy, Annę tymczasem czekało w saloniku wygnanie z Ireną. Umyśliła porozmawiać o malarstwie angielskim. Temat zdawał się szeroki jak pejzaż, a blejtramy odległe, liczyła więc na jakie takie zrozumienie, któremu nie zaszkodziłoby nawet nieobycie w wyspiarskich krajobrazach. O Constable'u miała Irena do powiedzenia nic, a przy Krieghoffie się spięła, myśląc, że to coś o wojnie będzie. Pomimo braków u rozmówczyni Anna czołgała się godnie przez wieczór, a nawet dopełzła do myśli, że Jerzy wziął sobie za żonę tak pospolite dziewuszysko.

Przebrała się już w nocną koszulę, gdy Jarosław wpadł do sypialni i oznajmił, że z Jerzykiem powłóczy się aż do wsi albo i dalej i że życzy dobrego snu. *Z Jerzykiem? Już spoufaleni?*

Anna przelękła się nie na żarty o Jarosława. A co jeśli odżył w nim przyjacielski afekt, odczuwany silnie do Jakuba? Dlaczego nie pozwalał sobie zrozumieć, że podobieństwo między Jerzym a Jakubem było bliskością braci po wspólnych rodzicach, ale nie charakterów?

Jakub umierał u nich w domu, jak wielu przed nim i – miała nadzieję – nikt długo po nim. Starała się uczynić znośnymi jego ostatnie chwile, tym bardziej że Jarosław szalał z bólu i troski o pokrewną duszę i do niczego się nie nadawał. Zbolały obijał się o ściany, ćmiąc papierosa za papierosem.

– Musisz żyć! – powiedziała do niego po pierwszym i jedynym razie, gdy go spoliczkowała. – Musisz żyć! – powtórzyła.

I podziałało.

Jarosław ogromnie przeżył śmierć Jakuba, który skończył w okręgowym szpitalu, za co ona osobiście odpowiadała. Kazała Jakuba wywieźć nie ze złej woli. Uważała, że dość już naumierało ludzi na Stokroci, też tych najbliższych, a bez potrzeby było przygarniać śmierci obce, choćby najczulsze. A Jakub gasł w oczach niby blednące wspomnienie. Anna była gotowa wszystko mu wybaczyć – nikt nie znalazł się w tamtej sytuacji z własnej woli; to zwierzęce instynkty i kapryśny Los napisali cały scenariusz.

Usłyszała, że wrócili w dobrych humorach, rozswawoleni: mąż i ten gość.

Leżała na lewym boku, gdy alkoholowy dech Jarosława owiał jej nozdrza, uprzedziwszy ciężkie zwalenie się na łóżko.

Tymczasem odtrąciła jego rękę, bezwładnie dotykającą jej biodra.

Po chwili chrapał.

Soki w niej fermentowały, coś się warzyło niby w tyglu aż do środka bezdechu, tego alchemicznego bez mała punktu, wokół którego wirują i małżeństwo, i pragnienia, i nawet sama wojna. Anna wstała prawie bezszelestnie, mimo że Jarosława nie obudziłby w tamtej chwili nawet przejazd czołgów.

Narzuciła pierwszy lepszy płaszcz na siebie i skierowała kroki na psiętarz. Jełopek miał czarny łeb, a w nim niewielki rozumek, Kakajkę natomiast przelękiwało całe boże stworzenie i jego cienie. Anna ośmielała się przypuszczać, że ojciec Kakajki prędzej kicał, niż po psiemu biegał.

Usiadła, złakniona smutku jak dawno nie. To tutaj składała przyrzeczenia i ze złożonych ofiar w sumieniu zdawała rachunki.

Księżyc zaciągnęła różowa poświata, a dalej hen stare dęby i sosny gęstą podkową obejmowały ogród, przez co zawsze bywało tu chłodniej i wilgotniej.

Rozsiadła się w ciepłym świetle lamp z dworu, przywołując wspomnienie pierwszego spotkania z Jarosławem. Biedak był z niego, dorabiał korepetycjami i ledwie co ukończył pracę nad drugim tomikiem poezji. Anna nie znajdowała upodobania w tamtych wierszach, za to w ich autorze owszem. Jakże szedł ów przerażający fragment, który umocnił jej wiarę w Zespolenie? „Kroki tajemnic i szepty zdrad. Rodzi się wonny i słodki byt, Idzie Lilith... Idzie Lilith..."

Musiała przyznać przed sobą, że podczas rozmowy z mężem nieznacznie rozminęła się ze ścisłą prawdą – jeszcze przed podróżą Jarosława do kraju Hamleta zapominała zażywać medykamentów.

Pastylki i płyny odbierały jej Kompletność. Stawała się spokojniejsza, cóż jednak po spokojności, skoro czuła, że w jej duszy zatrzaśnięto wiele komnat. Pozbawiona dostępu do nich czuła zubożenie, mniej była człowiekiem, a bardziej kartezjańską maszyną. Brakowało niewiele, żeby zaczęła szczekać albo gubić trybiki i kółka.

Rozpłakała się, ściskając w dłoni kawałek szlafroka.

I płakała, póki nie usłyszała warknięć z krzaku bladoróżowych za dnia rododendronów.

– Któż ty? – zapytała, wcale nie zaniepokojona.

Wstała i podeszła ku szarosrebrnemu kłębowi nadzianemu kwiatem:

– Któż ty? – powtórzyła.

Dobiegło ją szczenięce skomlenie, przyklękła i spomiędzy korzeni dogrzebała się niewielkiego psiaka:

– Zbyniu, kochany Zbyniu, wreszcież wrócił!

Pieściła psiaka za uchem i po skołtuniałym grzbiecie, po czym wzięła go na ręce.

– Pójdziemy zaraz spać: pani i ty, maluchu niewielki.

Wszystko jest przecież niczym, a każdy każdym: zasypiasz jako człowiek, a kto wie, czy nie obudzisz się w zwierzęcej postaci albo nie uwiędniesz z siostrami, ścięta w wazonie?

Rankiem zdziwiła się widokiem dłoni utytłanych w ziemi, ale zaraz postawiła dom na nogi, zaginął bowiem Zbynio. Służba dziwiła się, wszak Zbynio dokonał żywota za wojny, Jarosław jednak orzekł, że skoro pani sobie życzy szukania, to szukać trzeba – choćby bez przekonania.

Anna tymczasem zasiadła w swoim pokoju na piętrze, który służył jej do prac umysłowych, w nim oddzielała się od rozgardiaszu. Spojrzała na nierozpakowany prezent od Jerzego. Zamierzyła delikatnie zdjąć papier. Wydawał się uroczy i przydatny na przyszłość – tak niewiele piękna ocalało w powojennym świecie, a dalszej rodziny czekającej prezentów sporo. Niestety papier się rozerwał. Przykrość, kolejna po ponownym zniknięciu Zbynia.

W środku znajdowała się misternie wykonana ouija. Anna wiedziała, że się tym duchy wywołuje. Czy był jakiś, z którym pragnęłaby porozmawiać? Pierwszy przyszedł jej do głowy wilczurek, nie miała wszak pewności, czy psie duchy zachowują się podobnie do ludzkich. Zresztą z ludzkimi też za wiele nie obcowała, tyle co w *Towarzyszu podróży*.

Po obiedzie wydanym przez Cecylię bez jakiegokolwiek udziału czy nadzoru Anny – kartacze zamiesiła z nadzieniem warzywnym i grzybami leśnymi – pani na Stokroci oznajmiła, że wieczorem zabawią się prezentem od Jerzego. Jarosław nieświadom był upominku, a gdy rzecz się wydała, nie sprawiał wrażenia szczerze zadowolonego.

Anna pobiegła szukać szałwii w ogrodzie, nabywszy pewności, że pomieszczenie okadzić szałwią należy, a skąd ta wiedza w niej – nie wiedziała.

Wtedy właśnie w ogrodzie doleciały ją echa rozmowy Jarosława z gościem prawiącym o jakichś listach. Nie dosłyszała Jarosława, gdyż bażant wystrzelił z zarośli.

W czasie kolacji trudno jej było opanować targające nią emocje. Przedzierała się przez stołowe grzeczności niczym dziewczynka przez chruśniak.

Wreszcie ceregielom kolacyjnym stało się zadość.

Pędem skierowała się do pokoju zwanego mniejszą jadalnią. Zaciągnęła szczelnie zasłony, rozpaliła świece, nakryła zielonym obrusem okrągły stół, a na nim umieściła prezent. Potem okadziła pokój szałwią, a zapach uderzył jej do głowy mocniej niż bimberek.

Rzuciła jeszcze sprawdzające spojrzenie, czy wszystko gotowe, i poszła wołać towarzyszy. Zdawało jej się, że najlepsza byłaby nieparzysta liczba. No, trudno. Przecież nie doprosi Cecylii ani Wieśka. Nie dla nich duchowe eksperymenta.

Zasiedli wokół tablicy. Anna z jednej strony miała Jarosława, z drugiej Jerzego. Poprosiła wszystkich o skupienie. Zgodnie z jej instrukcjami położyli dłonie na wskazówce, tak aby stykały się ze sobą.

– Duchu, jeśli jesteś z nami, daj znak – powiedziała z zamkniętymi oczyma, z tej to przyczyny ominęła ją pełna wesołości wymiana spojrzeń trojga współspiskowców.

Nic się nie działo.

Nic nie stało.

Anna gotowa już była śmiechem zbyć całą tę ekskursję za zasłony istnienia, gdy gwałtowny wiatr otworzył okno i zdmuchnął świecę.

– Kim jesteś? – zapytała.

Wskazówka pod ich palcami sama zaczęła się poruszać, wskazując poszczególne litery.

– Jakub? – upewniła się Anna.

Wskazówka gwałtownie przesunęła się i wskazała na TAK.

– Jakubie, czy spoczywasz w spokoju? – żadne inne pytanie nie przyszło jej do głowy, tak była przejęta.

Nic nie nastąpiło, bezruch zapanował ponad obrusem, a jednak wskazówka opornie przesunęła się, wskazując na NIE.

– Bardzo nam wszystkim ciebie brakuje, Jakubie. Bardzo.

Wtedy Jarosław zerwał krąg i poderwał się wzburzony.

– Co za diabliska wyczyniasz?! Jak śmiesz?!

Gniewnym krokiem opuścił mniejszą jadalnię, pozostawiając skonsternowaną trójkę nad ouiją. Irena – zdumiona przebiegiem wieczoru – zerkała pytająco na Jerzego, a ten patrzał w drzwi, za którymi zniknęły plecy literata.

Anna wyczuła na sobie znajome spojrzenie. W instrukcji stało, że po przywołaniu ducha i rozmowie z nim należy go pożegnać, dziękując za przybycie.

Odwołanie nazywano najważniejszym elementem Przywołania. W przeciwnym razie duch mógłby pozostać w pobliżu i wywoływać skutki nieprzyjemne także dla zdrowia.

– Niezgrabnie się potoczyło – wydusiła z siebie. – Pora najwyższa zakończyć nasz seans. Pewnieście znużeni. Dziękujemy ci, duchu. Odejdź w pokoju.

Jarosława znów gdzieś poniosło, zaległa zatem samotnie w małżeńskim łożu, co się jej nierzadko przytrafiało. Nie zamierzała męża denerwować. Skąd mogła wiedzieć, że akurat Jakub się objawi? Prędzej obstawiałaby wujenkę Nastazję, tej bowiem umierało się tutaj długo i w komforcie, tedy powinna z grzeczności choćby zechcieć odświeżyć swoje dobre wspomnienia ze śmierci.

Dom skrzypiał dotkliwiej niż zwykle, a trzeszczący był, odkąd sięgała pamięcią. Lubiła te samotne chwile, to w milczeniu najbardziej kochała Jarosława, przywołując ich poślubną podróż do Kopenhagi, prawie całą przemilczaną, za to głęboką i poruszającą. Wiedziała, że w niewypowiedzeniu ludzie kochający się najbliżej są siebie.

Ach, i jutro dzieciaczki przyjdą na próbę sztuki. Tworzyła ją wieczorami, z pasją wykreślając i wykreślone przywracając. Prezent urodzinowy dla Jarosława. Choć czy nie za gładkie te wersy pożyczone, czy go nie zezłoszczą? No, ale nie jeden Jarosław porywał się na Księgę. Kobiety są nie mniej wrażliwe.

Nie potrafiła zasnąć od burzy myślowej.

Przed świtem zawitał do sypialni Jarosław. Zmarnowany był. Noc pewnie przepędził w nowo powstałej melinie obok straży pożarnej. Donieść na milicję wyższej instancji wypadało, żeby rozegnała pijusów, lecz obecnie Anna nie miała do praworządności głowy.

Jarosław cuchnął miejscowym bimberkiem kartoflanym, a przytulił się do niej, zagrzebując dłonie w jej ciele.

– Tuszka – wyświstał i zachrapał jak zwłoki, chociaż bez niej.

Rankiem na śniadanie Cecylia wypiekła cebulowe bułki, a do tego podała po sadzonym z zieleniną. Jarosław nabrał butelkowego koloru, mimo to starał się gości zabawiać opowieścią o ponuractwie swego zajęcia. Wychodziło na to, że pisarz był jak grabarz, a jego rola ograniczała się do grzebania słów w zdaniach.

– A ja z kolei wielką odczuwałam radość, tak żywą, tak prawdziwą, gdy zdarzało mi się tworzyć. Nie za długo będzie Stratfordczyk w moim opracowaniu wiejskim – dopowiedziała Anna.

– O! – wyrzekła butelka o twarzy zbliżonej do Jarosława.

– Na twoje urodziny pojutrze. Nie pamiętasz, drogi mężu?

Najwyraźniej pamiętał, szczęki mu się zacisnęły, jakby dawał wiarę przesądom, według których każdy kolejny rok wchodzi w człowieka przez usta.

– Ja teatru nie lubię. – Irena postanowiła podzielić się swoimi odczuciami. – Raz byłam w stolicy i do teatru nie poszłam, bo nie lubię usilnie.

– Pewnieś sztukę niewłaściwie dobrała do charakteru – wkroczył w słowo Jerzy, wesoło puściwszy oko do towarzystwa. – Dobre przedstawienie dodaje życiu pieprzu.

– Pewnie z racji wieku pani Irena przedkłada wesołość nad prawdziwy dramat. Przypadłość częsta wśród młodzieży. – Tutaj Anna uczyniła przesadną pauzę i dwoma palcami dotknęła skroni, co było tajnym sygnałem dla męża, że teraz ona zacznie głosić niepoważne opinie. – Na szczęście później wkracza wiek dojrzały, a z nim odmienne priorytety myśli i parytety cielesności.

Irena obrzuciła ją błyskiem niepewnego spojrzenia. Nie wiadomo, co zrozumiała i czy dotarło do niej, że najokrutniej dworował sobie z niej mąż.

– Moje przedstawienie robię z dzieciątkami ze wsi i córkami, choć akurat one uczestniczą o tyle o ile. Dla wiejskich dzieci to okazja, żeby zetknąć się z prawdziwą sztuką, nieprawdaż, Jarosławie?

– Anno kochana – włączył się wywołany, spoglądając pusto, stąd nie miała pewności, czy dany przez nią tajny znak zarejestrował – nie wpadłaś aby w galopadę? Oni mają rodzimą sztukę ludową, tak niedocenianą niestety przez ogół, a nieraz poruszającą do głębi.

– Przyznasz jednak, że zasięg tej sztuki ludowej nazwać trzeba lokalnym, zaś Szekspir...

Po śniadaniu Anna poprosiła Jerzego tak bezpośrednio, jak uchodziło bez zawieszenia manier i pozorów, o pomocną dłoń w przygotowaniach do spektaklu. Stosowny projekt według jej wskazówek od ręki skreślił lata temu pewien architekt w drodze do Vilnius nocujący na Stokroci. Zamarzyło jej się wtedy wiejską scenę prowadzić.

Widownia lokowałaby się na werandzie, przed nią należało wznieść scenę, a jeśli nie scenę tudzież jej namiastkę, to drewniany szkielet, niechby ramę chociaż, a na niej zawisłaby kurtyna uszyta z albiońskich spadochronów. A odsłoniwszy się, ukazałaby perspektywę aż po sploty rzeki na granicy żywiołu powietrznego i ziemnego.

Spadochronowe płótno wykazało zaskakującą odporność na czas i czasu historyczne kołowroty: bez wątpienia przeszło przez wojnę z mniejszą liczbą dziur niż ten kraj. Złożyła rok temu wizytę kuzynce w Varsovie i pomimo trwającej odbudowy wojenne pustki ziały nadal po całych kwartałach dzielnic.

Jerzy zapewnił o szczerej chęci niesienia Annie pomocy. Nie wypadało mu odmówić, o czym wiedziała i co wykorzystała bez skrupułów: jakkolwiek by popatrzeć, ani kuropatwy, ani wieczorne spotkanie nie zdarzyły się za darmo.

Naraz Irena wymówiła się mdłościami. Anna, posiadłszy wiedzę ukrytą o jej rzeczywistym stanie, przyznała w duchu, że młoda kobieta olśniewająco zagrała wymówkę. Nie posądziłaby jej nigdy o taką biegłość w mdleniach i nudności nadciąganiach: gałki nieomal się wywracały białkami jak niewprawną ręką prowadzone żaglówki na jeziorze.

Jarosław tymczasem wykręcił się pracą, bez wchodzenia w szczegóły.

Anna i Jerzy pozostali znowu sami, za dnia po raz pierwszy, a Jerzy nie zbrzydł od słonecznego światła. Energicznie zabrał się do szacowania zasobów desek i bali oraz osprzętu stolarskiego, aby wspólnie z Wieśkiem i Kaziem, synem służącego, opracować plan działania na podstawie dawnego projektu.

Robota paliła się im w rękach. Piły, gwoździe, młotki i inne męskie narzędzia władzy nad materią poszły w ruch. Słońce smażyło niemiłosiernie, muchy pobudzając do awiacyjnych wyczynów. W Annie coś jakby przypalało się w środku od skwaru, Jerzy zaś po marynarce zdjął koszulę. Cóż za świetne miał ciało! Takie ozłocone potem i przez nią oglądane mogłoby spokojnie zachwycać turystów na Akropolu. Z deską pod ramię prezentował się niemal jak Doryforos, ów niosący włócznię, doskonały młodzian o nieznacznych jądrach.

Anna przelękła się jądrowym zainteresowaniem, chociaż niczego nieprzystojnego w nim nie znajdowała, albowiem nie zniżyła się w swoim zachwycie poniżej pępka, kontemplując zasadniczo tors z górnymi przyległościami, błyski skóry, refleksy promieni i grę mięśni, a to o jądrach bez omyłki tyczyło się posągu. Tego sprzed tysięcy lat.

Potem skierowała kroki ku malutkiej szwalni, wciśniętej pod schodami za wojennych czasów, gdy pokoje zwalniać szło, aby rozlokować gości w potrzebie będących. Tam właśnie w mozole przerabiała od tygodni stare ubrania na stroje do spektaklu w nadziei uprawdopodobnienia scenicznej ułudy. Obycie Anny z igłą pozostawało w tyle względem obycia z językiem duńskim dla przykładu albo z paryską modą z przedwojnia.

Stary regnis marszczył tkaninę i w krótkich otępieniach nie reagował na wciskanie pedału inaczej niż zgrzytem.

– Nie lubisz mnie, paskudniku – przemawiała Anna regularnie do regnisa.

Spojrzała na zaznaczone szpilkami miejsce, w którym powinna kończyć się nogawka. Regnis jedną nogawkę koncertowo podszył, ale u początku drugiej zaciął się podobnie do jąkającego się dziecka. Anna próbowała zdrapać strup z nici, jaki wykwitł brzydko na materiale. Przed wojną tatko w dworze trzymał najmniej jedną szwaczkę, przypomniała sobie beztroskie czasy.

– Pani pozwoli, inaczej trzeba – usłyszała zza pleców.

Ustąpiła Irenie miejsca przy regnisie, ona to bowiem przemówiła, najwyraźniej dając mdłościom wychodne. Żona Jerzego zasiadła, gdzieś postukała, coś podniosła, inne wyplątała, naciągnęła, wybrała kompletnie niepasującą kolorystyką nić i po niedługiej chwili druga nogawka była podszyta.

– Wspaniale, pani Ireno! Doprawdy znakomicie obeszła się pani z regnisem i spodniami!

– Wie pani, ja pracowałam na fabryce lata, to i nauczyłam się to i owo o szyciu. Nie było łatwo, kierownik był straszny szmondak. I miał łapki klejące jak z klejem. Rozumie pani?

Milczały dłuższą chwilę.

– Bez precedensu pomogę w szyciu. Jak coś jeszcze, to ja raz-dwa i z ochotą... Zajęcie chociaż będzie, a nie tak z kąta w róg całe dnie...

Anna zastygła w zawahaniu. Wypada przyjąć pomoc od istoty wypalonej z innej gliny? A gdyby okazała się uczyniona z tej samej materii co ona i ludzie jej stanu, to czy wypadałoby nieodpłatnie skorzystać z niższej pozycji socjalnej dziewczyny i wiążących się z tym faktem umiejętności? A może inaczej jeszcze trzeba spojrzeć na rozważaną kwestię, dodatkowe przecież mogły istnieć okoliczności i imperatywy, niewidoczne na pierwszy rzut oka?

Anna tkwiła w namyśle, Irena wstała i najzwyczajniej przygarnęła ku maszynie stertę ubrań z powbijanymi szpilkami bądź kreskami zaznaczonymi mydełkiem. Intuicyjnie musiała rozumieć znaki porzucone na odzieży. Skrócić, wydłużyć, poszerzyć, zwęzić. Zabrała się z regnisem do pracy, a on jakoś nie kaprysił, zdradnik okropny. Kolory nici dobierała z dezynwolturą, chociaż kto wie? Może tak było właśnie dobrze?

Po godzinie z okładem Anna powróciła do szwalni i skonstatowała w zdumieniu, iż prawie wszystkie stroje poddały się przeróbkom.

– Pani Ireno, nie sposób wyrazić, jaką wielką wdzięczność odczuwam i zakłopotanie. Mgnieniem zrobiła pani to, co zajęłoby mi ze dwa dni jak nic! A co pani powie na herbatę z konfiturą? Bardzo by mnie pani ucieszyła, gdyby przyjęła zaproszenie.

Irena wykończyła ostatni mankiet, uprzątnęła paproszki, ścinki tkanin i nici do metalowej skrzynki.

– Herbatę chętnie – odparła. – Polubiłam od niedawna.

Na piętrze mieścił się salonik, odwiedzony raz przez Irenę, gdy mężczyźni zasiedli we własnym gronie do brandy i tytoniu. Jarosław przezwał go wzdychalnią, tutaj bowiem Anna oddawała się wzruszeniom, jakich dostarczyć mogła literatura z całym swym tragizmem, a i poruszającą małością ludzkich losów.

Kobiety zasiadły w fotelach przy niskim orientalnym stoliku. Ze ścian rozciągały się pejzaże, zarówno swojskie, rzekłbyś: Chełmoński, jak i egzotyczne sahary z urokliwymi beduinami na tych ich długonogich pokrakach. Anna trwała w przekonaniu, że wielbłądy musiały być ogromnie niekomfortowe jako środek transportu z racji wysoko umieszczonego punktu ciężkości. Co gorsza – takie słyszała pogłoski – pluły na odległości nieosiągalne dla ludzi. Pluły, choć przecież wcale nie piły wody, albowiem tej na pustyni brakowało!

Anna zakrzątnęła się. Trzymała na górze zmyślny czajniczek z zaparzaczką i podgrzewaczem. Ojciec dawno temu przywiózł z zaoceanicznych wojaży. Kobiety unosiły do ust filiżanki i przełykały kapeczkę, aby je odstawić i po chwili odtworzyć cykl podnoszenia, przełykania i odstawiania, jakby to pory roku przechodziły jedna w drugą, a nie łyczki herbaty.

– Bardzo imponująco zamieszkujecie – Irena przełamała ciszę z determinacją amazonki. – Obficie macie przestrzeni. W tym pokoju cała moja rodzinka by się upchnęła. I jeszcze łóżko do podnajęcia, i pies na dokładkę.

Wtedy Anna przypomniała sobie o Zbyniu.

– Nie rzucił się pani w oczy przypadkiem nieznacznych rozmiarów wilczurek? Ten, cośmy go szukali z rana.

Irena pokręciła przecząco głową, Anna natomiast podjęła po chwili wątek mieszkalny, niegrzecznie byłoby nie odpowiedzieć:

– Istotnie przestrzenie są, lecz od wojny popadają w zaniedbanie pomimo naszych starań. Samo utrzymanie dworu kosztuje tyle, że nic prawie nie pozostaje na remonty inne niż naglące. Basta! Cóż ja gadam! Nie będę pani dręczyć domowymi troskami, którym każda kobieta stawia dzielnie czoło.

– Nie dręczy pani. Nie pani jest dla mnie dręczyciel.

Kobiety zmilkły, podobnie do myszy, nad którą zniżał się jastrząb, zaskoczone momentem nieoczekiwanej bliskości i niefałszu.

– Piękna figurka – z rozpaczliwą szczerością wydusiła z siebie Irena, usiłując przekierować rozmowę na inny tor, a przy tym nie zaprzepaścić prawdziwości tej chwili.

– Dziękuję, bardzo pani łaskawa. Szczególnie ją cenię, została po matce. Pamiątka przywieziona zza oceanu z miasta, z którego wielorybnicy wyruszyli zapolować na Moby Dicka. Dwa wieloryby, matka i osesek, a wszystko z zaoceanicznej porcelany. Czyż nie poruszające i kruche? I jak precyzyjnie wykonane, spojrzy pani. Takie gigantyczne stworzenia, a tutaj da się je ująć w dłoń. Niebywałe. – Anna starała się tego nie okazać, lecz wzruszył ją wybór Ireny: wieloryby to jedyna figurka z licznych bardzo w pomieszczeniu, do której odnosiła się z uczuciem. – A pani podobno przy nadziei? To pierwsze dziecko?

Annę intrygowało, co postanowi Irena: wybierze fałszywą ciążę narzuconą przez Jerzego czy prawdę?

– Jerzy nie bardzo trafił. No, z wiadomością – wyrzuciła z siebie wreszcie.

– Bardzo mi przykro, pani Ireno.

– Nie powinno pani być przykro. Nie pani w tym wina. Sama zadbałam...

Przeszły na ogrody. Jerzy spauzował akurat, gdy słońce stanęło w zenicie, z okrucieństwem odsłaniając całe piękno Stworzenia. W samych szortach ułożył się na pasiastym leżaku nieopodal Jarosława, który – co do niego niepodobne – postanowił zażyć słońca i wystawił bladą niczym kartka papieru skórę do słonecznych objęć. W słomkowym kapeluszu i ciemnych okularach zdawał się pogrążony w lekturze, Anna jednak wiedziała, że Jarosław coś grał, ponieważ bez korekcyjnych szkieł nie był w stanie czytać, a takich na nosie nie miał.

– Pani Ireno, a gdybyśmy i my dołączyły do panów i przyrumieniły nasze bułeczki?

Żona Jerzego nie od razu pojęła żartobliwy sens propozycji gospodyni, a gdy do niej dotarł, odparła, że nie zabrała stosownego stroju. Anna zaoferowała się z kostiumem po którejś z ciotek, niezbyt modnym, lecz nie mniej użytecznym niż te aktualnie sprzedawane, Irena zaś niby zagnane w kąt zwierzę przyjęła propozycję.

Panie odpowiednio do planów kąpieli słonecznej przebrane – Anna w zbędnie wysmuklającej czerni, Irena w pasiastym błękicie, uwydatniającym krągłości – osobiście dotaszczyły sfatygowane leżaki i nadużywając wesołego tonu, dołączyły do panów, nagle milkliwszych i nadąsanych jak dzieci, którym przerwano psotę albo podsłuchano tajemnicę.

– Dawno nie mieliśmy tak upalnego lata. – Anna wachlowała się nieświeżą gazetą codzienną.

– W moim rodzinnym mieście rzadko trafiały się takie dni jak ten. – Młody mężczyzna podjął się trudu zawiązania konwersacji z grzecznością licującą z jego wiekiem.

– A skąd, jeśli wolno wiedzieć, pan pochodzi?

– Z Suvalkai.

– To tam u was pod łąkami i lasami płynie ropa naftowa, prawda?

– Owszem. Płynie i podtruwa.

– Pan o szkodach dla przyrody prawi?

Jerzy zacisnął usta w grymasie niezadowolenia.

– Szanowna pani, bardziej chodziło mi o skażenie ludzkiej natury chciwością. W porównaniu z tym przyroda wydaje się nietknięta.

– Ach, tak – odparła, aby osunąć się w jedno z zamilknięć, po równo drażniących i niepokojących Jarosława.

– Kochana, czy mogłabyś przestać tak furkotać płachtami gazety? Z pewnością wytrząsnęłaś z niej już wszystkie słowa.

Mąż wypowiedział to półgębkiem i tyle do żony, co do samego siebie, niby próbując nowe zdanie do opowiadania, jednak w rozświetlonej atmosferze nie dało się nie słyszeć poirytowania w zniżonym tonie jego głosu.

– O, przepraszam – odrzekła wytrącona z milczenia. – Nie zdawałam sobie sprawy, żem głośniejsza od owadów. One nie uprzykrzają ci czasu, póki nie gryzą, rzecz jasna.

Każde z nich popadło indywidualnym rytmem w rozleniwienie. Anna doświadczała ciężkości członków i wagi doświadczenia życiowego – tych zdarzeń często niepotrzebnych, humorów niesprawiedliwych i przesadzonych rozpaczy. *Jarosław nadal na mnie pogniewany za tego nieszczęśliwego ducha, co przyzwał się wieczorem.*

Zdało jej się, że wyrastają z niej korzonki, najpierw penetrujące drewniane nogi leżaka, a następnie sięgające ziemi ruchliwymi języczkami. Te rozedrgane wiaterki przenikały warstwę gruntu w głąb, a im Anna była głębiej ukorzeniona, tym płyciej leżakowała z pozostałymi. W pewnej chwili poczuła obecność kochanych stworzeń: pstrej Tuni, niemądrego Jełopka, lękliwej Kakajki i kompanii pełnej miłych psiaków. Szczekały i popiskiwały tkliwie w jej głowie, choć brakowało Zbynia. Znowu gdzieś zawieruszony, znowu stracony, taki już się urodził: dusza awanturnicza i nieposkromiona, a przy tym wierna i posłuszna.

Bawiła psy, a one ją bawiły: aportowania, piłki i patyki, bójki na niby i kąsania takie, jakie przyjaciele przyjaciołom zadają z przyjaźni, czasem źle dobierając siłę. Nagle Tunia w skowyt uderzyła, a do hałaśliwych się nie zaliczała. Po suczce pozostały zwierzyniec akompaniował do pierwszego niepokoju.

Uległa zmianie rzecz jakaś w podziemnym świecie. Psy tak wyły tylko na śmierć, gdy wyczuwały, że nadchodzi. Skąd u nich te tony rozdzierające? One już nieżywe, obumarłe i dawno robakami stoczone. Jest jakaś śmierć jeszcze po śmierci pierwszej, tej pod gwiazdami i niebem, łzami pożegnanej?

Mrok w podziemiu gęstniał, każde ziarenko żwiru w ołów się obracało, ciążąc do jądra Ziemi albo i całej materii Kosmosu: tego, który Wenus unosi, i tamtego ciemnego, zza Styksu.

Anna nie obawiała się odmian ciemności, ponieważ nazbyt wiele czasu pośród nich spędziła. W szpitalu zdało jej się zrazu, że wzrok postradała, nie rozum. O, nie! Świat widzialny najsampierw tak bardzo spłaszczył się, że stał się karteczką wyrwaną z Księgi Życia i już nie znajdowała w nim ani głębi, ani wymiaru duchowego, a nadto czas ze współczesności wyciekł podobnie, jak skapnęła z dzbana ostatnia kropla.

Anna pogrążyła się w ślepocie i zanikaniu wszystkiego. Jarosław ciągle do niej mówił i dlatego zachowywała wbrew swym chęciom nikły kontakt z powierzchnią rzeczywistości. Pragnęła opaść na dno i spocząć tam w gęstym zimnie na zawsze, mąż wszakże jej nie puszczał. Mówił i mówił, a słowa szumiały tak, jakby głowę zanurzyła w wodzie, rejestrując tylko szum dobiegający z odległej maszyny produkującej faktyczność.

Przez chłody mas wód w końcu jakieś ciepełko przebiło, a następnie więcej i więcej zaburzeń zimna do niej docierało, aż ją Jarosław wyciągnął na powierzchnię na przynęcie słów i ciepła swoich dłoni. Wtedy otworzyła oczy. Powiedziano jej, że trzymała je zamknięte przez trzy miesiące, nie uchylając powiek choćby na jeden raz. Nie uwierzyła w tę brednię. Ciemność widziała ostro i wszędzie.

A obecnie pozwalała się wciągać piaskom pomroki, tak boleśnie znajomym i dawno niewizytowanym. Oćma szarzała na skraju jej percepcji i Anna zdecydowała ku temu pojaśnieniu zmierzać, a im bliżej niego, tym wyraźniejsza okazywała się faktura tego błędu w ciemnicy.

Przypomniała sobie tę marynarkę znoszoną, która w ostatnim akcie wisiała nazbyt obszerna na ciele jeszcze mocniej znoszonym niż ona sama. Twarz by jeszcze przydało się ujrzeć dla pewności: w tej sferze każda rzecz fałszować umiała drugą, a rozwaga stawała się warunkiem przetrwania.

Istota ruszyła, po czym znieruchomiała, jak gdyby czekając, aż Anna uda się jej śladem, zauważmy, że niewidocznym i któż wie nad jakimi wewnętrznymi przepaściami się rozciągającym. Zatrzymując się raz po raz i podejmując wędrówkę, dotarli do zarysu pokoju z ciemniejącym łóżkiem i biureczkiem.

Byt w znoszonej marynarce zatrzymał się, przez co dystans pomiędzy bohaterami tej sceny uległ skróceniu, pomimo to o żadnej bliskości nie mogło być mowy. Anna pozostała odległa, różnica zaś między tym, co czuła przed chwilą, a tym, co uczuła teraz, sprowadzała się do tego, że owe powidoki postaci i pokoju nasycały się szczegółami, rozmazanymi i chmurnymi jak wszystko tutaj. Proces postrzegania w tej podziemnej krainie przypominał wywoływanie zdjęć, z tą różnicą, że obraz, zamiast jaśnieć – ciemniał i dopiero ciemniejąc, uchylał skrawka tajemnicy.

Istota wyjęła szufladę z biureczka, następnie kopertę z kieszeni marynarki i dodatkowe przedmioty nie wielkie, tak dokładnie nieostre i chwiejne w kształtach, iż zidentyfikować się nijak nie pozwalały. Anna przyglądała się, jak aktor tego przedstawienia przykleja kopertę pod blatem, skończywszy zaś mocowanie, wsuwa szufladę na miejsce. Coś zostało ukryte – pomyślała i wtedy sylwetka obróciła się w jej stronę, jak gdyby czekała chwili, aż Anna tę myśl w głowie sformułuje.

Twarzy nie dostrzegała: obrys, zalążek najwyżej oblicza albo jego grób. Wiedziała, na kogo patrzy, patrząc w tę pustkę, a była ona niczym, powstawszy z czegoś. Nic na świecie nie ginie, nawet gdy umiera. Nic.

Piękno uobecnia się także w pustce, lecz nie każdy je dostrzega. Kogo nie przejmuje piękno, ten nie zdoła być dobry, a kto nie jest dobry, ten ucieknie przed prawdą.

Czego chcesz? Dlaczego mnie tu przywiodłeś?

Nagle obcy znalazł się przy niej i gdy już wyciągał widmową dłoń, rozbłysnęła iskierka z ogniska pośrodku tego, co zgrubnie uważała za jego głowę. Ognik powiększał się. Anna miała wrażenie uchylania drzwiczek od piecyka pod płytą: z każdą chwilą rozpalone coś rosło przejmująco w żarze. Wyciągająca się ręka męskiego nicośćliwego bytu zajęła się promieniami i ogniem, i nawet gorąc Anna poczuła. A potem uderzenie w policzek – czy to możliwe? – jedno i drugie; i głosy jakieś albo prawdopodobniej głos jeden, kobiecy.

– Pani Anno! – zabrzmiało na czarnym tle z płomiennym centrum – pani Anno, do nas! Do nas!

Otworzyła oczy wprost w kulę słoneczną. Kobiece wargi, pełne koloru, zapytywały, czy wszystko w porządku, i nawoływały do jakichś „nas”, a Anna chciałaby powiedzieć, że jest chora i nie chce iść do szkoły. „Chcę” i „nie chcę” – dziwaczne okucie, obejmujące i ograniczające ludzkie życie.

– Dopiero teraz zdałam sobie sprawę, że coś pani odeszła na leżaku, to więc dobudzam w ten sposób, pani Anno. Z niepokoju. A panowie poszli nad rzekę bobry oglądać.

Anna stopniowo, mrugnięcie po mrugnięciu, oswajała się z tym jasnym miejscem, opuszczonym prawdopodobnie na rzecz tamtego ciemnego. Trudno, pomyślała, przetrwałam tam, nie zginę i tutaj.

– O matko, co z pani skórą! – wykrzyknęła kobieca istota.

W rzeczy samej skóra, zwłaszcza na ramionach i kolanach, nabrała niezdrowego koloru i faktury jakby z odmrożenia.

– Przyłoży się śmietany i zniknie – powiedziała.

Wstała z leżaka i skierowała się do kuchni, gdzie zażądała śmietany, a z powodu jej braku obłożyła piekące ciało kwaśnym mlekiem. Ulga przyszła natychmiast wraz z zapachem. Woń drażniła jej nozdrza, tedy z ulgą pozbyła się po kwadransie opatrunku. Nasunęła na siebie suknię, a na nią skierowała kilka mgiełek perfum. Ledwie zakończyła bieżące czynności, a już dosłyszała zapowiedź nowych zajęć, dziecięcy chór głosów przybliżał się spomiędzy alei nasadzonej białodrzewami. Dziatwa nadciągała punktualnie, co wydawało się dziwne, zważywszy, że we wsi trzymano tylko dwa zegarki, ten u sołtysa i ten od szalonej Agnieszki, do niczego innego niepotrzebne tylko do kontaktu ze światem zewnętrznym, a i tak miała wątpliwości, czy je nakręcano.

– Weronko – od niej Anna rozpoczęła reżyserowanie niewielkich aktorów – postanowiłam, że w sztuce nie będziesz musiała nic mówić, ponieważ przypadnie ci rola zasadniczo milcząca, a mianowicie zagrasz lwa! Potężnego lwa! Cieszysz się, prawda?

Weronka powściągliwie okazywała radość, na granicy z rozpaczą i rozczarowaniem, wzbierającymi w wielkich oczach. Pani ze dworu mówiła, że trzeba cieszyć się z nowej roli, więc czynić cieszenie się starała z całą mocą swych sześciu lat, tylko że Weronce nie szło to gładko, ale po grudzie.

– Złociutka, będziesz ryczeć do woli, gdy nadejdzie twoja kolej – uspokajała ją Anna, ale Weronka już się rozryczała przedwcześnie, choć na sposób mniej lwi, a bardziej dziecięcy. – No, spokojnie, maleńka. Wszystko w najlepszym porządku. Nie chcesz być lwem?

– Chcę – odpowiedziała. – I powiem, że jutro nie będziemy tacy jak dziś, się wczoraj naumiałam.

Anna zdumiała się i wzruszyła. Pacholę opanowało otwierające sztukę zdanie, więc może nie wszystko stracone?

– A więc rozpoczniesz przedstawienie i dodatkowo będziesz lwem. Czy będzie ci wygodnie, Weronko?

Dziewczynka zamyśliła się nad bliskimi perspektywami kariery scenicznej, po czym skinęła głową na tak.

– Moi kochani, wszyscy mają teksty? To zacznijmy próbę. Tutaj jutro będzie prawdziwa kurtyna. Widzicie? Panowie już się postarali. Prawie mamy okno sceny. A gdzie moje córeczki?

WERONKA

Jutro nie będziemy tacy jak dziś.
Dobrze powiedziałam, prawda?

ANNA

Bardzo dobrze. Pięknie prawie.
Lecz opowieść tę na jawie
Snuć musimy.

WERONKA

Zatem niech wejdzie tu pan Kloc.
Kloc.

KOSTEK

Dostojni państwo, zdziwi was to widowisko,
Lecz dziwcie się spokojnie dalej: prawda sama
Wszystko wyjaśni całkiem jasno. To chłopisko –

ANNA

Antek, już wchodzisz!

KOSTEK

To Piram, a to Tyzbe, taka więcej dama.

ANNA

Jolu, musisz być na scenie w tym momencie!
Światło Księżyca dodaje scenie serce!

KOSTEK

Ten gość, wapnem i gliną trochę utytłany –

ANTEK

Suknia mnie pije w kroku.
Czemu w kroku, a nie w boku?
Poprawić ją mogę, nie?

WŁADEK

Nikogo nie utytłaliśmy. To chyba źle?
Bez tytłania spektakl nie wyjdzie wcale.

ANNA

Utytłamy jutro.
Dziś na sucho próbujemy.

KOSTEK

To Ściana podła, którą kochankowie tkliwi
Rozdzieleni, przez szparkę wzmiankowanej Ściany
Będą szeptać po cichu, co niech nas nie dziwi.

WŁADEK

Ja nie chcę być Ścianą.
Po namyśle rezygnuję.
Niezbyt dobrze z tak pionową rolą się czuję.

ANNA

Dobrze, Ścianą będzie Kazia.
Najposłuszniejsza z córek moich.
Kaziu, jesteś Ścianą, zrozumiano?
Musisz twarzą nadać wapnu miano.

KAZIA

Mamo, a gdzie Światło Księżyca?
Czyż Jola nie miała srebrno zakwitać?
To przy niej młodzi lubili zejść się, siąść na grób
i siedzieć.
Ta przeraźliwa bestia zwie się Lwa imieniem.

WERONKA

To ja jestem Lew, prawda?
Czy ryczeć mogę?
Czy znajdę dla emocji drogę?

ANNA

Rycz, złociutka, bo zaraz Tyzbe –

ANTEK

Jam jest Tyzbe.
A suknia w kroku nie boku nadal mnie pije,
Jakby gryzały me ciało żmije.

ANNA

Na schadzkę omackiem
Przyszedłszy, tak się zlękła strasznym przerażeniem,
Że uciekła, na szczęście nie padając plackiem.
Gdy zmyka, aż się kurzy, gubi płaszcz, a paszcza
Lwa rwie płaszcz krwawą mordą.

WERONKA

Jestem Lwem. Rrraaa!!!
Czy mogę kopnąć Ścianę?

KAZIA

Nawet nie próbuj kopać mnie.
Zobaczysz wtedy, co w Ścianie jest podłe.

KOSTEK

Za to zjawia się Piram.

JOLA

I Światło Księżyca.
Ono najbardziej widzów zachwyca.
Na nie widzowie czekają,
Gdyż samą historię dobrze przecież znają.

KOSTEK

Za to zjawia się Piram, widzi zwłoki płaszcza.
W boleści bierze brzeszczot i, zbrzydzon bezbrzeżnie,

Wpuszcza brzeszczot na przestrzał w brzuch przy
żebrze, byle
Nie chybić serca.

WERONKA

Czy ja teraz umieram, w sztuce znaczy?

ANNA

Nie.
Nigdy bym dziecku konać nie kazała.
Odpocznij przed kolejnym lwim rykiem, droga mała.

WERONKA

Ryczeć teraz mogę, bo umiem.
Ryczę często cała.

KAZIA

W tej smętnej krotochwili stoi napisane,
Że ja, niejaki Dzióbek, mam przedstawiać Ścianę,
A jako taka, mam ja życzenie jedyne,
Byście dostrzegli we mnie dziurkę czy szczelinę.

KOSTEK

To przez tę szparkę w niej, jak już dobrze wiecie,
Młodzi z sobą szeptali w kółko i w sekrecie.
Ta glina, kamień, murarska zaprawa –

KAZIA

Znaczą, że jestem Ścianą, i skończona sprawa.
A stąd dotąd mam szparę i ujrzycie, jak –

KOSTEK

Kochankowie w nią szepczą wte, wewte i wspak.

WERONKA

Czyli ryczeć już mogę, o tak!?

JOLA

Wymowniejszego przepierzenia w życiu nie
słyszałam.
Piram tymczasem do Ściany się przysuwa...

KOSTEK

Jam teraz jest Piram,
Ku Ścianie się zsuwam.
A ty, o Ściano, Ściano, ty najczulszy murze
Dzielący naszych rodów grunta – ty mnie ucz,
Ściano niezastąpiona, jak w twej słodkiej dziurze
Zmieścić spojrzenie dwojga rozkochanych ócz.

KAZIA

Dziwnie się czuję, gdy o szparze prawią,
Lęk mój jedyny – czy mnie od wyburzenia wybawią.

KOSTEK

Dzięki, uprzejma Ściano, Jowisz ci poszczęści!
Lecz co widzę? Nie widzę Tyzbe ani w części –

ANTEK

Nadal w nie boku kroku mnie pije suknia okrutna,
Och, gdybym mogła przysiąść do płótna
A z niego cuda wygodne uczynić.

KOSTEK

Nie mówiąc o całości. Podła Ściano, przez
Którą nie widzę mej lubej, podłaś ty jak pies!

ANNA

„Podłaś ty jak pies" to sygnał dla Tyzbe.
Ma wejść z drugiej strony.
Kontrakt miłosny pomiędzy nimi ustalony.

WERONKA

Czy mogłabym zaryczeć?
Lwem jestem przecie,
Choć z wyglądu takie pospolite dziecię.

ANTEK

O, Ściano, ileż razy słyszałaś me skargi
Na to, że rozdzielałaś mnie z moim junakiem!

Całowała twe tynki wiśnia mojej wargi,
Tynki z wapna, z gdzieniegdzie zaplątanym
kłakiem.

KAZIA

Jam ci teksturą, jam też fakturą.
Przeze mnie wszystko może się zdarzyć,
Może też zniknąć, może się schować,
Nikt nie chce takiej historii marnować.

ANNA

Julcia tu wchodzi,
Choć roli nie ma.
Ale dla wszystkich
Jest to poema.

ANTEK

To ty, Piramie, skarbie mój ponury?

KOSTEK

Tak, to ja, Tyzbe, smętna ma oblubienico!

KAZIA

Rymu w tym nie ma.
Lepiej mówili,
Gdy przez Ścianę krotochwilili.

WERONKA

Mogę zaryczeć?
Jestem gotowa.
Gdyż do ryczenia rwie mi się głowa.

ANNA

Poczekaj, dziecko,
Ryknięsz zdradziecko,
Ale nie teraz.
Wytrwaj pogodnie,
Masz tu dla brata nowiutkie spodnie.

KAZIA

Ściana
O takiej miłości nie słyszała.
Choć cały czas tutaj wiernie trwała.
Bo mama jej nakazała.

ANTEK

Miast miodu twych ust, luby, ssie tynk moja
warga.

JULCIA

Mamuś, to dziwaczne jakieś
Z tym tynkiem i ustami,
To jakby ktoś świrnięty przemawiał nami.

ANNA

Tak tylko ci się zdaje, córko moja miła,
Gdybyś tak wielkiej miłości dostąpiła,
Jadłabyś tynk i lizała ścianę,
Jakbyś miłemu opatrywała ranę.

KAZIA

Ja nie chcę, mamo, by mnie
Siostra młodsza lizała.
Niech sobie z językiem poradzi
Sama.

WŁADEK

Lew, bestia dobrze wychowana i obdarzona
wrażliwym sumieniem.

WERONKA

Czy ryczeć?

ANNA

Wprowadźmy dwurogi Księżyc,
Aby kochankowie nie musieli złorzeczyć.
Jolu, czas ci najwyższy świecić,
Czas pomóc w zmaganiach miłości,
Aby macając, nie trafili na wrogów
Czułości.

JOLA

Mamo, bez sensu jest, hmm... są te zdania,
Nie będzie z tego żadnego uznania,
Tylko śmiać się będą ludziowie przebrzydłe,
Po co nam takie utwory ohydne?
Do cna zbutwiałe, trącące molem,
Ja chyba inne utwory wolę.

ANNA

Szekspir jest wielki, on historię tę sprawił,
On w niej nikogo w pustce nie zostawił.

WERONKA

Czy mogę już ryczeć?

WŁADEK

Dzielnie tarmosisz, Lwie.

WERONKA

Rrraaa!!!

WŁADEK

A Lew znikł.

WERONKA

Nie!

Ja jestem Lwem.
Ja wiem, kiedy nie ma mnie!

WŁADEK

Lew, bestia dobrze wychowana i obdarzona
wrażliwym sumieniem.

WERONKA

Czy ryczeć?
Rrraaa!!!

Do próbujących spektaklu zbliża się Irena.

IRENA

Zmieniłam odzienie,
Na przemyślenie
Chwil tu zdarzonych
Będę potrzebować
Dni niepoliczonych.

ANNA

Pani Ireno, świetnie się składa,
Bo właśnie Pirama dotknęła ta skaza
Miłości niezbyt dobrze widzianej.
Pani rozumie? Pani też cierpi?

IRENA

Może gdzieś coś w czwartej części.

WERONKA

Czy ryczeć? Bo Lew...
Tak słyszałam...

ANNA

Jeszcze nie teraz, luba Weronko.
Wstrzymaj ryki w sobie, a ja tak ci zrobię,
Abyś ryknąć mogła jak nigdy,
Potrzebuję tylko ludzkiej krzywdy
Jako paliwa dla opowiadania tego,
Bo bez niego ryki będą do niczego.

WERONKA

Poczekam trochę,
Aby ryknąć mocno,
A teraz popłaczę.
Hurra! Biedna Lwa. Ja.

Nie skończyli próby z przyczyn zdrowotnej natury. Antka brzuch rozbolał od pijącej sukni albo zjedzonych jabłek, a Weronce przytrafiła się senność po lwich rykach. Jerzy z pomocnikami wzięli się do pracy nad ramą sceny, Anna zaś ograniczyła swoją obecność już tylko do nielicznych przymiarek strojów i dobre słowa podarowała dzieciom na drogę.

– Pani Ireno – odezwała się wreszcie, pomachawszy ostatnim maluchom – cudnie weszła pani w rolę. Przeczucie takie miałam, że z pani urodzona aktorka i talent żywiołowy.

Irena nic nie odparła, onieśmielona komplementem oraz nieoswojona ze zmianą, jaką w nastawieniu Anny się wyczuwało. Nic wielkiego ani zasługującego na pochwały nie uczyniła – przeczytała, co gospodyni obłożona kwaśnym mlekiem naprędce zapisała na kartce wyrwanej z notesu. Irena cieszyła się, że włączono ją w inne niż tylko krawieckie prace nad przedstawieniem. Poczuła się mniej omotana materią smutku i bardziej potrzebna, a tego jej brakowało. Pragnęła być potrzebna komuś, kto za to by nie płacił, bezinteresownie. Jerzy ostatnio oddalił się od niej, o ile to możliwe, nigdy bowiem nie żyli w przesadnej bliskości.

Dziwaczny tu dom, pomyślała Irena, i dziwaczni ci państwo na Stokroci.

Przed kolacją zdybała Jerzego w pokoju, gdy zakładał świeżą koszulę.

– Po co my tu? – zapytała.

Zezłościł się, nic nie odparł, a dobrego było tyle, że nie nakłamał. Na kolację podano pasztety z chlebem własnego wypieku i ciasto drożdżowe z herbatą, do której dorosłym dolano po kapeczce wzmocnienia, pędzonego lokalnie. Anna – wydawało się – nadal wykazywała swą inklinację ku młodej mężatce.

Po kolacji pani na Stokroci udała się skontrolować czystość córek, a w temacie czystości ciała wykazywała się naddatkiem uwagi. Jerzy znowu wypuścił się z Jarosławem, Irena natomiast nie bardzo wiedziała, co z sobą począć i gdzie siebie zaprowadzić.

Za dnia spacerowała, czytała stołeczną prasę, uporządkowaną rocznikami i zalegającą na ganku. Czytała zresztą niezwyczajnie, w tył, wbrew wektorowi czasu. Dziś zbliżyła się wreszcie do powojennych porządków i miała nadzieję, że przed wyjazdem dotrze do zwycięstwa nad wrogiem.

Wieczorami niezbyt potrafiła gospodarować. Spać się nie dawało, gdyż nie męczyła się pracą. Jerzy zwykle znikał – ciągał się gdzieś z Jarosławem, a wracał, gdy już przekraczała granicę przytomności. Lektura nie wchodziła w rachubę. Irena zaufała całkowicie babcinej przestrodze, iż czytanie po zmroku ściąga diabły. Z Anną natomiast trudno wyobrazić sobie spędzanie czasu: tak wszystko je różniło, miały odmienne zainteresowania, a właściwie to jedynie Anna je pielęgnowała.

Usiłowała zasnąć, kręcił jednak w jej głowie niepokój. Zachciało jej się być teraz z kimś, nie z sobą, a jeśli to niemożliwe, to chociaż być gdzie indziej by wolała, nie w tej sypialni gościnnej.

Zadecydowała się udać do ogrodu. Koc przeznaczony na chłodne wieczory, podobno częste na Stokroci, choć niekoniecznie tego upalnego tygodnia, zabrała z szafy. Wyszła przez werandę. Dworu nie zamykano na noc, okolica pusta, a do ukradzenia pewnie nie dość, aby ryzykować karcer.

Jakże niecodziennie przedstawiało się nagromadzenie roślinności w trupim świetle nocy! Nigdy takiego widoku nie doświadczyła. Wyrosła w mieście, nadto skromna panna, po ciemku nieszwendająca się jak koty. Czuła się, jakby wchodziła do czarodziejskiego ogrodu albo zakazanej bajki. Klapki porzuciła na skraju werandy, dotknęła trawy boso. Orzeźwienie poszło w górę niby dym z komina, aż do głowy i wyżej, w niebo i gwiazdy.

Z zadartą głową nie dojrzała krzewu, weszła w niego, krzywdy żadnej sobie nie czyniąc. Wstała całkiem zmoczona i potargana. Na koszuli nocnej wykwitły plamy z ziemi i roślinnego soku, ale dziś wieczór jej nie zmartwiły. Chciała czuć tak, jak teraz czuła, że żyje, i to w dwójnasób: jako ona ona, Irena z domu Wilkicz, sama jedna i bez umocowania w Jerzym i jego interesach, oraz jako cząstka większej świata układanki. Fluktuacje rozkołysały zmarniałe coś w jej wnętrzu, szła ogrodem i dopatrywała się w sobie symptomów niespodziewanego ożywienia, albo wręcz zmartwychwstania.

W taki sposób dotarła na skraj ogrodu i przed granicę lasu z żywicznymi aromatami i całą orkiestrą trzasków, trzeszczeń i klekotań. Rozłożyła koc na trawie. Otoczona gałązkami w życzliwym blasku satelity oddała się temu, co robiła ciągle, nigdy jednak nie zwracając na to uwagi: oddychała, a z każdym zaczerpnięciem powietrza odnawiała się w niej malutka cząstka duszy.

Pewnej chwili przez liście zamajaczyła ludzka sylwetka. Wpatrzywszy się, uznała ją za znajomą, aby po kilku kolejnych oddechach potraktować już jako ukochaną. To jego kochała i to on umarł, aby wrócić w tym dziwacznym miejscu, gdzie granice żywego i martwego nie były ostre, lecz najwyraźniej stępione niczym nóż niezdolny odciąć jedno od drugiego.

– Ach, Jakubie, Jakubie, mój Jakubie – powiedziała w sobie, a dusza rozwibrowała się kolorami i wspomnieniami dawnych chwil. – Miałeś się ze mną ożenić, a dostałam Jerzego. Nie jego kochałam, przecież wiesz. Wiesz też, że cię nigdy nie zwiodłam ani nie okłamałam, Jakubie.

Zdarzyło się rzeczywiście tak, że po latach ekscentrycznego narzeczeństwa, przerywanych permanentną i nie zawsze zrozumiałą nieobecnością Jakuba, ustalili datę ślubu, odległą, za trzy lata, ale też konkretną i przybliżającą się z każdą przespaną nocą. Niestety, Jakub zniknął bez wieści, co mu się często przytrafiało, a ta o nim, przyniesiona przez Jerzego, usunęła jej ziemię spod stóp: pogrzeb Jakuba za dwa dni, oczywiście nikt nie będzie miał nic przeciwko temu, gdyby powzięła zamiar...

Wykrzyknęła, że ma mnóstwo przeciwko temu wszystkiemu! Cała jej osoba tej śmierci się sprzeciwia i na nią nie zgadza! A zamiar powzięła, owszem, tylko uczestnictwa w innej ceremonii. Nie będzie farbować białej sukni na czarną!

Płakała w ramionach Jerzego, za nic mając, co sobie pomyśli, a po wyjściu brata ukochanego mężczyzny zwalił się na nią lawiną ciężki sen. Wstała w zmienionym świecie: przestała rozróżniać kolory.

Na pogrzeb nie poszła.

Jerzy roztoczył nad nią opiekę. Opieka zdawała się nie mniej czuła niż Ireny rozpacz głęboka. Wyznał, że wpadła mu w oko, a stamtąd zapadła w serce, od chwili gdy Jakub ich sobie przedstawił. Skończyli przed ołtarzem – tak splotły się fatalne nici losu. Ona w świecie bez kolorów, on w zastępstwie. Ciągnęli małżeństwo już trzeci rok. Irena nie wiedziała, kto kogo bardziej rozczarował.

Czy wolno spać obok osoby obojętnej, nie myśląc o sobie źle? Pytania tego nigdy nie wypowiedziała na głos, prawdopodobnie dlatego, że znała na nie odpowiedź.

Ale teraz wrócił Jakub! Anna go przywołała, a Jarosław – przerywając krąg – nie pozwolił mu odejść. Irena była jednak pewna, że to ona przy stoliku przyciągnęła ducha. Ona. Nie tamci.

Jęk pewnie opuścił jej płuca przy wydechu. Sylwetka podglądana przez roślinną ścianę znieruchomiała, nasłuchując czujnie.

Serce Ireny zabiło silniej. Czuła mokry, ciągnący przez zwilgły koc chłód.

Chodź do mnie. Chodź. No, chodź, pomyślała, zamykając oczy, a gwiazdy nie znikły spod powiek.

Gdy je otworzyła, stał nad nią Jakub, okolony aureolą cienia i mdłym poblaskiem, niewyraźny dla oka, a dokładny w sercu.

– Wróciłeś. – Nic więcej nie zdołała powiedzieć. Postać brana przez nią za Jakuba pochyliła się, ona zaś znowu przymknęła oczy. Gorący pocałunek sparzył jej usta, a lodowata dłoń dotknęła policzka. – Wróciłeś – powtórzyła w chwili, gdy rozległo się szczekanie.

Jakub zniknął, za to wzburzone, drobne kroki przybliżały się.

Wstała, otrzepała i złożyła koc. Zamierzyła powrót do pokoju: nie spać da się i tam. Gdy już miała ruszyć, coś otarło się o jej nogi, a ona krzyknęła w przestrachu. Zza ściany krzewów wyłoniła się Anna.

– Dobry wieczór.

– Dobry wieczór, pani Ireno. Czy nie widziała pani aby Zbynia? Wilczurka niewielkiego? Znowu mi nawiał.

– Nie – odparła. – Widziałam Jakuba.

Anna podeszła bliżej. Wydobyła z kieszeni szklany pojemnik, odkręciła i podała Irenie.

– Proszę przepić. Mnie pomaga, to i pani powinno. – Irena sięgnęła po apteczną buteleczkę i pociągnęła łyk. – Sama nastawiłam – zapewniła. – Szyszki sosny, chrzan, samogon.

Irena odkrztusiła:

– A ten posmak jak żółć to z chrzanu?

– A nie, to... Piołunu dodaję, wtedy komary mniej gryzą, wie pani.

Irena rozważała sens słów Anny, bo że jakiś był, nie miała wątpliwości. Nadal poruszona niedawnym spotkaniem z ukochanym, nie wróciła jeszcze do zwyczajnego stanu.

– A co pani na to, pani Ireno, abyśmy poszły na psiętarz i spędziły chwilę w zadumie? Razem?

– Psiętarz?

– No, psi cmentarz mamy w granicach ogrodu. Tak go nazywam wyłącznie na użytek prywatny. Nasze kochane psiaki wszystkie tam leżą. I Nastazja również. – Anna odebrała flaszeczkę, łyknęła odrobinę i patrząc w oczy młodej kobiety, uzupełniła: – Nastazja, złożyło się, akurat nie była psem.

Irena, wydana na nieoczekiwany wpływ alkoholu, piorunem rozchodzącego się po jej żyłach, zapytała bez namysłu, do jakiego gatunku czworonogów należała Nastazja.

– No, właśnie, problem cały w tym, że była dwunożna, pani Ireno.

Anna ruszyła, a Irena za nią.

Żona Jarosława świetnie orientowała się w ścieżkach i skrótach ogrodu, po ciemku dla Ireny nieodróżnialnych. Czasem przystawała, żeby „psi-psi" rzucić w jakieś zarośla, szczególnie gdzie według niej mógł skryć się Zbynio – tak przynajmniej Irena zinterpretowała psistanki.

Dotarły w zakątek bez wyższych roślin, za to z kamieniami i pojedynczym, sporym obeliskiem. Plan i ład tego miejsca z pewnością określały pozycję poszczególnych kamieni względem innych, Irena wszak nie zdołała odkryć organizującej je zasady.

Usiadły na skrajach kamiennej ławy, na kocu, który rozłożyła Irena, przeprosiwszy, że wilgotny od rosy.

Milczały.

Anna pociągnęła wreszcie sama nalewki i ponownie przekazała ją towarzyszce.

– Pani Ireno, musi pani wiedzieć, że przychodzę tu często po zmroku posiedzieć, ot, tak swobodnie. U nas na prowincji o rozrywki niełatwo.

Jakichże to, cierpko pomyślała Irena, prócz ekshumacji rozrywek zdoła dostarczyć cmentarz?

Zwróciła flaszeczkę Annie. Zakręciło jej się w głowie, jakby na potwierdzenie tego, że się wstawiła. Irena traktowała nadmierną konsumpcję alkoholu jako przywarę czysto męską, dlatego nawet kobiety zbyt często oglądające dno kieliszka wydawały się jej męskie i wulgarne.

– Nie chciałabym zabrzmieć grubiańsko, lecz, za pani pozwoleniem, pragnę przekazać wiadomość spóźnioną, a w sensie ścisłym niezaadresowaną do pani. Pomyślałam, że zdjęłaby niewidzialne ciężary, które pani dźwigać musi...

Irena zmilczała odpowiedź, Anna zaś, niezrażona, kontynuowała:

– Pani wie, że Jakub u nas przepędził ostatnie tygodnie, niemal do końca, a ja spędziłam z nim sporo czasu, nie tylko w opiece, też na rozmowach. On o pani dużo mówił. O tym, jaka pani jest szlachetna i dobra. O tym, że rozczula go pani skrzętna zapobiegliwość i podziwu godna pracowitość. Mówił o pani pięknie zewnętrznym i pięknym spokoju, jaki odnajdywał w pani obecności. Zapytałam Jakuba, czy nie życzyłby posłać po panią... – skłamała Anna.

Przerwała, czekając reakcji i rozważając, co jeszcze dodać. Irena siedziała nieporuszona.

– I co on na to? – zapytała drewnianym głosem młodsza kobieta.

Starsza zwlekała:

– Nie chcę, żeby patrzyła, jak pluję krwią. Nie chcę, żeby widziała mnie takim niczym. Niczym. Wystarczycie wy na Stokroci. Dość już tego umierania! – głos Anny obniżył się, a Irena wychwytywała w nim znajome metaliczne tony z przeszłości. Była pewna, że w Annę wstąpił dybuk, a dokładniej – jej Jakub. Złudzenie było tak doskonałe, iż Irena przykucnęła na trawie i złączyła dłonie z dłońmi Jakuba, użyczonymi przez Annę albo wyrwanymi z niej, tego nie wiedziała ani jej to nie obchodziło.

– Kochany Jakubie, muszę coś ci powiedzieć, kochany, muszę powiedzieć... – Przyklęknięta kobieta zaniosła się szlochem, a ta siedząca na ławce zesztywniała. Długo trwało, nim przyłożyła dłoń do mokrego policzka klęczącej, a drugą pod brodę, unosząc ją ku górze tak delikatnie, jak wznosi się w powietrze babie lato. Patrzyły na siebie, nie wiadomo, kogo widziały, natomiast dyskusji nie podlegał fakt, że więcej tam było osób niż dwie.

– Przepraszam, pani Anno. Nie wiem, co mnie napadło. To chyba ten spokój. On mnie tak demontuje po kawałku. I Jakub. On też mnie niszczył. A tutaj czuję jego obecność silniej, niż kiedy był ze mną. Przepraszam. Zgłupiałam.

Annę zalała fala tkliwości, bijącej ku tej młodej mężatce, tak przez siebie wcześniej niesprawiedliwie ocenionej. Czy to tak – zastanawiała się – że odnajduję się w jej cierpieniu i skomplikowaniu relacji damsko-męskich? Czy dopatruję się w niej mnie sprzed lat?

– Powinna pani – zaczęła Anna, po czym przymilkła, skupiona na patrzeniu w niewidoczny punkt – powinna pani zobaczyć pokój, w którym dokonywało się życie Jakuba. Czy to pomoże? Nie wiem. Istnieje wiedza, która szkodzi i zatruwa życie.

Anna już prawie spała, gdy usłyszała z podwórza, przez szparę między okienną futryną a ścianą, pogłośnione, okrutne zdanie: „I ona wzięła mnie za Jakuba! Niezła heca, prawda?". Kroki oddaliły się w stronę drzwi wejściowych. Pewnie z kwadrans upłynął, zanim Jarosław zatoczył się do sypialni. Słyszała, jak zdejmuje odzienie, a niedługo sprężyny łóżka jęknęły pod ciężarem jego ciała, podczas gdy ona zastanawiała się, czy w gościnnym pokoju łóżko też takie jękliwe, a Jerzy równie podchmielony? A Irena? Czuwa czy schroniła się w sen?

Jarosław ułożył się na boku i odruchem małżeńskim ramię zarzucił niczym cumę na ciało żony, knecht jednak mniej był uśpiony, niżby sobie winszował.

– Musisz otworzyć pokój – rzekła. – Dla Ireny. Ty się w tej układance nie liczysz, Psie.

Nie nazbyt wczesnym rankiem Anna, przemocą wewnętrzną zwleczona z łóżka, odkryła Irenę w kuchni, rozgadaną z Cecylią, a obydwie zajęte krojeniem i mieleniem mięs na urodziny Jarosława. Przywitała się i zapytała o ciasta, a potem dopytała, czy panienki już po śniadaniu. Cecylia na to, że owszem. A gdzie one? A poszły do wsi, bo dziś objazdowe kino dziecięce przyjeżdżało. No, tak – zapomniała o tym, pochłonięta ostatnimi wydarzeniami.

W ogrodzie Jerzy z Wieśkiem i Kaziem pracowali nad wkopaniem w ziemię ramy pod kurtynę. Nie rozmawiała z nimi, bo nie chciała przeszkadzać, a i czuła jakieś spłoszenie – wstali wszyscy i zabrali się za swoje życie, nie dbając o nią. Za kilka godzin przybędą dzieci na generalną próbę tej katastrofy, zaplanowanej na urodzinowy prezent i z nadzieją na osobisty, malutki sukces.

Poczuła nagle, jak ściany świata napierają na jej skronie.

Umknęła do wzdychalni na piętrze, zamierzając odzyskać tam spokój ciała i jasność umysłu.

Usiadła w fotelu, a wzrok skupiła na porcelanie o wielorybich kształtach.

Siedziała i patrzyła, próbując przedstawić sobie przed oczyma taflę wodną, spokojną i nieskończenie błękitną. Wtem drzwi naraz zaskrzypiały i wszystko zaczęło czernieć.

Wszedł Jarosław.

– Tuszko, wszystko dobrze? – zapytał w progu, bardziej żeby zaświadczyć o swojej obecności, niż uzyskać odpowiedź, tę bowiem znał: nie było.

Zgodnie z jego przypuszczeniem nie było dobrze, Anna nie zareagowała, pogrążona w smolistych pejzażach. Zbliżył się do fotela i delikatnie położył rękę na jej ramieniu, a ona niespodziewanie wyrzuciła z siebie:

– On ją krzywdzi, rozumiesz!? Krzywdzi!

– Anno, co za głupstwa wygadujesz?

Dzień przed urodzinami, kiedy zawsze otwierała się przed nim otchłań pustki, kiedy najchętniej zagrzebałby się w gawrze, czekając, aż zima jego życia minie i odrodzi się młody, w taki dzień najbardziej pragnął uniknąć sporu z Anną.

– Ty nie rozumiesz! Ona się przy nim rozpadnie! Rozpadnie na kawałeczki, a każdy kawałeczek na jeszcze więcej kawałeczków, a te na jeszcze drobniejsze, aż z Ireny zostanie żwir. Żwir, pojmujesz?! Żwir, po którym wszyscy depczą!

Jarosław zrozumiał tyle, że nie do końca o Irenę szło, a nawet jeśliby Irena stała się obiektem troski Anny, to przecież on sam troskę pragnął okazywać żonie, a nie gościom przejazdem. Nadto pewność w nim wzrastała, że chodziło o dawne czasy, o niepokoje pozostawione w przeszłości każdego ze stokroczan, a do tego wolałby nie wracać. I tak wszystko wymykało się spod kontroli.

– Czy coś zrobić?

Milczała długo, a Jarosław stał cierpliwie niczym uczeń na apelu.

– Powiedziałam ci w nocy. A teraz już idź. Chcę zostać sama.

Wiedział z doświadczenia, że przeciwstawianie się Annie w takim jej stanie było bezcelowe. Wyszedł.

Pojawili się niezapowiedziani goście aż ze stolicy, lokomotywką przybyli, potem furmankę najęli, a i ci z pobliża zapowiedziani niestety również przyszli w nadkomplecie. Do dworu przyciągnęła też garstka rodziców w nadziei ujrzenia swoich pociech w sztuce, co ją pani szykowała od dwóch było już tygodni.

Anna podziwiała mechanizm odsuwania kurtyny, zaprojektowany przez Jerzego: starczyło kręcić korbką, a spadochronowa tkanina przesuwała się na prawo, odsłaniając widok w głąb ogrodu, ujęty w drewnianą ramę z odległym maźnięciem rzeki. Mężczyźni ułożyli ponadto atrapę sceny z desek, zbitą po bokach rozmaitymi elementami starych mebli: wykorzystali nogi, fragmenty blatów, a nawet ze dwa lica szuflad. Całość sprawiała wrażenie zaskakująco przyjemne i wręcz przemyślane.

Zanim publiczność zajęła miejsca, Cecylii uciekły gąseczki. Kostek zapytał, czemu takie małe. Odpowiedziała mu Weronka:

– No, bo to szczeniaczki są.

Annie udzielało się podniecenie dzieciaków, ciekawość i pragnienie sukcesu.

Wreszcie kurtyna poszła w bok i spektakl się rozpoczął.

Weronka wyrzekła dumnie i bezbłędnie pierwsze zdanie i stała się lwem w ogromnym kołnierzu ze słomy, wymyślonym, wykonanym i sprezentowanym przez jej dziadka. Co prawda Anna uważała, że Weronka w nim bardziej podobna jest do żubra niż lwa, ale jakie to miało znaczenie?

Anna z niejaką satysfakcją przyglądała się zdumieniu Jerzego, gdy weszła Irena. Postanowiły jej udział zachować w tajemnicy i uczynić z niego niespodziankę.

IRENA

Zmieniłam odzienie,
Na przemyślenie
Chwil tu zdarzonych
Będę potrzebować
Dni niepoliczonych.

ANNA

Pani Ireno, świetnie się składa,
Bo właśnie Pirama dotknęła ta skaza

Miłości niezbyt dobrze widzianej.
Pani rozumie? Pani też cierpi?

IRENA

Może gdzieś coś w czwartej części.

WŁADEK

O, dlaczego lwom daje lwią postać Natura?
Aby krwiożerczy lew mógł kwiatuszek mój spożyć?

WERONKA

Czy ryczeć? Bo Lew...
Tak słyszałam, gdy w grzywę pazurem
Się drapałam.

ANNA

Jeszcze nie teraz, luba Weronko.
Wstrzymaj ryki w sobie, a ja tak ci zrobię,
Abyś ryknąć mogła jak nigdy,
Potrzebuję tylko ludzkiej krzywdy,
Jako paliwa dla opowiadania tego,
Bo bez niego ryki będą do niczego.

WERONKA

Poczekam trochę,
Aby ryknąć mocno,
A teraz popłaczę.

Spektakl toczył się bez znaczniejszych wpadek. Nikt bardzo tekstu nie pogubił, a dopiski Anny brzmiały tak naturalnie, jak to tylko do pomyślenia przy sztuce, oględnie mówiąc, nienowej, za to szlachetnej.

WŁADEK

Niechaj sobie cztery pary
Wiecznie dochowują wiary.
A natura niech ich dzieci
Żadną skazą nie oszpeci.

JULCIA

Jeśli zaś i do marzenia
Masz niechętne zastrzeżenia,
Jeśli patrzysz niełaskawie
Na te letnie sny na jawie,
Niech to zbytnio cię nie złości:
Poprawimy się w przyszłości.

ANNA

To już dobrze. Daję słowo
Jakem Anna, ruszę głową
I wymyślę sny ciekawsze,
Takie, które odtąd zawsze
Będą na świat jawy płaski
Rzucać swoje barwne blaski.
Jarosławie, mężu drogi,

Zaproś nas za swoje progi,
A swą mądrą obecnością
Przemień nas wnet tą radością
Na to, co wciąż w sercu mamy,
A czego nigdy nie postradamy.
Chociaż braki nieraz przecie
Najważniejsze są na świecie.
Lecz gdy ktoś zbraknie komuś,
Wtedy rozpacz po kryjomu
Toczy czerwiem dnie i noce,
Próżne są najszczersze moce.
Braku nikt już nie ukoi,
Nikt nie sprosta takiej roli.
Tak, mój drogi, mój kochany,
Przyjdą, znowu przyjdą zmiany.

Anna napisała więcej wersów, ale je zachowała tylko dla siebie. I tak już uważała, że naruszyła granicę zabawy i prywatności Jarosławowego święta, dawszy upust nienazwanym lękom i strachom.

Rozległy się brawa.

Szczęśliwa Weronka ryczała lwio ponad program. Anna kłaniała się razem z dziećmi, roześmianymi i przejętymi. Odebrała z Ireną z tuzin gratulacji i podziękowań, a myślała tylko o tym pokoju zamkniętym od lat, o miejscu przeklętym w samym sercu domowego życia. Nie mogła doczekać się, aż wszyscy znikną ze Stokroci, aż opadnie na kanapę obok Jarosława, uchwyci jego dłonie i zwyczajnie posiedzą, nie wypowiadając ani słowa, jak zawsze, gdy starali się przywrócić utraconą równowagę. Na razie musiała wypełniać obowiązki gospodyni, a tego nie lubiła – ochania i achania, udawanego zainteresowania i rozmówek o niczym.

– Po co ludzie tacy są? – zapytała kiedyś męża. – Przecież mają w głębokim poważaniu moje zdanie, a ja ich zdanie poważam podobnie.

Jarosław ubijał towarzyskie interesy. Widziała, że Jerzy go nie odstępował i każdemu z co znaczniejszych gości prawił mniej czy bardziej jaskrawy komplement. Pomyślała, że to karierowicz, niegodny zaufania, chociaż kurtynę sprawił wyśmienitą.

Po wczesnej, uroczystej kolacji – Anna zaplanowała niecodzienną godzinę, chcąc towarzyskość zostawić jak najprędzej za sobą – goście zaczęli się zbierać. Wieśkowi kazała zaprząc konie i varsovieńskich gości na kolejkę odwieźć.

Goście dziwili się, że tak wcześnie, do odjazdu sporo czasu zostało. Anna odpowiedziała im naprędce skleconą historyjką o stadzie łosi, tarasujących nagminnie drogę i za nic sobie mających pokrzykiwania ludzkie.

– No i te łosie – skończyła – należy bezwzględnie wkalkulować w czas podróży.

Wyjechali albo wyszli wszyscy nieswoi z wyłączeniem młodego małżeństwa.

Anna pomogła Cecylii, córkom i Irenie uprzątnąć naczynia. Jarosław skrył się w gabinecie, przeczołgany jak byle rekrut, a Jerzy zapytał ją, czy życzy sobie, by rozmontować ramę i scenę. Scenę tak, ramę chciała pozostawić na pamiątkę.

Niezbyt grzeczne było delegowanie gościa do prac demontażowych, ale z drugiej strony powinien on nauczyć się ostrożnie obchodzić z grzecznością: ktoś mógłby nie zechcieć dostrzec kurtuazji w kurtuazyjnej propozycji, jak ona dla przykładu teraz z premedytacją.

Annę osaczyły z każdej strony wyrzuty sumienia: i o spektakl, i o gości, i o Jarosława. Poczuła takie palpitacje serca, że musiała pilnie się położyć.

Uwolniła opuchnięte kostki z pantofli, a już to wystarczyło, żeby poczuć się lepiej.

Wypadła jej przed oczy, niby nieoczekiwana fotografia z książki, twarz Weronki w słomianej grzywie żubra grającego lwa i ten naiwny obraz, zarazem czuły, przegnał bliższe lęki, kołysząc Annę do snu, jakby w sen opadała łagodnie na spadochronie.

Gdy wstała, dwór już prawie zmilkł, ograniczając dźwięki do zwyczajowych skrzypnięć i niewielkich tąpnięć. Godzina była tak późna, że córki powinny spać w łóżkach, co się stało, a w czym upewniła się, zajrzawszy do pokojów. Zeszła na dół: pociągała ją wizja kieliszka wina albo nalewki. Goście stołeczni przywieźli skrzynkę importowanych butelek. Zamierzała uczynić użytek z prezentu, koniec końców znajdowała się w potrzebie.

Gdy przechodziła obok gościnnej sypialni, wydało jej się, że słyszała tłumiony płacz. Nigdy nie była ciekawska, nie podsłuchiwała ani nie ulegała plotkom, tym razem w drodze wyjątku przyłożyła ucho do szpary w drzwiach. Nie przesłyszała się. Nie weszła do pokoju, stłumiła w sobie współczujący impuls. Wiedziała, jak niebezpieczną bronią bywało współczucie, jak bardzo potrafiło poniżyć; tylko miłość i oddanie miały w sobie pieczęć piękna, zdolną pokonać ludzkie i nieludzkie demony.

Piękno? Prawda? Dobro? Bez miłości karlały, stając się własnym przeciwieństwem, rozkłączającym się w ciemną ziemię.

Okazało się, że ktoś otworzył umieralnię. Światło biło otwartymi drzwiami w ciemny korytarz. Zawahała się: dotrzeć do spiżarki dałoby się innym sposobem. A przecież do tego dążyła: przemienić ostatni pokój Jakuba w pomieszczenie codzienne.

Nie umiała zliczyć momentów, kiedy powstrzymała język za zębami i nie mówiła nic z kwestii ciążących jej na głowie: – Nie buduj świątyni kościom w sercu naszego życia – takie zdanie powtarzała wiele razy na próbę w samotności, aby później wiele razy zmilczeć Jarosławowi. Rozumiała ból po utracie najbliższej osoby. Doświadczała tego bólu każdego dnia. Utraciła najukochańszego towarzysza, choć był obok. Rana paliła jakby świeża, gdy na niego patrzyła.

Anna podeszła do otwartych drzwi. Pokój był niewielki, wąski, jakby obudowany wokół równie wąskiego łóżka. Biureczko z krzesłem stały pod oknem zabitym deskami. Światło paliło Jakuba pod koniec, jakby przeszedł na stronę nocnych stworzeń, a że stosownych zasłon nie zdołali zdobyć, Jarosław osobiście zabił okno deskami i jeszcze zawiesił kawał płótna ze spadochronu.

Na łóżku siedział jej mąż, tak jak często ongiś siadywał. Na jego kolanach spoczywała głowa Jerzego, ułożonego na boku jak przerośnięty płód. Jedna ręka męża swobodnie spoczywała na biodrze młodego mężczyzny, druga zaś gładziła jego włosy. Na brudnej podłodze leżały wyschłe truchełka moli, pająków, a nawet biedronek, kolonie całe i martwe.

– Jak to tak? Jak? Irena chce mnie rzucić...

Bardzo źle wtedy o Jerzym pomyślała Anna: padalec, wykorzystuje problemik, żeby Jarosława do siebie przywiązać. *To jest niskie, takie niskie!*

Jarosław machinalnie gładził włosy Jerzego, który kontynuował półgłosem:

– Byłem dla niej niedobry. Wykorzystałem jej ból po moim bracie. Ja... często... gdym do pana zadzwonił, miałem w zamyśle spieniężenie pańskich listów do Jakuba. Myślałem, że coś dla pana znaczą. Potem nie umiałem zdobyć się na przedstawienie oferty. Pan i pana żona tak naturalnie nami się zajęliście, i Jakubem, tyle kłopotu sobie zadaliście... Nie umiałem wypowiedzieć tego, z czym przyjechałem, że z listami nadal do rozwiązania sprawa...

Zapadła cisza długa i cienka, pod jej granicą kotłowały się rozmaite myśli, walczące o pierwszeństwo.

– Niekiedy tak bardzo przypominasz mi Jakuba, że zdołałbym ci wybaczyć każdą podłość. I listy bym spłacił nie dla nich samych, tylko dla ciebie, w którym widzę odbicia Jakuba. I szantażować też bym się pozwolił. Spłacałbym jego życie, chociaż nie mam mu nic do spłacenia.

– Listy ukryłem w szopie – wyznał Jerzy. – W skrzyni z narzędziami znajdzie pan niebieską teczkę. Miałem o tym poinformować listownie już z miasta. Nie chcę być złym człowiekiem. Nie chcę. Mam w sobie... coś jakby skłonność do łatwego zła. Takich podłostek...

W tym momencie Anna wkroczyła do grobowca. Ubłocone buty Jerzego spoczywały na łóżku. Jarosław nie zdziwił się. Powoływał w opowiadaniach bardziej niesamowite zdarzenia niż żona wchodząca do pokoju. Odsunęła krzesło od biurka, odwróciła je i zasiadła naprzeciwko mężczyzn.

– Tul go, Jarosławie. Utul. Pożegnaj – rzekła – bo ja nie. Nie chcę. – Szukała słów, żeby wyrazić coś tak banalnego, że sama tym słowom nie potrafiłaby zaufać. – Pan czuł, że Jakub był od pana lepszy we wszystkim, prawda? A to nieszczęście tak myśleć. Pan rozumie, panie Jerzy, Irena jeszcze nie jest stracona. Ona w panu widzi podobne światło, a nawet jeśli przymruża oczy, to nie znaczy, że oślepła. Niech pan ufa kobietom. Kobiety widzą więcej, niż dają poznać.

Nastąpiło milczenie, które ciągnęło się jak wolno przemierzany step, nie krępowało, przeciwnie: koiło.

– Trzeba skończyć z tym pokojem.

– A pani... – Jerzemu słowa więzły w gardle – czy... czytała listy pana Jarosława?

– Nie. Nie czytałam. – A zaraz dodała drwiąco: – Z pewnością wyszły piękne.

– O, takie są! – zapewnił Jerzy, na co Anna chłodno zauważyła:

– Gdyby były inne, Jakub umierałby gdzie indziej. Nie na Stokroci.

– Pani Anno, pani wie, że Ja... ja nigdy... nie jestem Jakubem...

– Ma pan na sobie dużo błota, coś szlachetnego jednak spod niego błyska. Widzę.

Anna spojrzała na sufit. Prowizoryczny sprzed lat kinkiet wycinał jaśniejszą przestrzeń, na krawędziach nieostrą. Weszła Irena. Oczy miała zaczerwienione, jej wykoślawiony cień rzucał się z drzwi na ścianę.

– Przepraszam – wyrzuciła pierwsze słowo, najtrudniejsze, a po nim popłynęły kolejne, też nieproste: – Jerzy, przepraszam. Nigdy nie będziesz Jakubem. Mój błąd. Uwierzyłam, że to da się odwrócić. Nie da. On tutaj umierał, prawda?

Jarosław skinął głową i raz jeszcze, i jeszcze, podobny posążkowi azjatyckiego bożka.

Irena dotknęła zakurzonej kapy na łóżku, a następnie zadarła głowę, wpatrując się w prostokąt światła o nieostrych granicach na suficie. Znikąd wzięły się jej obce słowa:

– Ludzie przy pustym grobie. Okrutność.

Anna wygrzebała z kieszeni zawiniątko, rozpakowała i podała Irenie:

– Chciałam sprezentować w dzień waszego wyjazdu. Teraz chyba lepszy na to moment. Pani Ireno, to pamiątka i na pamiątkę.

Srebrny medalion otwierał się na dwoje, kryjąc miniaturowe fotografie. Jedna przedstawiała Jakuba, druga Jarosława. Anna obserwowała uważnie twarz młodej kobiety. Czy zrozumie, ku czemu i ku komu chciała ją lekko pchnąć?

Irena skierowała wzrok na Jarosława i Jerzego, następnie przeniosła na zdjęcia w medalionie. I taką trasę pokonała oczyma jeszcze kilkakroć, jakby w pragnieniu upewnienia się, ilu ich jest. Trzech czy czterech? A może dwóch tylko?

– Jutro musimy wyjechać. Słyszysz, Jerzy?

Podniósł się, usiadł na łóżku obok gospodarza i pocieszyciela swojego.

– Dobrze. Tak.

Anna potrzebowała czegoś więcej, jakiegoś symbolicznego zamknięcia Jakubowej historii, a przy tym w tej samej chwili praktycznego otwarcia pokoju na zwyczajny świat, ten z córkami śpiącymi i służbą, z kłopotami i kłopotów nieustannym przezwyciężaniem.

– Wstańmy wszyscy i chwyćmy się za ręce.

W milczeniu zrobili, jak im kazała. A wtedy światło przygasło kilka razy, co stałych lokatorów na Stokroci nie dziwiło, gdyż prąd tu płynął kapryśnie, a często wysychał na długie godziny.

– Jakubie – rozpoczęła Anna z zamkniętymi oczyma – dobry duchu, wiem, że tu jesteś. Przypatrz nam się dobrze. Zachowamy cię we wspomnieniach, każdy z nas w swoich intymnych, to ci obiecuję. Obiecuję.

– Obiecuję – Irena powtórzyła, a po niej też sami z siebie zrobili to mężczyźni.

– A teraz proszę cię, Jakubie, żebyś odszedł na zawsze. Odejdź. Odejdź.

Pozostali podchwycili jej zaklęcie i zatracili się w nim, raz szeptem, raz głosem normalnym, raz gniewnie i głośniej.

Ich zaczarowanie przerwała deska zasłaniająca okno, która skrzypnęła i, najwyraźniej odpadłszy, wybrzuszyła spadochronową zasłonę.

– Rozbierz to – zaordynowała Anna.

Jarosław podszedł do okna i zaczął zrywać pozostałe deski. Zaskakująco łatwo odchodziły od futryn.

Anna wzięła z łóżka poduszkę, zestarzałą i nieświeżą jak wszystko w tym pokoju, i przetarła nią szaroburą szybę. Za oknem panowała noc, nic tam się nie działo, nawet daleki ognik nie zechciał zamigotać.

Anna nagle coś sobie przypomniała. Wyjęła szufladę i wsunęła rękę w otwór.

– Jest – rzekła.

Mężczyźni przewrócili biureczko na bok. Ujrzeli teczkę przymocowaną od spodu. Jarosław spróbował ją oderwać, lecz klej nie puszczał.

– Puść – rzekła Anna, odsuwając na bok Jarosława. Przykucnęła, dotknęła z czułością pakunku z wieściami z zaświatów, powtórzyła: – Puść!

Zdjęła kolczyk z prawego ucha i ostrym zakończeniem szafiru podważyła z rogu.

– Całe szczęście, kochanie, że nie założyłaś pereł. – Anny nie zwiódł żartobliwy ton: mąż był przejęty nie mniej niż pozostali.

W środku znajdowały się dwie koperty, jedna zaadresowana do Ireny, druga do Jarosława. Anna doręczyła koperty adresatom.

Przesyłka Ireny zawierała liścik, testament i akt własności. Jakub zapisał jej mieszkanie na drugim piętrze kamienicy w Varsovie, w którego posiadanie wszedł w niezbyt jasnych okolicznościach. Wygrał je w karty albo nabył w zamian za wykonywane przez siebie prace, a jeszcze przechwalał się, jakoby otrzymał je od pewnej posuniętej w latach matrony jako wyraz wdzięczności.

Irena tak się zdumiała, że najlżejszy cień radości nie padł na jej twarz.

Jarosław odpieczętował własną kopertę. Znalazł w niej plik odręcznie zapisanych stronic. Przeglądał je w napierającym milczeniu towarzyszy:

– To takie... opowiadanie futurystyczne, jak z włoskiej literatury. Napisałem je kiedyś, na samym początku... znajomości... dla Jakuba. Nie spodziewałem się... Mówił, że je skradziono razem z bagażem podczas jednej z jego podróży.

Nad Stokrocią tymczasem trwała noc głucha i ciemna, jak gdyby wycięta z kiru. Nic nie poskrzypywało, nie pohukiwało, cała czwórka musiała w samotności dać tej bezdźwięcznej martwocie odpór.

Pożegnanie gości przebiegło serdeczniej od powitania. Z żadnej strony nie padły towarzyskie obietnice czy propozycje. Anna uważała, że tak było uczciwie.

Wczesnym popołudniem siedziała na werandzie, patrząc na ramę i zsuniętą na prawo kurtynę. Patrzyła na to samo, co zawsze, tym razem wszakże „to, co zawsze" przedstawiało się inaczej, ujęte stanowczo w ramę, a przez to łatwiejsze w odseparowaniu tego, co się mieściło w niej, od tego, co nie. Niemniej zdawała sobie sprawę, że wystarczyło zmienić kąt patrzenia i weszłoby do ramy coś, czego nie było, a wypadło to, co się mieściło.

Czekała na Jarosława. Obiecał przeczytać opowiadanie zwrócone z przeszłości. Najpierw bagatelizował znaczenie „tej opowiastki", ale widząc nieustępliwość żony, sam ustąpił.

– Wino – oznajmił, stawiając dwa kieliszki i butelkę sprezentowanego trunku. – Pamiętaj tylko, Tuszko, że to taka forma futurystyczna, jak ją sobie wyobrażałem, a literacko rzecz nie przedstawia większej wartości albo przedstawia żadną.

– Czytaj. Nie o wartości chodzi.

Jarosławowi długo nie udawało się przyjąć wygodnej pozycji, kręcił się, poprawiał coś, pyłki usuwał, przesuwał kieliszek, aż wreszcie zaczął, zastrzeżenie kolejne uczyniwszy, że to taka tylko błahostka fantastyczna. Nieistotnostka:

Pokój na drugim piętrze kamienicy przypomina starożytną pieczarę, a mój młodzieniec półdzikusa. Nie uświadamiałem sobie tej ogromnej ilości koców, kilimów i dywanów, któreśmy nagromadzili przez trzy wspólne lata. Jedne ścielą się po podłodze, a drugie wdrapały się moimi rękoma na ściany, zwłaszcza na te z półkami ciężkimi od tomów. Jakub woli na nie nie patrzeć. Fałdy barwnych płaszczyzn układają się w spływające fale rzek, pełne miejsc, których nie odwiedzimy, i obrazów, których nie ujrzymy.

Październik wydaje się irytująco ciepły, chociaż teraz dzięki słońcu udajemy, że wyjechaliśmy na wywczasy.

O październiku! Wiele nam będzie, wiele wypomniane.

Koce wypełzają również na niewielki balkon z pojedynczą doniczką, a w niej wawrzyn szlachetny waha się, czy sczeznąć niezwłocznie, czy doczekać transsubstancjacji – w zupie stanie się listkiem laurowym.

Wspólny przyjaciel obdarował tytoniem szałwiowym i sziszą.

„Kocham cię, wiesz?"

„Jak chcesz".

Nieuważny, zachwycający młodzieniec, nagle wynurza się do świata.

„Cała nasza piękność rozsiała się po tej drodze jak żwir. Pamiętasz? Napisałeś tak”.

„Zobacz, mam ziarenka żwiru w kieszeni. A w łazience wisi lusterko. Spójrz! Nic się nie zmieniło. Nic. Ty i ja. My. Czyż nie?”

2

Kłamstwa przypominają brud. Jak człowiek się nie myje i nie sprząta, to wszystko staje się coraz brudniejsze – niknie kolor, czasem nawet kształt. Zacierają się przyjaźnie, rozmywa wewnętrzny rdzeń istoty. Wszystko staje się inne: mniej dokładne i mniej bolesne.

Nie wiem, czy człowiek rodzi się z pierwszym kłamstwem. Jeśli tak, to jakie ono jest? Płacz nakarmionego niemowlęcia, żeby przykuć uwagę matki? Płacząc, udawałem głód lub ból? Albo wcale nie udawałem, tylko byłem przerażony, jak każdy, gdy jego świat nagle przestaje być wyznaczany granicą wewnętrznych tkanek matki?

Pamiętam kłamstwo pierwsze, to znaczy – pierwsze kłamstwo, które pamiętam, bo przecież wydarzyć się mogły wcześniejsze. Chciałem z lodówki wyciągnąć ciasto albo czekoladę i stłukłem salaterkę. Rodzicom powiedziałem, że zrobił to mój młodszy brat. Dostałem od matki kuksańca za to, że nie upilnowałem brata, a więc i tak zostałem ukarany, ale nie za to, co zrobiłem, lecz za to, czego nie zrobiłem, gdyż brata pilnowałem pilnie. Teraz myślę, że kara ma w sobie coś uniwersalnego, że karanie za wyparcie się siebie i własnych uczynków jest głęboko słuszne. Problem jednak w tym, że często bywamy karani za bycie sobą i za własne uczynki.

Nie mam natomiast wątpliwości w kwestii kłamstwa głównego, kłamstwa towarzyszącego mi dzień i noc przez ponad trzydzieści lat. Czasem to kłamstwo uchylałem przed bliskimi ludźmi wieczorem przy kolacji albo samo uchylało się przed ludźmi kompletnie nieznajomymi w ciemniejszym zaułku, przed światem wszak byłem człowiekiem dotkliwie skłamanym.

Kłamstwo główne zostało tak gorliwie i szeroko rozpracowane przez literaturę, psychologię i rozmaite nauki, że wstyd się do niego przyznawać. Kto nosi w sobie takie kłamstwo, wydaje się ułomny i tchórzliwy. Bo czego tu się bać? A taka jest natura tego kłamstwa – strach. I wstyd.

No, to teraz. Kłamstwo główne. Nie chciałem przyznać przed światem, że jestem homoseksualistą. Przed sobą stopniowo oswajałem się z tym, że mój biseksualizm jest życzeniowy i teoretyczny raczej niż rzeczywisty i praktyczny. Względem siebie poruszałem się szybciej niż względem świata. Takie różne prędkości musiały doprowadzić do wypadku. I doszło do niego, do wypadku, paradoksalnie w okresie, gdy zdawało mi się, że moje bycie przed światem dogania moje bycie przed samym sobą. Tak jak z salaterką – ktoś został ukarany nie za to, kim był, tylko za to, czego nie zrobiłem.

* * *

Mam problem z ciałem, a moje ciało ze mną. Niedługo stuknie nam obu czterdziestka. Przeszliśmy razem długą drogę, czasem nawet się lubiliśmy, zwykle na krótko i w szczególnych okolicznościach.

Na przykład nigdy nie lubiłem, gdy ktoś mnie dotykał. Powitalny pocałunek, objęcie, przytulenie – proszę bardzo.

Myślę, że przyczyna tkwiła w niemocy do zaakceptowania przyjemności płynącej ze strony czegoś, czego nie lubiłem, to znaczy własnego ciała.

Nie ufałem mu. Mogło przytrzymać na kimś wzrok za długo albo kogoś za rękę. Mogło spiec raka albo stanąć okoniem. Nie ufałem ciału, dlatego nie chciałem, aby było dotykane. W każdej chwili, powtarzam, było gotowe do zdrady. Każda taka zdrada mogła skończyć się wyzwiskami, agresją fizyczną, a w najlepszym razie – plotkami, insynuacjami i heheszkami. Traktowałem moje ciało jak najbliższego wroga. Wroga, z którym spałem od małego.

Ono z kolei odpowiadało podobnym brakiem zaufania i woli współpracy. Nie zamierzało stać na baczność, spięte. Ono miało swoje potrzeby, rozbieżne – tak sądziłem – z moimi. Ono chciało być dotykane, a przede wszystkim akceptowane. Nawet nie przez innych, tylko przeze mnie. Tego akurat nie umiałem mu dać.

Teraz wiem, że stałem się względem mego ciała taki, jakim względem mnie było otoczenie – homofobiczny. Nabawiłem się homofobii przez osmozę, której ogniska występują w środowisku wyzutym z empatii, za to nasączonym nieufnością i hipokryzją. Moja homofobia należała do innego rzędu, trudniejsza do wychwycenia i zdiagnozowania, daleka od prostackiego: „zakaz pedałowania". Te wszystkie: nie interesuje mnie, kto z kim sypia; a niech sobie żyją, choć to nienormalne; nie mam nic przeciwko temu, byle się nie afiszowali. No, właśnie. Nie sypiałem, sobie niech żyłem i też nie miałem nic przeciwko temu, z grubsza przynajmniej, bylem się nie afiszował. W stosunku do samego siebie byłem taki jak otoczenie. Pod osłoną nocy – dobrze; po wschodzie słońca lub w rozmowie – źle. Byłem homofobem w stosunku do siebie, powtarzam, choć o tym nie wiedziałem i oficjalnie nie miałem przeciwko gejom nic. Nic do powiedzenia, nic do zrobienia. Nic do podarowania.

Takie rozdzielenie ciała od umysłu nie mogło trwać wiecznie. Musiało kiedyś i jakoś się skończyć. Mógłbym wstąpić do ultraprawicowej organizacji albo zacząć trenować boks. Mógłbym zostać zakonnikiem albo woluntariuszem w Afryce, którym skądinąd zostałem na pół roku z opłakanym skutkiem. Potwierdziło się, że trudno pomagać potrzebującym, gdy samemu było się w potrzebie. Zamiast tego przeprowadziłem na sobie wieloletni i wielostopniowy proces rozdzielenia ciała od erotycznej przyjemności, a erotycznej przyjemności ode mnie.

Skłamałbym, twierdząc, że zrobiłem to w pełni świadomie. W ogóle nie miałem świadomości, że dokonuję takiej operacji. Po prostu to się działo, jak lunatyzm u lunatyka. Krok po roku, rok po kroku, aż dotarłem do ściany, o którą – sądziłem – oparty dotrwam do końca życia. Przestałem uprawiać seks. Seks uprawiałem w pisanych tekstach. Zamiast fantazji włączałem pornosa, zanudzającego mnie po kilkunastu sekundach.

Na nic nie czekałem. Unikałem mężczyzn, zwłaszcza tych jakkolwiek mną zainteresowanych. Unikałem również mężczyzn budzących moje zainteresowanie. Oraz siebie. Najsilniej starałem się unikać siebie.

Nie da się unikać siebie, będąc sobą i w sobie. Konieczne jest znalezienie jakiegoś innego miejsca albo przestrzeni, innego punktu odniesienia, w którym wreszcie można z ulgą stracić się z pola widzenia.

Do niedawna myślałem, że przeżyłem wszystko, co przeżyłem, ponieważ człowiek żyje, dopóki nie umrze. Taki pokraczny bon mot. Od niedawna rozumiem, że znalazłem bezpieczną i dającą nadzieję przestrzeń. Schronienie.

Tym schronieniem była literatura. Księga wielu opowieści. To w niej i dzięki niej mogłem wydłubywać mozolnie lepsze światy i piękniejsze miłości, a siebie mogłem wydłubać z bieżącej rzeczywistości i lęku. To dzięki niej wstawałem każdego dnia i zasypiałem bez samobójczych prób. To ona sprawiała, że zdarzało mi się wybuchać śmiechem i robić coś dobrego dla innych. A koniec napisanych przeze mnie miłości, zwykle niedospełnionych, mnie nie smucił. Nie smucił, ponieważ one się wydarzały, nawet jeśli nie do końca, a to i tak było więcej, niż mnie spotykało. Opowiadałem historie, żeby żyć. Żeby nie oprowadzać siebie po niezdarzonych zdarzeniach i niewykorzystanych szansach i pokojach. Po pustych miejscach w kalendarzu, w łóżku i w życiu.

Nigdy bym nie przypuszczał, że powiem to serio, bez cienia ironii, ale literatura mnie ocaliła.

* * *

Kończyłem pisanie kolejnej powieści. Czułem się jak zwierzę uwięzione we wnyku. Wymówiłem się z pomniejszych prac, więc nie zarabiałem.

Z onanizmu też nici, mimo że darmowy, w pirackim abonamencie: muskularny blondyn bez zarostu ujeżdżał wątłego studencika bruneta, a u mnie flauta.

Seks wydawał mi się nużący, mechaniczny i niepodniecający, przeczuwałem jednak, że człowiek rodzi się co prawda w celibacie, ale nie rodzi się po to, żeby w celibacie odejść.

Figura szlachetnego, nieuprawiającego fizycznej miłości geja zawsze wydawała mi się przeraźliwie smutna. Znałem kilka takich homoseksualnych osób z pokolenia moich rodziców.

Odczuwali pociąg do tej samej płci, mimo to nie uprawiali fizycznej miłości, nawet pokątnie. Odcięli jak nożem, bez znieczulenia, swoje ciało od pragnień. Zaufali zewnętrznej wykładni, że homoseksualizm jest chorobą, a jeśli nawet niektórzy przyznawali przed sobą, że to nieprawda, i tak to niczego nie zmieniało. Wiedzieli, że ich bliscy nie zaakceptowaliby wujka mieszkającego z innym wujkiem albo ciotki z ciotką. A nawet gdyby owi dalecy bliscy zgodzili się przyjąć kłamstwo czy wymówkę, pozwalające przymknąć oczy na stowarzyszenie dwóch osób, to jednego nigdy by im owi dalecy bliscy nie wybaczyli. Szczęścia. Do tego nie mieli prawa. Nie oni, nie homoseksualiści.

Nie mieli też prawa do seksu. Jeśli chcieli akceptacji, musieli przystać na kłamstwo albo milczenie, przybierające niekiedy sublimacyjną postać. Jeśli zaś mówili prawdę, stawali się ludźmi z marginesu: występni, odpychający, obrzydliwi. Dokonali niemoralnego wyboru, jakby ktokolwiek z nas mógł wybierać. Gdybyśmy mogli, wybralibyśmy już w brzuchu matki. Odwrotnie. Naprawdę, nie trzeba potępiać potępionych – oni są wirtuozami w dręczeniu siebie, ponieważ wiedzą, skąd brać narzędzia tortur.

Człowiek rodzi się po to, żeby przeżyć życie, a jeśli los się do niego uśmiechnie – żeby zrobić coś dobrego. Ale żeby zrobić coś dobrego, musi kochać i być kochany.

Prawo do kochania i kochania się niektórym z nas zostało odebrane, a przez to ograniczono nam prawo do bycia dobrym.

* * *

Kończyłem pisanie kolejnej powieści.

Gorzej się poczułem. Z każdą napisaną stroną czułem się gorzej. I to tak gorzej, że bałem się rozpocząć kolejną.

Bolało mnie w klatce piersiowej. Bagatelizowałem ten ból. Bolało mnie wcześniej i zawsze kiedyś przestawało. Jeden ból znikał, pojawiał się kolejny, też znikający.

Blisko końca powieści ból stał się nie do zniesienia.

Obudziłem się w nocy, o ile w ogóle zasnąłem.

Każde zaczerpnięcie powietrza powodowało, że się dusiłem.

Oparłem się o zagłówek łóżka, licząc, że zmiana pozycji ułatwi oddychanie.

Nie ułatwiła.

I tak to szło. Jeden oddech, próba właściwie, jeden jęk.

Ból przejął nade mną kontrolę. Jęk i oddech. Jęk karmił się oddechem. Oddech pasożytował na jęku.

Starałem się nie poruszać.

Okropnie się pociłem.

Musiałem chyba nie tyle jęczeć, ile krzyczeć, ponieważ w końcu do mieszkania wszedł sąsiad z naprzeciwka.

O coś zapytał. Wstydziłem się mego stanu i na pewno mu nie odpowiedziałem.

Zadzwonił na pogotowie.

Podszedł do łóżka, przysunął krzesło stojące przy biurku. Chwycił mnie za rękę.

Nie on powinien trzymać moją rękę. Matka albo ojciec powinni. Albo mój ukochany. A on nie istniał. Za rękę tak czy siak powinien trzymać mnie ktoś inny. Nie ten stary pijak. Nie jego chciałem.

Dotknął mego policzka. Pogładził.

Już dobrze będzie – uspokajał, a ja pomyślałem skrawkiem siebie, odlegle, że on myśli o najbliższym odcinku renty, pozwalającym spłacić najbardziej palące długi. Dalej żyć. Żeby.

Nie odpowiedziałem.

Przyjechało pogotowie.

Ratownik zadawał pytania.

Znałem odpowiedzi, nie mogłem jednak odpowiedzieć.

Cała moja uwaga, cały ja i ciało, umysł i wszystko we mnie było skoncentrowane na próbie podtrzymania oddechu lub przeciwnie – na próbie powstrzymania oddechu.

Dostałem zastrzyk.

Poczekaliśmy kilka minut.

Ból zelżał, chociaż nie zniknął. Na chwilę przegrał i skulił się gdzieś głębiej, tak jak skulony byłem sam w sobie.

Odpowiedziałem krótko na kilka pytań.

Przynieśli nosze.

Nie chciałem, żeby mnie na nie przenieśli.

Sam chciałem.

Sam.

A gdy już położyłem się na noszach, ból wrócił.

Dostałem kolejny zastrzyk.

Znalazłem się w karetce.

Wnętrze przypominało kapsułę ratunkową. Urządzenia i przyrządy, których przeznaczenia nie pojmowałem – rozpoznałem defibrylator i respirator – monitory, światełka, butle, taśmy i stelaże, i siedzący obok mnie ratownik medyczny.

Siedział bokiem do kierunku jazdy. Był dużym mężczyzną, niezbyt przystojnym. Emanował zdrowiem i spokojem. Delikatnością i wrażliwością, jakich nie spodziewałbym się odnaleźć w tak wielkim ciele.

Zanim dotarliśmy do szpitala, dał mi kolejny zastrzyk.

Myślałem o matce i bracie, czyli o tych, których kochałem najbardziej i którym nigdy o tym nie powiedziałem. Martwiłem się o nich. Martwiłem się, że zmartwi ich moja śmierć i skomplikuje im życie.

Ogłupiony środkami przeciwbólowymi zachowywałem betonowy spokój. Leżałem w bunkrze spokoju.

Ze spokojem myślałem, jakie to dziwne i nieoczekiwane: tak umierać w środku życia. Myślałem, że umieram komfortowo i wielu dałoby się za taką śmierć zabić.

Odczuwałem lekki żal. W końcu zostawiałem pogrzebane życie i rozgrzebaną powieść.

Gdybym o tym wiedział – takim torem biegły myśli w karetce – tobym postarał się szybciej pracować, skończyć powieść i powiedzieć matce, że ją kocham. I bratu też bym tak powiedział. A co.

* * *

Żyłem, ponieważ pisałem. Powołując literackie światy, oddalałem się od świata realnego. Latałem z bohaterami w sterowcach i pływałem oceanami. Nie byłem szczęśliwy. Nie byłem bardzo nieszczęśliwy. Zawsze dawało się wywołać kolejnego ducha za pomocą klawiatury przypominającej ouiję.

Teraz pojawił się Zbyszek, lodzak w Varsovie. Jego szczerość i żarliwość mnie przerażają i pociągają. Swoim pojawieniem się wstrząsnął fundamentami mego świata.

Zdarzało mi się wątpić w realność Zbyszka. Mało prawdopodobne, aby tak wspaniały facet zainteresował się kimś takim jak ja.

Przed pierwszym spotkaniem jego realny status nie stanowił problemu. Pisaliśmy do siebie, więc jego realność była potencjalna, a jego ciało ograniczało się do zdań na monitorze. On po prostu nie pochodził z porządku wychłodzonej rzeczywistości, w której mieszkam.

* * *

Dopiero w trzecim szpitalu dostałem łóżko. W pierwszym zrobili błyskawicznie badania, ale nie mieli jakiejś maszyny, więc odesłali mnie do drugiego. W drugim maszynę mieli, lecz zabrakło im jakiejś innej, więc trafiłem do trzeciego. W trzecim chcieli mnie odesłać do pierwszego, bo to pierwszy mnie przyjął i to on za mnie odpowiadał, i to tam zostałbym zrefundowany, a poza tym mieli tę brakującą maszynę.

Było mi wszystko jedno. Gdy zaczynało mnie znowu bardzo boleć, dostawałem proszki. Cały czas towarzyszył mi ratownik medyczny. Był moim przewoźnikiem. Oparciem. Nieraz dosłownym. Pomagał wstawać i – gdy było to konieczne – wykonać kilka kroków. Przyniósł butelkę wody.

Patrząc na jego duże ciało i nieszczególnie przystojną twarz, myślałem, że jego dziewczyna albo żona była szczęściarą. Miała obok siebie kogoś troskliwego, dużego i dobrego.

***

Gdy patrzyłem na jego duże ciało i nieszczególnie przystojną twarz, kołatał mi w głowie cytat, jego echo, echa cytatu: „I nie czuli, żeby zawiedli albo przegrali. Zrobili wszystko, co było w ludzkiej mocy. I to wystarczyło". Skąd to? Po co?

A ona, kobieta pozostająca z nim w relacji, mogła przytulić się do ciepłego spokoju. Mogła zasypiać, otoczona ciałem, które kochała.

Jaka szkoda, że nigdy o nim nie napiszę. Nie znajdzie siebie w moim zdaniu. Może odnajdzie się w zdaniach z innych książek, ale nie w moim, a ja chciałem mu właśnie podziękować osobiście i z nieudawaną pokorą. Gdyby zechciał je przyjąć. I wyczuwałem pychę przebijającą z mojego wyrojonego podarunku. Literatura skłania do pychy – starałem się z tym walczyć. Staram nadal.

Z pielęgniarzem wieźli mnie na oddział. Lekarz w trzecim szpitalu powiedział – nie do mnie – że mój stan nie pozwalał na kolejną wycieczkę. Takiego słowa użył: „wycieczka".

Przenieśli mnie z noszy. Mój ratownik medyczny pożegnał mnie, odpychając łóżko. Dostarczył mnie do portu, a ja odpłynąłem, już samotnie, z nurtem korytarza, a przewoźnik popłynął po następnych rozbitków.

Pielęgniarki zdjęły cywilny strój i włożyły ten frontowy, zielony kaftan pozbawiony tylnej części, tak mi się przynajmniej wydawało. Potem podłączyły do różnych urządzeń i kabelków. Przyszedł kolejny lekarz. Dostałem kolejny zastrzyk. Zapadłem w kolejny sen.

Przed snem przykrość z powodu tego, że nie powiedziałem matce i bratu o mojej miłości, łączyła się z wdzięcznością do ratownika medycznego.

We śnie matka i brat stali się tymi, których straciłem, a ratownik medyczny tym, kogo nigdy nie miałem.

We śnie odnosiłem wrażenie, że z moich żył krew piły wampiry albo jak za młodu – pijawki.

Czasem wybudzał mnie ból. Wtedy pielęgniarka przynosiła proszek.

Rano obudzili mnie na śniadanie. To pierwsze śniadanie do łóżka, jakie dostałem w życiu.

* * *

Kobiecie z Funduszu Zdrowia podałem telefon do matki. Potrzebowali numeru ubezpieczenia medycznego i – jakby coś – kontaktu do bliskiej osoby, żeby... Tutaj urwała. Nie wypowiedziała tego z końca jej języka. I nie przyszło mi do głowy, że nie musiałem podawać numeru do bliskiej osoby. W takich chwilach odpowiadało się, myślenie było gdzie indziej, poza oddziałem.

Tyle że mnie to nie obeszło. Na OIOM-ie po pierwszej nocy i po pierwszym w życiu śniadaniu przyniesionym do łóżka czułem się zaopiekowany i szczęśliwy. Nagle los uciął wszystkie troski. Szast-prast i znikły, jakbym podbił najlepsze królestwo z widokami na morze i księcia. Nie myślałem o niegotowej powieści. Nie myślałem o przyjaciołach.

Raz przyszła w odwiedziny babcia, żeby zabrać mnie na godzinę do domu, żebyśmy poleżeli obok siebie, jak wtedy gdy byłem mały.

„Babciu, babciu, nie wolno, oni zauważą" – powtarzałem szeptem.

„Nikt nie zauważy, jeśli znikniesz" – uspokajała mnie, aż uspokoiła.

Myślałem, że było mi dobrze, i jeszcze – że nie powinienem wykonywać żadnych ruchów, jeśli pragnąłem uniknąć bólu.

Odkrywałem powolutku możliwości, jakie oferowało łóżko. Za pomocą pilota udawało się przyjąć wiele pozycji, których moje ciało nie potrafiłoby przyjąć samodzielnie. Mogłem na przykład ustawić kolana niemal prostopadle do tułowia, tułów mogłem unieść tak, jakbym opierał się na łokciach, i to bez użycia łokci! Magia! Tego literatura nie potrafi.

Przyszedł lekarz i zapytał, jak się czuję. Odpowiedziałem, że dobrze, tylko przyszły dziwne sny. Zapytał jakie. Odpowiedziałem, że wampiry wypijały moją krew. Odpowiedział, że to pielęgniarki. Co dwie godziny musiały pobrać krew, żeby sprawdzić poziom krzepliwości. Byłem rozczarowany, ale płytko. Wolałem wampiry. Zasnąłem podczas rozmowy z lekarzem. Chyba niegrzecznie tak zasypiać w trakcie. Powinienem go przeprosić.

Przy następnej rozmowie dowiedziałem się, że w kończynach dolnych powstał skrzep. Skrzeplina oderwała się od ściany żyły i z krwią dostała się do prawej części serca, a stamtąd do tętnicy płucnej. Zawał przydarzał się bardzo rzadko, może u dziesięciu procent osób cierpiących na zatorowość płucną. Byłem jednym z tych dziesięciu procent. Ponownie wylosowałem mniejszość.

Teraz wiem, że prawie zabiła mnie literatura. Miesiącami siedziałem przy biurku i pisałem, a skrzep rósł, aż odpłynął, żeby mnie zabić.

Teraz wiem, że to było ostrzeżenie. Literatura potrafi zgładzić w sensie najdosłowniejszym.

* * *

Po rozmowie z lekarzem zasnąłem i nie zdążyłem go przeprosić. Tak szybko odchodził do innych, a wata snu zatkała wszystkie otwory w czaszce, zanim zdążyłem je policzyć.

Obudziła mnie matka.

Wyglądała na przestraszoną. Patrzyłem w dobrą, kochaną twarz i to wtedy pomyślałem, że nie musiałem podawać telefonu do niej. Powinienem był jej tego oszczędzić. Tak myślałem wtedy, teraz wiem, że nie możemy oszczędzić cierpienia naszym bliskim, jeśli sami cierpimy. Dlatego obejmujemy ich ramionami słowa „bliscy", bo oni cierpią z nami.

Matka zachowywała się jak zawsze w najtrudniejszych sytuacjach. Konkretna, bez łez, sprawcza. Czego potrzebuję? Czy coś załatwić? Brat przyjedzie wieczorem, woda mineralna i tak dalej.

Matka wyszła, przyszedł ojciec. On ją przywiózł do szpitala. Popatrzył na mnie jak wcześniej, kiedy byłem mały i dawałem pijawkom wczepiać się w nadgarstek.

Czekałem, aż zapyta jak dawno temu: „Co robisz?".

„Karmię" – odpowiedziałbym znad strumienia na łóżku.

* * *

Przypominam sobie o pastylkach. Lekarz zmienił niedawno lek na inny, tańszy i lepszy. Nawet jeśli to prawda, wolałem droższy i gorszy: od tego nowego dostaję biegunki. Dziadek na biegunkę mawiał: często rzadko. Nie śmieszy mnie to w ogóle. Dziadka pewnie też nie. Nie żyje od dziesięciu lat.

Leżę i czekam na brata. I psa.

Brat bardzo zmienił się w ostatnich latach. Życie rozpoczął jako chorowite i permanentnie ranne dziecko, ciągle o coś się rozbijał do krwi i szwów. W podstawówce przechodził fazę przekory i awersji do szkoły. Szkołę średnią skończył średnio. Nadal nie potrafił stłumić w sobie niechęci do nauki, tak przynajmniej sądziłem wtedy. Teraz myślę, że wkurzali go dorośli – ich besserwisserstwo. Wtedy też przeżył okres fascynacji życiem na nielegalu. Brał udział w niejasnych operacjach towarowo-pieniężnych z kumplami i kumplami kumpli. Raz nawet odebrałem go z komisariatu, bo mama się wstydziła. Strzelał do dodo w parku. Pokwitowałem odbiór brata w całości, tak oficer kazał napisać, chociaż sznurówki i pasek dostarczyli osobno w ziplock torebkach. Brat spojrzał na nie i skomentował: „debile". Później zapakowałem w nie kanapki, które wyrzuciłem do śmietnika od razu po wyjściu z domu. Zakochał się w dziewczynie wyciętej z klisz – nielotna, farbowana blondyna z gzymsem grzywki i okazałą fasadą oraz tipsami przypominającymi bocianie dzioby. Poszedł do wojska, jego dziewczyna go nie odwiedziła, a gdy przyjechał na przepustkę, miała już drugiego, a nadto bocian swoje podrzucił. Brat bardzo to przeżył, mimo jej zapewnień, że przecież nic się nie stało, że nadal kocha go na zabój, lecz normalnie odległość robi swoje, sam rozumie. Brat najwyraźniej odmiennie oceniał wpływ odległości na miłość. I płodność. Po odbyciu służby wojskowej zatrudniał się na budowach i w warsztatach samochodowych. Miał smykałkę do rzeczy. Do ludzi już mniej.

Pracuje ciężko, zarobione pieniądze wydaje na samochody. Kupuje zdezelowane auto, remontuje, sprzedaje, jak mu się znudzi. Z samochodami obchodzi się tak, jak jego kumple z kobietami. Są przechodnie i szybko ujawniają swoje usterki. A to skrzynia biegów, a to pociąg do solarium. Ma jednego oddanego przyjaciela. Relacja pomiędzy nimi przypomina miłość. Robią prawie wszystko, co razem robią kochający się prawdziwie i głęboko ludzie, z wyłączeniem seksu.

Stał się dobrym, dużo pracującym, małomównie dowcipnym facetem. Dokonał wyborów i wielce mu one ważą. Postanowił żyć w świecie, który umie naprawiać albo budować: urządzenia mechaniczne, drewno, cegły, farba.

Nigdy o tym nie rozmawialiśmy, mimo to rozumiem jego wybór.

Sam dokonałem podobnego.

Sam.

***

Skrócono nam dobę, prawdopodobnie przez cięcia w służbie zdrowia. Po śniadaniu od razu podali obiad, a zanim go skończyłem, czekała kolacja. Brakowało mi apetytu oraz czasu na tyle jedzenia. Zostało pragnienie, i to nie życia, lecz płynów. Wypijałem mnóstwo wody i sikałem na potęgę. Zdarzało mi się obsikać prześcieradło. Sikanie nie było takie proste, jak się wydaje stojącym ludziom. Każdy ruch – mimo proszków – nadal wiązał się z przeszywającym bólem.

Najpierw ustawiałem łóżko w pozycji z podpartymi wysoko plecami. Unosiłem pilotem nogi. Wcześniej prosiłem pielęgniarkę o kaczkę. Ustawiałem ją pomiędzy udami i próbowałem wprowadzić penis do otworu w kaczce, a ta często odwracała dziób. Podczas oddawania moczu stawałem się precyzyjnie refleksyjny. Rozważałem na przykład, co bym zrobił, gdybym miał trzy uda.

Zwykle szarpał mną ból, ponieważ musiałem poruszyć się nie za pomocą pilota od łóżka, tylko swoim ciałem, a ono tego nie chciało. Chciało leżeć i pić. Brat przywiózł mi zgrzewkę półlitrowej wody, większych butelek nie zdołałbym unieść. Poprosiłem pielęgniarkę o odkręcenie kilku.

Trzeciego wieczoru umarły dwie osoby, leżące z prawej i z lewej strony mojego łóżka, tak akurat wypadło. Stara kobieta, która resztki sił spożywała na wykłócanie się z pielęgniarkami o jedzenie. Nie chciała jeść. Nie trafiały jej do przekonania nawet proste prawdy: że trzeba jeść, żeby żyć. Ona chciała żyć, ale nie chciała jeść. I mężczyzna, bardzo przystojny, około czterdziestki. Gdy go przywieźli, wyglądał najzdrowiej na sali. Oddałem mu wczoraj kawałek obiadu – kuleczkę z mięsa o smaku, o dziwo, kuleczki mięsa.

Już ich nie było. Nie istnieli. Zostały zdjęcia albo filmy. Rodzina, tajemnica, kochanek albo kochanka, tchórzostwo albo wręcz przeciwnie – odwaga. Wszystko mi jedno. Umieranie nie wydawało mi się złe ani straszne. Było proste i na wyciągnięcie ręki. A po kolejnym zaśnięciu przyznałem: umieranie było dobre. I w sumie, perspektywicznie patrząc, rozsądne. Zasnąłem.

* * *

Słyszę Sonię. Szczeka na klatce. Słyszę zgrzyt klucza w zamku. Pies wpada na korytarz, potem biegnie do łazienki, przebiega wte i wewte pokój i łapami opiera się o stół w kuchni. Sprawdza, czy nie porzucono czegoś jadalnego. Dopiero po kontroli biegnie do mnie i wskakuje na łóżko.

– Dlaczego pies jest niebieski? – pytam brata.

– Przewróciła. Niebieska farba – odpowiada.

Opowiadam, jak było w Budapeszcie. O Zbyszku ani słowa. Nigdy z bratem nie zwierzaliśmy się z życia osobistego, pewnie dlatego że prawie go nie posiadamy, a jeśli już, to staramy się zażywać je w homeopatycznych dawkach. Homeopatia podobno nie szkodzi i niczego nie zmienia.

Mówi, że musi spadać.

Mówię, że niech spada.

Zostaję sam. Karmię Sonię salami, ponieważ skończyło się psie żarcie. Smakuje jej podobnie jak wszystko, co nie jest chrzanem albo rabarbarem, czyli bardzo i na jedno przełknięcie, tak jedzą kaczki.

Pewnie wyczuwa mój smutek. Zwija się obok na łóżku. Gładzę pozlepianą farbą sierść, myśląc o włosach Zbyszka.

Wszystko ma smak piołunu, a ciało zdradliwe, słabe i w dolegliwościach.

Następnego dnia się odzywa.

Pyta, kiedy się zobaczymy. Odpowiadam, że w październiku, za cztery miesiące, będzie pewien festiwal literacki w Krakau, więc może wtedy?

Odpisuje, że przecież za dwa miesiące będę miał spotkanie w Kattowitz, więc czemu nie tam?

A ja na to, mały krok, że może czemu nie, a co.

* * *

Poprosiłem matkę o prasę. Przyniosła trzy tygodniki. Zapytała, czy dobrze się czuję, i od razu przeprosiła.

Zacząłem czytać pierwszy z brzegu artykuł, ale już go wcześniej czytałem. Zapytałem matkę, dlaczego przyniosła stare gazety. Odpowiedziała, że nowe, z kiosku na dole, od „U Justyny", i żebym sprawdził datę.

Sprawdziłem. Wczorajsza.

Nie uwierzyłem ani matce, ani dacie.

Matka wyszła.

Zacząłem lekturę kolejnych artykułów. Wszystkie już przeczytałem wcześniej, zanim zacząłem czytać wtedy. Wszystkie co do jednego. Niekiedy nawet przypominałem sobie, jaki artykuł znajdę na następnej stronie. Zapisany w zdaniach świat wydał mi się nieprawdziwy. Niemożliwe, żeby w kolejnym tygodniu zdarzało się dokładnie to samo, co w poprzednim. No, przecież szło zwariować! Taki powtarzalny świat nie był światem ze zdarzeń, lecz fikcją na podstawie świata.

Przyszło mi do głowy, że prawdopodobnie umarłem. Nie ci z mojej lewej i prawej strony, lecz ja. Tamto to-to było zasłoną przejścia na drugą stronę.

Postanowiłem zaczerpnąć głęboko powietrza do płuc.

Jeśli żyłem, powinno boleć.

Nie bolało.

A więc się stało.

Szpital był nieprawdziwy i moja matka też awatarka.

Ponieważ nie żyłem, postanowiłem nie korzystać z kaczki. Po co miałbym po śmierci celować do otworu w dziób? Wysikałem się tak, jak leżałem. Czułem ciepły mocz spływający po udach. Wiedziałem z całą pewnością, że to oszustwo.

I nawet ciepły sen, który później przyszedł, nawet on był kłamstwem.

***

Umawiam się na kilka zadanych przez wydawnictwo wywiadów. Matce oddaję salami, resztkę niezjedzoną przez Sonię, wraz z Sonią. Świat toczy się zwyczajnym trybem. Z jedną różnicą: każdy dzień rozpoczynam od sprawdzenia skrzynki. W sumie zawsze tak rozpoczynałem dzień. Dziwi mnie, że otwieranie skrzynki tak ekscytuje, prądy biegają po skórze. Chochlik, nieduży i psotny, łaskocze mnie od środka. Lubię go, chociaż sądziłem, że udało mi się go ubić i wydalić. Kto by uwierzył, że przetrwa tyle lat w uśpieniu i wróci nieobrażony? Zbyszek natomiast rozbawia mnie od zewnątrz. Bawi mnie, jak pisze, że idzie biegać. I jak pisze, że po biegu pędzi pod prysznic, a potem do pracy też pędzi. Bawi mnie, jak pisze, że ma dość spotkań towarzyskich i marzy o pozostaniu w domu, a potem pisze, że z kimś się spotyka nadal na niechęci do spotkania.

Perypetie i potyczki Zbyszka ze światem są najzabawniejszą sprawą w moim życiu, a ja staram się zrobić na nie miejsce i stawiać małe kroki.

* * *

Bardzo wcześnie, jeszcze przed śniadaniem, przyszła matka. Miałem zamknięte, co oczywiste w mojej ówczesnej kondycji, oczy. Wydawało mi się, że matka była rojeniem mego martwego umysłu. Chciałem ją nawet zapytać, w jaki sposób umarła, inaczej bowiem jak śmiercią nie potrafiłem wytłumaczyć jej obecności, zadać pytania jednak nie zdążyłem, bo wcięła się ta z domu pogrzebowego w białym kitlu.

Słyszałem, jak grabarka zapytała matkę, czy wolałaby umyć mnie sama, czy też pozostawić ten obowiązek personelowi. To również było zrozumiałe. Przed pochówkiem obmywa się ciało. Nabrałem pewności, że matka zda się na kobietę, przecież trup nie mógł obmywać trupa!

A jednak.

* * *

Nie myślałem o miłości inaczej niż jak o pewnym pociągającym koncepcie z dziedziny literatury. Miłość była prawdziwa tylko wtedy, gdy dało się ją napisać, przeczytać albo obejrzeć. Miłość wydawała mi się prawdopodobna tylko wtedy, gdy była permanentnie dostępna: wystarczyło zapamiętać numery stron książki i sięgnąć, gdy nachodziła ochota lub konieczność. Miłość traktowałem jako kulturowy wytwór. Kojarzyła mi się z dziecięcymi rękawkami do nauki pływania – pomagała utrzymać się na powierzchni dni i nocy, jednak mimo to pozostawała protezą, czymś, co zostało przez człowieka wytworzone. Miłość nie była ramieniem ani stopą. Nie była sercem ani płucem. Była czymś dodanym, wykonanym z większą lub mniejszą starannością i nieokreślonym zakresem gwarancji. Miłość była obrazem starego człowieka w tawernie, tęskno i daremnie wyglądającego młodzieńca sprzed bardzo wielu lat, który był obiecał, że wróci.

Przez długi czas nie tylko wygaszałem swoją seksualność. Zajmowałem się również tropieniem miłości, a ponieważ prawdziwą znajdowałem jedynie w książkach, nigdy w rzeczywistym świecie, sam też nauczyłem się wytwarzać owe rękawki do utrzymywania się na powierzchni – przyjaźń zacząłem nazywać miłością.

Uważałem, że nic wspanialszego niż nazywanie przyjaźni miłością nie spotka mnie. Dlatego mówiłem i wierzyłem, że kocham moich przyjaciół. Kochałem osoby wraz z ich osobowością. Wyrobiłem w sobie, tak jak wyrabia się ciasto – ugniatałem długo samego siebie i zdarzenia – przekonanie, że moja miłość do moich przyjaciół jest czymś prawdziwszym niż ta obca miłość z planety książek i filmów, przez którą upadają królestwa, a bogowie ronią łzy nad pięknymi ciałami herosów. Pozbywszy się własnego ciała i jego potrzeb, roiłem sobie, że wzleciałem na jedyny dostępny poziom miłości, jakbym dał posłuch przestrogom Dedala i latał nisko. Nie było w tej miłości pożądania, a ciało ograniczało się do pojemnika na osobę. Pojemnik wchodził w kontakt z innym pojemnikiem. Mogłem powiedzieć: kocham. Przez plastik. Mogę kochać, nie pożądając. Mogę pożądać, pisząc. Wystarczy.

* * *

Matka używała nawilżonych chusteczek. Myła uda, łydki, jądra i penis. Przetarła włosy łonowe.

Przypomniałem sobie, że w szpitalu podobnie myła swego ojca po amputacji nogi.

Stanęły mi przed oczyma posiwiałe włosy łonowe dziadka i wielkie jądra. Takie przynajmniej się wydały, prawdopodobnie kwestia perspektywy: ledwo sięgałem nad łóżko. Jądra dziadka przypominały dwie wielkie, zlepione i martwe ropuchy.

Niechciany obraz, zakopany w mule pamięci, wypłynął jak topielec i uświadomił mi, że trup to także ciało. Przede wszystkim ciało.

Matka obmywała moje zwłoki. Robiła to z poczucia obowiązku, z wyniesionego z domu przywiązania do czystości, ale przede wszystkim – z miłością. Z miłości do bliskiej osoby, do mnie. Wzięłaby na siebie upokorzenie i słabość, których doświadczałem, tak jak ja wziąłbym na siebie upokorzenie i słabość, których ona mogłaby doznać. Nieślibyśmy swoje ciężary nawzajem, jak już nieraz wcześniej.

W jej cierpliwym, metodycznym dotyku skrył się żal. Wyrosłem z niej i na jej oczach nie żyłem.

I ją rozumiałem.

Czułbym to samo.

* * *

Idę do radia, umawiam się na mieście z lokalną telewizją. Opowiadam o nowej książce, a myślę o Zbyszku. Noszę jego twarz przed sobą, półprzeźroczysta jak z hologramu, sprawia, że żadne moje spojrzenie nie jest samotne. Tak myślę.

Chyba rozumiem, dlaczego nasi przodkowie traktowali serio występki popełniane wyłącznie w myślach. One są gorsze od tych popełnionych. Nic z nimi nie da się zrobić. Nie można przecież nie myśleć. Nie można nie chcieć i nie marzyć w myślach. Można tylko pozwolić porwać się poczuciu winy i spłynąć z nim do złego morza, podobnie jak spłynęli mój wuj i ciotka. Jego alkoholizm, jej nadekspresyjność, ich samotność – tak wygląda złe morze tych, którzy dali się ponieść poczuciu winy. Nie zrobili nic złego, a dokładniej – nie zrobili nic, żeby uzgodnić siebie ze światem, i to ich zniszczyło. Teraz żyją jako automatony, szablony życiorysów na kanwie samych siebie, kurczowo chwytając się najdrobniejszych czułości i emocji, zawsze czujni, nigdy bezpieczni.

* * *

Należało mnie podnieść, żeby włożyć czystą piżamę, awansowałem bowiem wcześniej z kaftana na piżamę, i przenieść do trumny.

Przy łóżku na dole był dodatkowy przycisk. Pielęgniarka poinstruowała mnie pierwszego dnia, abym go nie naciskał. Niepotrzebnie, nie dałbym rady. Przycisk przechylał łóżko na prawą stronę, zrzucając ciało.

Pomyślałem, że ja bym się nie dał tak łatwo zrzucić. Nie zsunąłbym się jak ziemniaki do jamy.

Kobieta fachowo pomogła mojemu ciału się podnieść. Nie potrafiło stać. Było martwe i bezwładne. Zostało usadzone na brzegu łóżka. Chcą mnie pochować na siedząco, pomyślałem, jak neandertalczyka.

Matka przykucnęła, żeby włożyć moje stopy w nogawki spodni.

Na czubku jej głowy prześwitywał spłachetek nagiej skóry. Jednogroszowy placek łysiny był najbardziej przeze mnie kochanym, najdroższym miejscem na ziemi.

I ten widok sprawił, że znowu zacząłem odczuwać ból.

Zacząłem pojękiwać, a więc – mimo śmierci – żyłem.

Matka podniosła na mnie wzrok i powiedziała: „synek".

A mnie poleciała łza.

Nie z bólu.

I wiedziałem, że wcale się jej nie wstydziłem. Ani łzy, ani matki, nie wstydziłem się też siebie.

***

Otarłem łzę, żeby matka nie widziała, ukradkiem.

Tego wstydziłem się najbardziej – tkliwości czy czułości. Takie słowa nie istniały w moim prywatnym słowniku. Były w nim tkliwostka i czułostkowość.

Pielęgniarka zmieniła pościel.

Uświadomiłem sobie, że od czterech dni się nie wypróżniałem. Jadłem mało, bo nie miałem apetytu, a poza tym posiłki odbierano nam niedługo po ich podaniu. I dobrze, bo na widok klopsików o smaku klopsików w burym sosie o brązowym smaku najchętniej zapadłbym w sen. Jedzenie, które nam podawano, wydawało się już wcześniej wielokrotnie zjedzone przez tabuny nieznajomych. Podawano nam fałszywki. Jedzenie, podobnie jak prasa, pochodziło z innego porządku. Uległo zużyciu. Nie żywiło.

Ci z nas, którzy mogli się poruszać, służyli za posłańców – wymienialiśmy się nieprawdziwym jedzeniem z innymi pacjentami. Każdy z nas dostawał spersonalizowany posiłek. Tu diabetyk, tam alergik. Tu serce, tam nerki.

Pielęgniarki przymykały oko na ów handel wymienny. Pozwalały nam podejmować samodzielne decyzje w kwestiach żywieniowych. Dla niektórych były to ostatnie decyzje w życiu.

***

Jutro rano sesja zdjęciowa w parku, tam jestem umówiony, a po niej pociąg i przesiadka w Varsovie na sterowiec do Kattowitz, i... Zbyszek! Chciałbym go wreszcie zobaczyć bez innych ludzi. Nigdy nie spotkaliśmy się sam na sam. Znam go ze zdjęć, mejli i kilku przelotnych spotkań w tłumie. Zastanawiam się, jaki jest w prawdziwym ciele? Czy mój zachwyt z ekranu przełoży się na zachwyt osobą z krwi i kości? A ja? Mnie też spotka podobna weryfikacja zadurzenia. Może za zdaniami, które piszę, ukrywa się nieciekawe, chore nic? Wydmuszka? Pisanka z osoby w sam raz na Wielkanoc?

***

Mój stan się poprawiał. Lekarz pozwolił mi samodzielnie korzystać z toalety. Musiałem jedynie prosić pielęgniarki o odłączenie kabelków, sankcjonujących moje częściowe ubezwłasnowolnienie. Nadszedł czas rozstania z kaczką. Była mi bliska, ale nie tęskniłem.

O poprawie mego stanu świadczyły nie tylko słowa lekarza, ale i to, że coraz częściej odkrywałem w prasie nieprzeczytane artykuły.

Zjadłem pomarańczę obraną przez brata. Po pomarańczy poczułem ochotę na zrobienie kupy. Stolec wolno mi było oddać, owszem, ale dojść do toalety nie. Musiałem poczekać na pielęgniarza z wózkiem.

Dowiózł mnie do łazienki. Zapytał, czy zdołam sam przemieścić się na sedes. Potaknąłem. Zapytał jeszcze, czy zaczekać, aż skończę. Poprosiłem, żeby przyszedł za pięć minut. Świadomość, że czekałby za drzwiami, wydawała mi się deprymująca. Pragnąłem spotkać się z moją pierwszą od dawna kupą tête-à-tête. Pozycja siedząca powodowała lekkie zawroty głowy. Nie mogłem uwierzyć, że tak spędziłem ostatnie lata.

Po chwili ktoś zapukał. Wdałem się przez drzwi toalety w absurdalną rozmowę z pielęgniarzem. Uważałem, że zrobił mi psikusa i nie odczekał obiecanych pięciu minut: dopiero co usiadłem na sedesie, a on już wrócił, żartowniś.

* * *

Po tygodniu mój stan był na tyle stabilny, że przeniesiono mnie na oddział pacjentów wyselekcjonowanych do dalszego życia. Jeśli wszystko poszłoby zgodnie z planem, za tydzień wróciłbym do domu, na razie zaś wrócił apetyt. Wolno mi było samodzielnie i do woli chodzić do toalety. Autoryzowano nawet zakupy w szpitalnym kiosku „U Justyny", windą trzy piętra w dół. Oprócz mnie na sali pięcioro pacjentów: albo oczekujących na kardiologiczny zabieg, albo dochodzących do siebie po takim zabiegu. Ujął mnie leżący naprzeciwko współpacjent, na oko po siedemdziesiątce i wnosząc z akcentu, ze wsi. Lekarz na obchodzie zapytał, czy po wypisie będzie kto miał się nim zająć. Odpowiedział, że owszem. A kto? Ano ojciec.

Po tej rozmowie od razu ruszyła we mnie lawina fikcjonalnych zdarzeń albo raczej negatywów zdarzeń, idących pod prąd czasu do punktu, w którym coś zostało uczynione lub prędzej – zaniechane. Wyobraziłem sobie, że pięćdziesiąt lat temu mój współpacjent nie przyjął dotyku innego mężczyzny, a dotyk ten nie zaprowadził go tam, gdzie pragnął się znaleźć. A później z wysiłkiem i strachem nie zauważał podobnych sytuacji, męskich spojrzeń, dłoni przytrzymanej dłużej niż konieczne w powitalnym albo lepiej pożegnalnym uścisku. Aż znalazł się tutaj, ze mną w sali i samotnym ojcem, czekającym na niego w wiejskiej chałupie. Dwa puste domy do zapełnienia i jedno życie.

Zastanawiałem się, jaką stworzył legendę, by uzasadnić samotność nie tyle przed samym sobą, ile przed światem. Czy wymyślił i przy wsparciu rodziców i rodzeństwa, jeśli je miał, a pewnie miał (na wsi jedynacy są rzadsi niż zakopane skarby), beznadziejnie snuł opowieść o wielkiej, zawiedzionej miłości? I że po tej zmyślonej miłości nie potrafił już z nikim się związać.

Znałem osoby żyjące samotnie w cieniu opowiedzianych na użytek sąsiadów historii zakochania. Wiedziałem, że te opowieści były puste. Nie istniała żadna ukochana, którą stracili. Wiedziałem też, że były pełne, przepełnione uczuciami i rozpaczą, bo taka opowiedziana osoba, tyle że tej samej płci, istniała w lustrzanym świecie. Teraz myślę, że niesłusznie oceniałem ich wszystkich. Człowiek z własnej woli nigdy świadomie nie wybierze samotności.

* * *

Starzec na sali, tak dla mnie przejmujący, przypomniał mi, że jako malec na pytanie o to, kim chcę zostać, gdy dorosnę, odpowiadałem: „babcią". Najpierw śmiano się z mojej odpowiedzi, później podśmiewano się ze mnie, aż wreszcie pouczano bez uśmiechu, że to niestosowne i niemożliwe. A ja naprawdę miałem ambicję zostania w przyszłości najlepszym człowiekiem na ziemi, a najlepsza bez cienia wątpliwości była babcia, jednak z niezrozumiałych powodów nie można było nią zostać. Z czasem ograniczyłem ambicję i mówiłem, że chciałbym zostać dziadkiem, nawet bez nogi. Dorosłym to pasowało – znowu się śmiali.

Wielbiłem babcię. W moich oczach tronowała w naszej wsi i okolicy. Posągowa i silna. O długich, gęstych włosach w kolorze stali. Ona jedna nigdy mnie nie karciła i nie oceniała. Nie dzieliła zachowań na chłopięce i dziewczęce, stosowne i niestosowne, mądre i głupie. Jedyny podział, jaki uznawała, był podziałem na bezpieczne i niebezpieczne. Pozwalała mi na bycie po prostu mną, jej ukochanym wnukiem.

Zabrałem babcię w dojrzałe życie: starych ludzi kojarzyłem z azylem, oddzielającym od ściśle wyznaczonego świata, z wytchnieniem od reguł i granic. Zrozumiałem, że gdy nie ma granic, nie można ich przekroczyć, a więc zrobić czegoś zasługującego na ukaranie. Zrozumiałem też, że idylla kończyła się za płotem babcinego podwórka.

W pełnoletniości budowałem wewnętrzne podwórka i zaprzyjaźniałem się z dużo starszymi kobietami. Dostrzegałem w nich refleksy światła, wniesione do mego życia przez babcię. Kochałem je wszystkie, tyle że drugą miłością, tą mniejszą, lecz i tak przecież wielką.

Wydaje mi się, że moje uwielbienie dla starszych kobiet zawierało jeszcze komponent wyparty i nieco wstydliwy. Po tym jak zesłałem Erosa na bezludną wysepkę, w siłę urósł jego ciemny bliźniak Tanatos, a najwyraźniej go odnajdywałem w starszych kobietach.

Stary człowiek, leżący na szpitalnym łóżku, przypomniał mi jedno zdarzenie. Jeśli tylko gospodarskie obowiązki na to pozwalały, zawsze w okolicach południa kładliśmy się z babcią na zasłanym tapczanie. Babcia zwykle drzemała. Nie pamiętam, czy ja też. Nie wiem, co mną powodowało, potrzeba zabicia nudy, tak czy tak któregoś razu skorzystałem z ciała. Babcia przebudziła się i zapytała, co robię. „Pocieram siusiaka, babciu". Zapytała dlaczego. Odpowiedziałem, że to miłe. Babcia na to nic, po prostu wróciła do swojej drzemki.

* * *

Sesja zdjęciowa trwa pół godziny. Bardzo krótko, co mnie urządza. Nie lubię pozować. Przybieranie naturalnej pozy zdaje mi się najbardziej nienaturalną czynnością na świecie. Z niewiadomych przyczyn magazyn wysłał reporterkę wojenną. Dziś sądzę, że był to kolejny znak od losu. Będę musiał wywalczyć prawo do miłości, ale tego jeszcze nie wiem, gdy siadam na ławce albo opieram się o drzewo zgodnie z krótkimi poleceniami.

Następnego dnia przesyła fotografie.

Na ujęciach nie widać żadnych ran ani krwi. W tle nikt nie biegnie. Nic nie słychać. Nikt nie strzela. Reporterka musiała się nudzić podczas sesji.

Jeśli chciała blizn, powinna zabrać rentgen.

***

Gdy wyszedłem ze szpitala, miałem poczucie, że otrzymałem jeszcze jedną szansę. I że kolejnej nie będzie.

Moje ciało się rozpadało, rozwiązywało ze mną umowę najmu. Składałem się z defektów, niedomagań i deficytów. Brzydziłem się sobą, a równocześnie wierzyłem w tę szansę. Gdzieś w głębi, w samym centrum podwórka, nigdy się nie poddałem.

Tej szansy nie dał mi Bóg. Nikt z moich bliskich w Niego nie wierzył. Tę szansę ofiarowali moi bliscy, ich wielka miłość do mnie i troska. I ja sam też dałem sobie tę szansę. Postanowiłem, że również we własnych oczach zasługuję na coś więcej niż pogardę. Postanowiłem, że ja również zasługuję na szczęście. Bo to było, nie oszukuję się, postanowienie.

Jeśli taka szansa zaświta, nie zepchnę jej w czeluść negatywów, tam daleko na dno niewywołanych sytuacji. Wywołam ją, nawet gdyby komuś miało się to nie spodobać. Nawet gdybym we własnej osobie miał być przeciwko temu.

Nie widziałem Zbyszka nigdy sam na sam. Jutro go zobaczę.

Mam stracha, ale jeśli okaże się, że Zbyszek jest prawdziwy, postaram się taki być również dla niego.

Marny to plan. Właściwie to nie jest plan. To rozpacz.

Chcę odzyskać siebie, odbić poddane ziemie i otworzyć zamki.

Dopiero co uchwalono Paragraf 22, czyli tak zwany zakaz promocji homoseksualizmu, połączony ze wspieraniem chrześcijańskich wartości narodowo-rodzinnych. Ohydny dokument, pełen nieprawd, z krzywdami wielu ludzi wpisanymi w legislacyjny żargon. Ograniczenie wolności jednych ogranicza wolność wszystkich. Hiacynty znowu zakwitną.

Nie da się już spojrzeć na mój kraj z góry. Da się jedynie z dołu, z dziury w ziemi. Nad krajem latają ptaki. Blaszkodzioby. One są brunatne. Wyglądają miło, lecz jest ich chmara. I rzucają głęboki cień. Cień nie tylko na mnie i mnie podobnych.

Ale to dopiero nadchodzi. Zobaczycie sami, gdy spotkamy się razem w ziemi.

A teraz muszę dotrzeć do Kattowitz i przejść raz jeszcze trudną drogę mojej miłości.

PRAWDA

Jak inna była codzienność w stolicy. Niektórzy młodzi mężczyźni zdjęli koszulki. W rodzinnym mieście takie wykroczenie przeciwko dobremu obyczajowi było nie do pomyślenia. Delikwenta natychmiast zgarnęłaby trójka, choć pewnie skończyłoby się na pouczeniu z wpisem do akt prowadzenia.

Albertyna nie dziwiła się półnagim mężczyznom. Rzadko w październiku panowały takie upały, prawie trzydzieści stopni! Sama chętnie pozbyłaby się eleganckiej bluzki z długim rękawem i ściągaczem przy nadgarstku. Wybrała ją, ponieważ szła na pierwsze spotkanie z nowym opiekunem osobistego rozwoju. Nigdy nie wiadomo, na kogo się trafi.

Oficjalnie oorów przydzielał studentom system losujący. W ten sposób manifestowała się boża opatrzność. Albertyna nie wierzyła w bo. Co więcej, skłaniała się sądzić, że oorowie wcale nie byli przydzielani losowo, jak stanowiło prawo. Lepiej ustosunkowani studenci losowali lepszych oorów. No cóż, tak decydowała bo.

Skręciła w Kradmieście i przekroczyła łuk orzeźwiający. Srebrzysta struktura przypominała bramki do dezynfekcji aut, jakie widywało się na przejściach granicznych, ta jednak była znacznie bardziej wyrafinowana i elegancka. Odnosiło się wrażenie, że jest zbyt lekka, by dłużej trzymać się ziemi. Albertyna na dwa kroki potrzebne do przekroczenia łuku zanurzyła się w lodowatym powietrzu. Ach, jak skok do zimnej wody, a po wynurzeniu się w październikowy skwar poczuła orzeźwienie i lekką euforię.

Przeszła starożytną bramą Uniwersytetu Miasta Varsovie imienia Pary Prezydenckiej. Na dziedzińcu trwały przygotowania do zaprzysiężenia pierwszoroczniaków i mszy świętej. Trzy lata temu sama była jedną pośród wielu, powtarzając słowa studenckiej przysięgi, po której złożeniu przemówiła jej magnificencja ksiądz profesor Agata Zmiana. Albertyna pamiętała ekscytację wynikającą z uczestnictwa w czymś większym od niej i dobrym. Wierzyła głęboko we własne siły, w przyszłość i w Polskę. Teraz starała się sprawnie wymijać grupki przesadnie gestykulujących młodziaków, chciała bowiem jak najszybciej dotrzeć do budynku, w którym mieścił się Wydział Politologii i Zabiegów.

W drzwiach zderzyła się z Agnieszką, koleżanką z grupy rozwoju fakultatywnego. Wydawało się, że Agnieszka płakała, Albertyna wszak o nic nie zdążyła jej zapytać, koleżanka wybiegła bowiem z budynku.

A myśli szybko pobiegły innym torem: od Agnieszki do właśnie dojrzanego Mateusza, który ją również dostrzegł i zamachał. Kochała się w nim od początku w głębokiej tajemnicy. Najpierw w tajemnicy przed sobą: arogancki pacan, synalek ministra. Gdy przed sobą nie potrafiła już ukrywać uczucia, skupiła się na ukrywaniu przed światem. Tutaj odniosła większe sukcesy.

Zamierzyła podejść do niego i się przywitać. On pocałuje ją w policzki, ona wieczorami będzie wspominać dotyk jego ust na swojej skórze.

Po kilku krokach skręciła gwałtownie w prawo, ponieważ w grupie rozmawiającej z Mateuszem zauważyła Beatę. Szczerze jej nie znosiła za wszystko: urodę, inteligencję, za złośliwie ujmującą grzeczność i dobry gust. Beata zdawała się Albertynie żywym przykładem doskonałej młodej kobiety i bolesnym potwierdzeniem, że ona sama taka nigdy nie będzie. Uważała się za brzydszą, głupszą i niższą. Kątem oka dostrzegła, jak uśmiech na ustach Mateusza gasł. Wzięła pod rozwagę, że mogło jej się tak tylko zdawać, że wymyśliła ten gasnący uśmiech dla poprawy samopoczucia i umocnienia godności.

Zabrnęła w ten korytarz, a teraz głupio było wrócić do głównego hallu, gdzie znajdowały się windy, postanowiła zatem wejść na drugie piętro schodami.

Przed drzwiami pokoju 22 stało jedno krzesło. Usiadła na nim, a siedząc, zaczęła odczuwać niepokój. Na drugim piętrze panowały cisza i bezruch, tak różne od rozgardiaszu na parterze i dziedzińcu. Może coś pomyliła? Sprawdziła w planowniku: wszystko się zgadzało, data i miejsce spotkania z oorem na świetlaczu dokładnie odpowiadały dacie i miejscu, w których się znajdowała. Zakładała nogę na nogę, a potem przekładała nogi, uplatając warkocz z węzłami w kolanach. Niewygodne krzesło. Wiedziała z zajęć drugiego roku, że było takie celowo. Stopień niewygody bądź komfortu powinien być precyzyjnie dobrany, aby ułatwić osiągnięcie spodziewanych celów podczas rozmowy. Jakie były cele oora, a jakie jej?

Wreszcie drzwi otworzyły się. Sekretarka – w nomenklaturze studentów dron – wyczytała ze świetlacza imię i nazwisko i rozejrzała się, jakby na korytarzu mrowił się dziki tłum niczym w Dzień Naczelnika.

Weszłam do archaicznie zagraconego stertami książek przedpokoju z biurkiem drona pod oknem, a na parapecie stała doniczka z wiotczejącym kaktusem. Dron otworzył przede mną drzwi z prawej strony i zaprosił, tym razem gestem, do środka.

Weszłam, a drzwi za mną zamknęły się z podwójnym stukiem – chyba się nie domykały i dron musiał je dopchnąć ramieniem albo biodrem. Za biurkiem siedział senior ze starannie przystrzyżoną siwą brodą. Z kimś mi się kojarzył, lecz nie miałam pewności z kim.

„Bardzo proszę, niech pani usiądzie". Usiadłam, tym razem na wygodnym. To też zajęcia z drugiego roku: rozmycie zdolności poznawczych. „Nazywam się Jakub Kolaszyński i będę w tym roku pani oorem. Tak zadecydowała bo".

Nazywam się Albertyna Żalek i będę pana opiekantką. Tak zadecydowała bo – wypowiedziałam stosowną formułę.

Rozmawialiśmy o moich wynikach w nauce i zainteresowaniach. Standardowa procedura. O planach na przyszłość i... tutaj mnie zaskoczył – zapytał, czy mam kogoś. Nie chłopaka albo narzeczonego, ale „kogoś". Procedury, o ile sobie przypominałam, nie przewidywały wkroczenia w wewnętrzną przestrzeń relacji niepostawionych w stan oskarżenia obywateli. Przez kwadrans senior Jakub mnie molestował: dawał pytania, na które nie powinnam odpowiadać i nie odpowiadałam, oraz takie, w których reakcji powinnam umieścić żarliwą wiarę i przekonanie o słuszności. Obawiałam, że mi ps nie poszedł tak dobrze, jak bym sobie życzyła. W końcu, zdałam egzamin albo przeciwnie, oblałam, przeszedł do konkretów.

„Czy zna pani pisarza Janusza Suma?" Od razu zauważyłam podpowiedź; nie powinien użyć słowa „pisarz", tylko pozwolić mi zapytać: tego pisarza? Kiwnęłam głową, a on ciągnął: „Za niecały rok wypadnie okrągła rocznica jego narodzin. Rada Wydziału postanowiła, że najbardziej obiecujący – uwaga! komplement! pomyślałam w lekkiej panice – studenci wygłoszą sylwetki ważnych z różnych względów postaci dla naszej kultury. Planujemy dziesięć takich obrazków monograficznych. Obecność zapowiedziała pani premier". To ostatnie rzucił nieomal lekceważąco. Mogłam istotnie niewłaściwie odczytać zawartość kodu emocji, rozpraszała mnie zbytnia wygoda.

„Oczywiście, służę pomocą. Gdyby miała pani jakieś pytania, proszę się nie wahać i zgłaszać do mnie także w trybie pozauczelnianym", powiedziawszy to, wyciągnął z wewnętrznej kieszeni marynarki czarne pudełeczko.

Nie widziałam nigdy takiego świetlacza. Nie widziałam, to nie był bowiem świetlacz, tylko skrzyneczka, zawierająca poprzednie kartoniki. Położył na blacie jeden z nich i palcem wskazującym przesunął w moją stronę. Sięgnęłam ku karteczce i wtedy nasze palce zetknęły się na chwilę. Żywiłam nadzieję, że podkład skrył nagły rumieniec. Senior Jakub uśmiechnął się po raz pierwszy podczas tego spotkania. Baczyłam na jego oczy – przypominały kogoś znajomego, nawet bliskiego: niebieskie kamyki chalcedonu, lśniące i równocześnie nieprzejrzyste. Zgarnęłam kartonik i wrzuciłam do torby, nawet nań nie zerkając.

Czy jestem już wolna? – zapytałam, a on skinął głową, tak jak ja jemu uprzednio, gdy usłyszałam nazwisko Sum.

Była tak oszołomiona spotkaniem, że nawet nie pożegnała się z dronem, na co sekretarka gniewnie odęła wargi. Albertyna starannie zamknęła za sobą drzwi i nadal pustym korytarzem poszła ku klatce schodowej.

Usiadła na stopniu, wygładziła opalizujący materiał spódnicy na udzie i zacisnęła mocno palce na płatku ucha. Jej poprzedni oor był schematyczny i do bólu przywiązany do procedur kontaktu, senior Jakub natomiast nie był typowym oorem. Nie wiedziała, czy to dobrze, czy źle. No cóż, tak zadecydowała bo.

Zbierałaby dłużej rozsypane myśli w ciasny węzeł wynikania, gdyby nie odgłos kroków dobiegający z korytarza. Nie wstając, przekręciła głowę i ujrzała Mateusza.

„Liczyłem, że cię tu zastanę". Serce zabiło jej szybciej. Nie z ekscytacji, o, nie. Ze strachu. „Chciałem cię zaprosić na wieczór. Robimy bibkę. Wpadłabyś, co?"

Skinęła głową, po raz kolejny tego dnia.

„Wyślę ci adres na jaTela".

I jej kolejne skinięcie.

Dopiero w pokoju akademika wygrzebała z torby karteczkę od oora. Umieszczono tam numer jego jaTela i adres pocztowy. Od razu zwróciła uwagę, że nie korzystał z polwebu, jaNetu, tylko z silentium, bardzo zamkniętej i niezbyt dobrze w niektórych kręgach widzianej sieci o najwyższym stopniu zabezpieczeń. Podobno nikt nigdy nie złamał ich fos. I jeszcze jedno – nie dawało zapisać, należało otrzymać zaproszenie. Gniazda, o ile pamiętała, znajdowały się na jakiejś malutkiej wyspie na Spokojnym Oceanie. Dziwne, pomyślała, nie znam nikogo, kto korzystałby z silentium. Czy senior Jakub miał coś do ukrycia? Albo – niektórzy starcy tak mają – cenił własną prywatność?

Też bez sensu, przecież prywatność nie istnieje w oderwaniu od ciała. Prywatne wydarza się tylko między dwojgiem ciał, a i to nie zawsze. Urząd Kontroli Obywatelskich Swobód stara się gromadzić wszelkie dostępne dane o obywatelach w celu zapewnienia bezpieczeństwa. UKOS nigdy się nie myli i tylko więziotwórcza mądrość powstrzymuje od stałego korygowania wewnętrznych błędów rodaków. Tak Albertynę nauczono i nie miała podstaw do podważania tego.

Postanowiłam dowiedzieć więcej o moim zadaniu, kojarzącym się z lekturą szkolną i oślizgłą rybą, zanim jednak zaczęłam zarzucać sieć, potwierdziłam seniora Jakuba w polpedii. Urodził się w 2035 roku. W pierwszej chwili nic nie pojmowałam. Zaczęłam szukać, zamieniłam się w prawdziwego linkoskoczka, skakałam po linkach, licząc, że gdzieś znajdę poprawną datę narodzin bieżącego oora, ale ciągle wyskakiwał przeklęty 2035. Wreszcie dałam spokój. Napisałam wieść do polpedii z prośbą o skorygowanie nagminnie powtarzanej w odnośnych materiałach błędnej daty urodzenia. Byłam z siebie dumna. Odkryłam coś, choć było to niczym. I postanowiłam pójść na bibkę do Mateusza, mimo że początkowo nie miałam zamiaru iść.

Spędziłam sporo czasu, komponując strój. Pragnęłam ubrać się na luzie, ale z klasą. Seksownie, ale nie wyzywająco. Neutralnie, ale z osobistym akcentem. Krótko mówiąc: niemożliwe do zaliczenia kolokwium stylistyczne. Ubrałam w końcu czarne spodnie i białą koszulę, przełamując pingwinią monotonię złoto-wrzosowym szerokim paskiem, który miałam po matce. W pawilonach na dole zajrzałam do kabiny auto-twarzy. Wybrałam „klasyczną elegancję". Efekt nie powalał: przypominałam własną matkę ze starych zdjęć.

W podziemce zaczęłam się denerwować. Szynociąg sunął, a ja zastanawiałam się, czy na mojej docelowej stacji będzie sklepnik – nie wpadłam wcześniej na to, żeby kupić alko, ciastka czy cokolwiek. Fartownie dla mnie był: nabyłam butelkę syntetycznego miodu pitnego. Mateusz mieszkał na Żoliborze w dzielnicy nieopodal Sejmu, co nie powinno dziwić, był koniec końców synem ministra. Jego ojciec szefował w przedłużu Ministerstwu Komunikacji i Godności już trzecią kadencję. Czasem odnosiłam wrażenie, że ministerialny fotel dziedziczy się i następnym ministrem zostanie Mateusz. Oczywiście wiedziałam, że to nieprawda. Po prostu Prawo i Swoboda wygrywało wybory, odkąd pamiętam, ponieważ ich oferta dla obywateli była bezkonkurencyjna i najdogodniejsza do akceptacji.

Zatrzymała się przed kutą w metalu bramą i szlabanem, grodzącymi dostęp na osiedle. W budce siedział strażnik, o dziwo, fizyczny. Poprosił o wylegitymowanie i zapytał o cel.

Wysypana grubym żwirem alejka staroświecko chrzęściła pod podeszwami tenisówek. Dom rodziców Mateusza był niższy od okolicznych, za to bardziej rozłożysty. Po obu stronach drzwi wejściowych rosły karłowate klony o liściach złoto-szafirowej barwy. Na pewno musiały być bardzo drogie. Drzwi posiadały intarsje z lapis-lazuli w uskrzydlonych kształtach. Nigdy naocznie nie widziała tak pięknych klonów ani zdobionych drzwi.

Zanim nacisnęła przycisk wideodźwięku, drzwi otworzył asystent gościnności, tak chyba nazywano osobę otwierającą drzwi, nie była pewna. Dotąd drzwi otwierały przed nią fotokomórki i klucze, większość zaś stała zamknięta.

Gestem wskazał kierunek, niepotrzebnie zresztą, bo i tak skierowałaby kroki ku źródłu głośnej muzyki. Albertynę zawsze drażniła milcząca armia na usługach zamożnych ludzi: asystenci od wszystkiego – płacono im nie tylko za pracę, opłacano również skrępowany język. I nie wiedziała, kto ją bardziej drażnił: bogaci czy drudzy, którzy na to przystawali. Zauważyła, że asystentowi – „służący!", przypomniało się archaiczne słowo z historycznych powieści – zagiął się kołnierzyk u koszuli. W geście pozornie tylko spontanicznym wyciągnęła rękę, żeby przywrócić ład w stroju. Mężczyzna zmieszał i spuścił wzrok. Tak właśnie jest, pomyślała, wziął mnie za inną, należącą do świata rządowych dzielnic i bram kutych w żelazie, i bibek, nawet nie spróbował nawiązać kontaktu.

W ogromnym salonie zgromadziło się parę tuzinów osób, ze dwie-trzy znała z uniwersytetu. Stała onieśmielona z butelką alkoholu, póki jakiś rówieśnik nie podszedł do niej z kieliszkiem. Nazywał się Jerzy i był bratem przyrodnim Mateusza. Wkrótce, poprowadzona przez niego, znalazła się w jednej z kilku grupek rozgadanej młodzieży. Rozmawiano o nowym filmie historycznym *Jesteśmy przynętą, kochanie*. Albertyna filmu nie widziała, ponieważ nie wszedł jeszcze do galerii, ale oni dzieło widzieli. Podobno sceny ataku na Królewiec, jeszcze gdy nazywał się Kaliningrad, zostały przeszarżowane.

„Mało prawdopodobne, aby Naczelnik otrzymał od Narodu prawo do narażania się na pierwszej linii frontu jako liniowy czołgista", zauważył jasnowłosy chłopak. „Błędem było obsadzenie Orjana Chyry w roli Naczelnika. On w ogóle nie ma takiej charyzmy". „Ma! Ależ ma! – wykrzyknęła dziewczyna zrobiona na szaro. – Jednak jego charyzma jest niewystarczająco choleryczna. Chyra to taki sangwinik".

Jak rzadko kiedy czułam, że jestem dokładnie tam, gdzie nie powinnam się znaleźć. Nie widziałam filmu, nie wiedziałam, o czym rozmawiają, nie było mnie ani mego ojca stać na taki stosunek do rzeczywistości. Nie krytykowałam, nie kpiłam, zbędna jak suchy liść.

Postanowiłam wycofać się cichcem z salonu, a potem uciec stąd. Odstawiłam butelkę miodu na stolik – nie do wiary, cały czas trzymałam ją w ręce! – i gotowałam do odwrotu, gdy poczułam na ramieniu czyjś dotyk i gorący oddech muskający moją szyję. „Nie uciekaj jeszcze", usłyszałam, po czym pojęłam, że ciało przytula mnie od tyłu, przywiera do mnie na tyle stosownie, że nie mogłabym wnieść żadnego zażalenia o naruszenie nietykalności, i na tyle obiecująco, że żadnego zażalenia nigdy bym nie wniosła.

„Chodź ze mną", powiedział, a ja poszłam, prowadzona przez nieznajomego. Weszliśmy po schodach na piętro: on, uchwyciwszy mnie za odgiętą do tyłu rękę, cały czas za mną, ja przed nim, zdezorientowana i w mały sposób szczęśliwa. Wyobrażałam, że to Mateusz, prawie byłam pewna, że to on, jednak ta pewność wykoleiła się, zwichnęła i przepadła, gdy weszliśmy do pokoju na piętrze – tam na łóżku półleżał mój afekt, a obok niego nieznany mi chłopak. Chociaż nieprawda, nie był nieznany; znałam go z telewizji, z dziennika rządowego.

„Cześć", powiedział Mateusz. Najpierw myślałam, że odezwał się do mężczyzny wykręcającego moją rękę, najwyraźniej jednak nie – ten z tyłu uwolnił i opuścił pokój, a Mateusz uśmiechnął się dokładnie tak, jak sobie wyobrażałam wiele razy przed snem. Uśmiechnął się, a ja jak głupio zaczarowana podeszłam do niskiego łóżka i przycupnęłam na skraju. „Fajnie, że przyszłaś", powiedział, a ja pomyślałam, że mężczyzna może kobietę tak łatwo kupić: kilka słów, ze trzy, i już cała byłam ponownie jego, tylko że on o tym nie wiedział.

Miałam już wychodzić, powiedziałam tak albo chciałam powiedzieć. „Weź i połknij". Pokazał mi wrzosową pastylkę. Wiedziałam, co to jest: ttt – tell the truth – narkotyk. Dowiedziałam o jego istnieniu rok temu i tę wiedzę odłożyłam w głowie pomiędzy inne, niedotyczące mnie informacje. Wyciągnęłam dłoń, żeby Mateusz mógł złożyć na niej tabletkę, po czym natychmiast ją cofnęłam.

Roześmiał się. „Otwórz usta". Otworzyłam.

Chciałam, żeby zrobił to on, żeby tabletkę na moim języku umieścił Mateusz, nie miałam mu nic do ukrycia, od teraz przez kilka godzin będę mówić prawdę. Połknęłam. Chwycił mnie za nadgarstek.

Mam już dość wykręcania rąk, powiedziałam, narkotyk wchłaniał się bowiem błyskawicznie. On jednak, nie puszczając, znowu się roześmiał. Z jakąż łatwością przychodził mu śmiech! Zazdrościłam mu i mało go nienawidziłam. Trzymał mocno, po czym ułożył moją dłoń w kielich i umieścił w niej trzy wrzosowe tabletki. Wyciągnął język, jego kolega, ten z dziennika rządowego, też wyciągnął. Umieściłam w otwartych ustach po pastylce.

A trzecia? – zapytałam. „Trzecia jest dla ciebie. Na kiedyś potem", odpowiedział.

„Chciałabyś się położyć z nami?", zapytał kolega Mateusza. Albertyna udzieliła natychmiast twierdzącej odpowiedzi, mimo to poczekała na wyraźne zaproszenie, a gdy nastąpiło, wyciągnęła się obok Mateusza. „O czym myślisz?" Do jej głowy uderzały kolejne fale gorąca, czuła się, jakby była na plaży. W pokoju nieoczekiwanie wyrósł klon. Po falujących liściach pływały ryby burzowego światła, spadając czasem na skórę

Albertyny, aby łaskotać i zmierzać ku jej kobiecości. Była pewna, że wypieków na jej policzkach nie ukryłaby żadna auto-twarz.

„O moim oorze", odpowiedziała po dłuższej chwili. Chłopacy się roześmieli. Zauważyła, że prezenter telewizyjny położył dłoń na brzuchu Mateusza. Zrobiła to samo, a jej palce splotły się z palcami tamtego młodego mężczyzny jakby same z siebie. „A cóż jest takiego ciekawego w twoim oorze?"

„Data urodzenia. 2035, a wygląda na przynajmniej siedemdziesiąt lat".

„To pewnie jeden z tysiąca i jednego", rzucił prezenter.

„Co to są tysiąc i jeden?"

„Naprawdę chcesz wiedzieć?", Mateusz jakby się zawahał.

Po ostatecznym zwycięstwie i rozprawieniu się z wrogami Naczelnik w ostatnim dniu swego życia podpisał dekret. Zasłużeni dla poprzedniego reżimu wichrzyciele dostąpili łaski drugich narodzin. Musieli wyrzec się kłamliwych poglądów i zgodzić na lojalność względem Państwa w służbie Narodowi. Pozwolono wybrać nowe imię i nazwisko, a data urodzin została cofnięta. Rodzili się ponownie z dniem podpisania Deklaracji Prawości i Wierności.

„Pewnie twój oor deklarował w 2035. Takie deklaracje podpisywano przez kilka lat, ale i tak można ich zidentyfikować po Numerze Identyfikacji Obywatelskiej. Ich NIO zawsze rozpoczyna się od 22. Sprawdź sobie na stronie uniwersytetu. Wejdź w pracowników,

wybierz twego oora, potem zakładkę «uroczystości». Powinna tam być data urodzin z NIO. No, wiesz, żeby mu kupić kwiaty czy złożyć urodzinowe życzenia".
„Żeby mu było miło", dopowiedział prezenter.
„A skąd ten tysiąc i jeden?", dopytywała Albertyna.
„Podobno tylu podpisało DPW".

Leżąc obok Mateusza i jego kolegi, czułam się jak w kapsule ratunkowej, wystrzelona ku pięknej planecie o nazwie Przyszłość. Ciało Mateusza ogrzewało z lewej strony, a moją dłonią, nadal spoczywającą na jego brzuchu, bawił się prezenter. Wydawałam się czysta i pełna prawdy, w młodzieńczy sposób mądra i przenikliwa. Cieszyło mnie, że nie mogę kłamać dopóty, dopóki narkotyk krąży w moim mózgu. Byłam lekka i rozluźniona.

A wy, zapytałam, jesteście przyjaciółmi? „Ja i Bartek jesteśmy nierozłączalni od szkoły elementarnej". Odpowiedź zdała mi się wymijająca. Co to znaczy? – drążyłam. „Po prostu najgłębsze porozumienie i więź".

A ja ciebie kocham od złożenia studenckiej przysięgi trzy lata temu. Stałeś w pierwszym rzędzie i mnie zachwyciłeś. Miałeś wtedy mało dłuższe włosy jako jedyny. Wszyscy inni nosili obowiązujące fryzury. A później zapisywałam się na zajęcia, na które chodziłeś, żeby być bliżej ciebie, nawet na tę najnudniejszą sensorykę manipulacji. Liczyłam, że zwrócisz na mnie uwagę... Myślałam nawet, że kiedyś zaprosisz mnie na randkę... – czułam, że się rozpędzam, że powstrzymywanych przez lata słów teraz nie jestem w stanie zatrzymać – a wtedy okaże się, że do siebie pasujemy na ulał. No i sam wiesz... Jednostka rodzinna, potomstwo, szczęście...

Mateusz przerwał.

„Ach, Albertyna, Albertyna. Zawsze zdystansowana i niewidoczna. Zwróciłem na ciebie uwagę, tylko nie dałem ci odczuć. Raz prawie cię zaprosiłem na prezentację dzieła, ale nie chciałem ryzykować kłamstwa. I nie chciałem cię skrzywdzić".

Nie rozumiałam, o co mu chodzi.

„Nie rozumie", rzucił Bartek w powietrze.

„Ach, Albertyno, Albertyno, kusiło mnie, żeby się tobą posłużyć i żebyś została moją dziewczyną".

Teraz rozumiałam jeszcze mniej. Powiedziałam mu, że przecież sama tego pragnęłam. „Tak. Nie wiedziałaś, kim naprawdę jestem". A kim jesteś? Czekałam długo, aż się odezwie, już prawie doleciałam do mojej planety Przyszłość, on jednak zastygł w milczeniu.

Albertyna postanowiła wyjść, przekonali ją jednak do pozostania. Jeszcze przez kilka godzin będzie poddana działaniu ttt, co mogłoby okazać się niebezpieczne nie tylko dla nich, ale i dla niej.

Stopniowo odzyskiwała spokój. Nie stało się nic strasznego, nic nieodwracalnego. Nie wierzyła Mateuszowi i Bartkowi, jednocześnie wierząc w każde ich słowo. Jutro wszyscy zapomną o wszystkim i jutro nie będą tacy jak dziś. Tego jednak też nie chciała.

Nie chciała znowu wyobrażać Mateusza, wolała leżeć obok niego.

Następnego dnia rankiem zadzwoniła do ojca. Dzwoniła do niego raz w tygodniu i relacjonowała swoje życie. Wspomniała o bibce u syna ministra, nie wchodząc w szczegóły. Ojciec zresztą nie dopytywał. Był jak zawsze wycofany i taktowny.

Potem zabrała się za wyszukiwanie materiałów o Januszu Sumie. Znała go z dwóch lektur szkolnych. Niespecjalnie ją obeszły, choć z drugiej strony nie odrzuciły jej jak niektóre nazbyt gładkie starocia o walce z wrogami narodowej podmiotowości.

Standardowa bio-nota, wykaz publikacji i nagród, wybitny przedstawiciel neopatriotyzmu w prozie, zginął w katastrofie sterowca lecącego do Ostrii na Jelinek Festival, gdzie miał odebrać nagrodę i wygłosić wykład. Znalazła tytuł wykładu: *Kłamstwa przypominają brud.* Tytuł wydał się Albertynie całkiem absurdalny, zaczęła skakać z linku na link, aż dotarła do streszczenia. Wykład traktował o kłamstwach zbudowanych przez dawne elity na gruzach engelsowskiej Polski, kłamstwach, które doprowadziły do powstania Polski kalekiej i niesprawiedliwej. Nic więcej nie znalazła. Zalogowała się na studenckie konto w Bibliotece Narodu. Sprawdziła pozycje autorstwa Janusza Suma. Były *Kłamstwa...* Spróbowała złowić książkoplik, wyświetlił się błąd 22. Próbowała jeszcze kilka razy, lecz zawsze wyskakiwał komunikat o błędzie. Napisała kolejną wieść, tym razem do archiwizacji BN-u, z informacją o błędzie i zdecydowaną sugestią o jego usunięcie. Znowu odkryła coś, co było niczym.

Przeczytała streszczenia najważniejszych powieści Suma. Zauważyła powtarzalność jednego motywu: bohater lub bohaterka, zawsze gdy musieli wybrać między dotrzymaniem wierności większej strukturze społecznej a szczęściem osobistym, wybierali to pierwsze, zupełnie jak w kitajskiej prozie. Nie dowiedziała się ze streszczeń, czy żałowali decyzji.

Zrezygnowana, postanowiła sprawdzić jego wczesne dzieła. W bio-nocie informowano, że opublikował kilka powieści pod pseudonimem Janusz Karaś. Gdy próbowała wejść do bazy BN-u, nie wyświetlał się błąd 22, tylko brak stosownych uprawnień. Albertynę to zaskoczyło i zaciekawiło. Coś musiało ukrywać się pod gładkim życiem nobliwego trupa. Jeśli do tego dotrze i zreferuje w swoim obrazku, na pewno zostanie doceniona.

Zadzwoniła do seniora Jakuba, staroświecka karteczka z numerem przydała się, nie odebrał, ale po chwili oddzwonił. Wyłuszczyła mu, potykając się o kolejne zdania, powód niestosownego telefonu. Odpowiedział oschle: „Proszę niepotrzebnie nie interesować się i zająć tym, co jest powszechnie dostępne. Reszta niech pozostanie w silentium".

Nie tak wyobrażała pomoc ze strony oora, postanowiła się jednak nie poddawać. Zadzwoniła do wuja Kazimierza, dziwaka bibliotekarza, rozmiłowańca papieru. W Lembergu, malutkim miasteczku na kresach wschodnich, powinni trzymać papierowe wydania. Znając wuja, nie przypuszczała, by pozwolił na zniszczenie książek, zwłaszcza niepopularnych czy niesplikowanych. Wuj obiecał sprawdzić i dać jej znać.

Przeczytała kilka obrazków o życiu i twórczości Suma. Wszystkie cechowała gładkość i identyczność. I wszystkie omijały temat życia osobistego, tak jakby Sum życia osobistego nie prowadził. W jednej z prac znalazła informację, że tajemnicze „J", któremu dedykował wszystkie książki, odnosi się do Julii. Badacz zwrócił uwagę, że pierwsza sylaba pierwszego słowa otwierającego książkę zawsze jest ta sama – „ju", a raz wyjątkowo „ja". Już, jurna, jutro, jutrznia i jak. Albertynę coś w tym wszystkim niepokoiło. Odniosła wrażenie, że historycy literatury uzgodnili między sobą cichość. Nie wiedziała tylko, o czym. I to ją wciągnęło.

Zabrała się do lektury *Kiedy zapomnisz*, najsłynniejszej powieści Suma. Posiadła ozdobny, papierowy egzemplarz, który dostała od ojca po zdaniu dojrzałości – taka się utarła w jej mieście tradycja. Czytała tę powieść w szkole średniej na zajęciach z warunkowania postawy i mało pamiętała fabułę. Zresztą, prawdę mówiąc, przeczytała wyłącznie fragmenty oznaczone jako kluczowe.

Teraz czytała na głodzie. Skończyła przed północą. „Jutro nie będzie nas takich jak dziś" – rozpoczął Sum prawie trzystustronicową powieść, a ona wracała do tego zdania i wracała. W kanonicznym ujęciu chodziło o zmianę strukturalną rzeczywistości po wyjściu Polski z Unii Międzymórz i nawróceniu bohatera na wartości, jej taka interpretacja kompletnie nie przekonywała. No i dlaczego Jarosław, alter ego autora, mówi to do Jerzego? Cały pierwszy passus wybucha w próżni. Nie jest konieczny i jest spoza jak obcy kosmolot? Niepokoił ją również pewien fragment, a właściwie jego brak. W jednej scenie Jarosław i Jerzy rozmawiają o planach na przyszłość. Obydwaj są zaręczeni. Cięcie. A w następnym rozdziale jest mowa o skandalu i wyjeździe Jarosława z Belostoku. Pojawia się też sen, jedyny sen w powieści. Mężczyzna w slipkach stoi przed lustrem. Namydla twarz pianką do golenia. Tyle. Cięcie.

Jaki skandal? Tego czytelnik się nie dowie. Albertyna znalazła jeszcze kilka takich mniej spektakularnych, a dających do myślenia dziur. Dlaczego bohater regularnie powracał do lektury bajkowego *Dobra*? Dlaczego co roku jeździł do Lodz, skoro nie miał tam nikogo bliskiego? Dlaczego co sobota jadał lody w lokalu Jednorożec?

Albertyna czuła, że na coś wpadła. Problem tkwił w tym, że nie wiedziała, na co.

Następnego dnia z samego rana zadzwonił wuj Kazimierz z wieścią, że znalazł dwie powieści Karasia, i zapytał, po co mi one. Odpowiedziałam, że do pogadanki zaliczeniowej, i poprosiłam o wysłanie. Odpowiedział, że niemożliwe. Zapytałam dlaczego. Odpowiedział, żebym poszukała w polpedii streszczenia *Farenheita 451*. Odpowiedziałam, że poszukam i bardzo dziękuję, wuju.

Sprawdziłam tego *Farenheita*. Okazało się, że powieść opisuje świat bez powieści. Wuj dawał w ten sposób do zrozumienia, że te książki niekoniecznie by do mnie dotarły. Tuż po rozmowie z wujem zadzwonił ojciec. Oznajmił, że dysponuje smutną wiadomością, mimo to brzmiał jak zawsze. Podziwiałam ojca za zdolność trzymania postronków na wodzy. Ja przy przekazywaniu smutnych wiadomości się rozpadałam i beczałam. „Zmarł twój dziadek. Nie martw się. Tak musiało się stać. Był stary i schorowany". Dodał, że pochówek za trzy dni i jestem zaproszona. Wtedy się zająknął i poprawił „zaproszona" na „oczekiwana", odczekał ze trzy sekundy i rozłączył. Cały tata.

Tak więc jadę do Belostoku na pochówek dziadka. Kochałam go, mimo to nie płakałam. Czułam się niepotrzebna i uwikłana w wielką sieć o małych okach. Było niewygodnie i ciasno we mnie. Nie wiedziałam, co ze sobą zrobić. Zajrzałam do skrzynki. Dostałam od anonima zaproszenie do silentium. Przypuszczałam, że od seniora Jakuba. Był oschły w czasie rozmowy, ponieważ prawdopodobnie nie byliśmy sami. Przyjęłam zaproszenie i odpowiedziałam na stertę pytań. Pojawił się komunikat, że aplikacja podlega procesowi wiarygodnościowemu. Chciałam ją skasować – nie wpadłam wcześniej na to, że mogła zaszkodzić mi na studiach, niestety ikona quitu się zdezaktywowała. Zaczęłam płakać. Zadzwonił Mateusz. „Czemu płaczesz?", zapytał. Umarł mi dziadek, odpowiedziałam, choć przecież nie dlatego płakałam. Nie dlatego. „Przyjechać do ciebie?", zapytał. Tak, odpowiedziałam i dopiero wtedy poczułam się naprawdę podle.

Przyjechał z winem. Nie tanim z jabłek, ale prawdziwym z winogron Burgundlandu. Butelkę wręczył niezręcznie, prawie wysunęła się z naszych dłoni. Czyżby onieśmielił go wystrój niewielkiego pokoju, a praktycznie jego brak? Jedyną osobistą rzeczą, oczywiście poza turkusowym jaAllem w maziaje poprzednich nenufarów Moneta, była porcelanowa figurka wielorybów: matki i oseska, ustawiona przeze mnie na kasetce. W pokoju stało jedno krzesło. Zaproponowałam: usiądź, on dostrzegł książkę leżącą na biurku, wymieniliśmy niedużo zdań, nie chciałam odpowiedzieć na jego pytanie, dlatego powiedziałam, że pójdę do wspólnego kuchnika po kieliszki i korkociąg. Ze zdenerwowania przygryzałam wargi. Nie potrafiłam uwierzyć, że on, Mateusz, czeka na mnie w moim pokoju, że braliśmy razem ttt i że umarł mój dziadek. Sporo jak na jedną nijaką dziewczynę z prowincji.

Zanim weszłam z kieliszkami (korkociągu nie znalazłam) do pokoju, popatrzyłam przez szybę na Mateusza. W akademiku ściana oddzielająca pokój od korytarza była przezroczysta. Dzięki temu prowadziliśmy życie w wolności od sekretów. „Wasze życie będzie otwarte i dobre" – informował biuletyn akademika Castitate, ta sama sentencja wisiała nad wrotami do budynku. Pokój podobał mi się umiarkowanie, ale poza tym na inny nie byłoby nas stać. No i nie miałam nic do ukrycia. To znaczy nic, co dałoby się zobaczyć.

Mateusz siedział przy biurku z książką w dłoniach. Tak go zostawiłam, gdy wyszłam do kuchnika. Była to *Kiedy zapomnisz*, innych książek nie przywiozłam z Belostoku. Nigdy wcześniej nie widziałam go w takim skupieniu. Stał się prawie brzydki. Wcześniej znałam go rozbawionego lub drwiącego, obecnie cała beztroska, tak pociągająca i równocześnie irytująca, wyparowała z jego twarzy. „Skąd to masz?", zapytał, zanim wyszłam. Od ojca, odpowiedziałam, a on, zupełnie bez związku i sensu, dopytał: „A matka?".

Nie zamierzała wypowiedzieć ani słowa, zamiast tego wyszła po kieliszki i korkociąg, którego nie znajdzie. Mateusz nieświadomie dotknął czułego punktu. Albertyna pogodziła się z matką wewnętrznie, gdzieś w głębi siebie, gdy wszak pojawiał się ktośkolwiek trzeci, jak teraz Mateusz, ułożenie z matką okazywało się iluzoryczne, a to, co uważała za bliznę, otwierało w ranę.

W dwa dni po dziwacznym wypadku, w którym zginęli matka i brat Albertyny, fizyczną pocztą przyszedł list. Nigdy nie dostała listu. Urzędowe wieści przychodziły na NIO-skrzynkę, nadawaną każdemu obywatelowi wraz z NIO i zamykaną z chwilą zgonu.

„Córeczko najdroższa, najukochańsza, nie zrozumiesz, że musiałam to zrobić. Musiałam, naprawdę. On stałby się taki jak ojciec. Unieszczęśliwiłby siebie i innych. Powiedzą, że zwariowałam – nie wierz im! To oni oszaleli, nie ja! Mnie już nie ma. Zniszczyli mnie.

Kocham Cię, najdroższa, najukochańsza córeczko. Oni mnie zniszczyli, nie pokazuj listu ojcu. Kocham. Kocham Cię na zawsze".

Albertyna nikomu listu nie pokazała. Posiadła pierwszą w życiu tajemnicę i bardzo się jej wstydziła. Nie pokazała nikomu listu z wielu powodów. Ponieważ nie chciała usłyszeć, że jej matka oszalała. Ponieważ nie chciała zadawać ojcu dodatkowego bólu. Ponieważ nie rozumiała, przed czym matka pragnęła ostrzec. Ponieważ bała się. Po prostu się bała. Ten list mógł stać się dowodem na samobójstwo albo morderstwo. Samobójstwo karano dożywotnim więzieniem, choć tak naprawdę to bliscy osoby targającej się na własne życie wpadali w kłopoty. Ojca spotkałyby szykany w pracy, a jej groziłoby objęcie programem wsparcia, a to z kolei oznaczałoby, że nie dostanie się na studia, nie stworzy nigdy jednostki rodzinnej, nie będzie nikim, kim chciałaby być albo przeciwnie – stanie się właśnie n i k i m.

Powinna była zniszczyć list. Codziennie powtarzała sobie, że następnego dnia go spali. I w taki sposób – z setkami codziennych, złamanych przyrzeczeń – list znalazł się po latach tutaj, w pokoju, ukryty w podwójnym dnie kasetki zawierającej tanią biżuterię i ważne dla niej z różnych przyczyn drobiazgi: muszlę znad morza, pawie pióro, papierek po prawdziwej czekoladzie, jedwabną chusteczkę. W szafie trzymała trochę ubrań matki. Nie potrafiła się z nimi rozstać, a bała się, że ojciec by je wyrzucił.

Patrzyłam na Mateusza. Odłożył książkę na biurko, przejechał dłonią po krawędzi blatu, a potem sięgnął po figurkę z wielorybami. Korciło mnie, żeby poczekać, co zrobi. Korciło mnie, żeby sprawdzić, czy sięgnie po kasetkę i czy znajdzie list. Chciałam wiedzieć, czy zdołałabym opowiedzieć mu o matce? Czy znalazłabym odwagę, aby zapytać, co sądzi?

Weszłam do pokoju, oznajmiając, że nie ma korkociągu. Prawdopodobnie w Castitate założyli, że studentów nie stać na prawdziwe wino. Słusznie.

Odpowiedział, że w takim razie musimy wepchnąć korek. Przysiadłam na brzegu łóżka, on zajął się butelką. Za nastą próbą udało mu się przy użyciu pamięci o kołowym przekroju. „Proszę", powiedział, podając kieliszek wypełniony rubinowym płynem. Wznieś za coś toast, poprosiłam. Zawahał się. „Żeby wszystko się udało", powiedział. Stuknęliśmy się kieliszkami. „Mogę przysiąść obok ciebie?", spytał.

O niczym innym nie marzyłam, odkąd go zobaczyłam trzy lata temu.

Przesiadł się. „Chcesz, żebym cię pocałował?" Chciałam, odparłam, że nie trzeba. Rozumiałam, że gdyby pragnął mnie pocałować, po prostu by to zrobił. Nagła i krótkotrwała władza nad nim wcale mnie nie cieszyła. Milczeliśmy, popijając wino. Nie nazwałabym tej sytuacji niezręczną – koniec końców robiliśmy to, co chcieliśmy, czyli trwaliśmy w zawieszeniu, ponieważ nie wiedzieliśmy, co zrobić. „Boję się", powiedział on, ja – że też i czego on się boi?

On odpowiedział, że siebie samego.

Wygrzebałam z zakamarków pamięci odległe słowo: intymne. Ja, on, pokój, wino – sytuacja była bardziej intymna, niżbyśmy się kochali ciałami. Boję się – powiedziałam – że zostanę nikim. „O, nie! Jesteś wspaniała! Potrzebujesz tylko czegoś, co cię..." Albo kogoś, zapragnęłam mu przerwać i nie przerwałam.

Zaszumiało mi i zakręciło się w głowie. Nigdy nie piłam prawdziwego wina, tylko niekosztowne alko-ersatz. Nie pytając „Czy mogę?" ani nie informując „że", przesunęłam się pod ścianę, a chwilę później położyłam, podkładając pod głowę dwie poduszki. Patrzyłam na jego kręcone włosy, odsłaniające niewielki fragment szyi, i przygarbione plecy. Miałam wrażenie, że nigdy w życiu nie byłam tak blisko drugiej osoby. Dotknęłam pleców przede mną, na wyciągnięcie ręki. Pod palcami wyczułam napiętą strunę kręgosłupa. Znowu zachciało się płakać. Zrozumiałam, że Mateusz nigdy nie będzie mój, nie dla mnie. Stało się to nagle oślepiająco jasne. Nie będzie mój. Nigdy. Nigdy bardziej niż tej chwili. A jednak durna miłość do niego, odurzenie i oczarowanie jego osobą nie znikły, tylko zmieniły się jak wąż porzucający starą wylinkę – niby ten sam, a jednak inny.

Przepraszam, że wczoraj powiedziałam, że cię kocham. Nie powinnam była. Nie powinnam była przychodzić. Nie powinnam była brać ttt. Ja w ogóle...

Przerwał mi.

„Jeśli chcesz, pojadę z tobą na pogrzeb dziadka. Chciałbym pojechać. Z tobą".

Po co mi to? – pomyślałam. Po co?

Pojechali jednak razem, choć to nie miało według Albertyny żadnego sensu. Mateusz kupił bilety na rejs sterowcem. Chciała mu oddać lechy za bilet, lecz się nie zgodził. Nie nalegała tak bardzo, jak powinna, ponieważ wycofała się w siebie, znowu zagubiona i ponownie mała malutka. Zdawało się, że odbyła ekspresową podróż w przeszłość, do podrapanych chruśniakiem ramion i staroświeckich podkolanówek. Do nadopiekuńczej matki i podziwianego brata. I ojca. On też był z nimi. Albertyna nie widziała go wyraźnie. Ojciec zamazywał się w pamięci jak nenufary na jaAllu. Dopiero spoglądając przez wielkie, panoramiczne iluminatory sterowca, uświadomiła sobie, że tak było zawsze: ojciec równie odległy jak ziemia i w podobnym stopniu poprzesłaniany kłębami chmur. Pomyślała w pewnym momencie, że zawsze była sierotą. Taka się urodziła. A kiedy tak pomyślała, poczuła, jak Mateusz położył dłoń na jej dłoni. Poczuła ciepło drugiego ciała. Ciepło, którego prawie nigdy nie było jej dane odczuwać. Matka i brat zginęli, ojciec nigdy nie przytulał. Czasem ciotka albo wuj rzucali koło ratunkowe ze swoich ramion przy okazji świątecznych spotkań, bo na co dzień ciepła innego ciała zaznawała jedynie przypadkowo, w podziemce w godzinach szczytu. „Czy ojciec cię przytulał?" Mateusz odpowiedział, że bardzo, a ona poczuła się jeszcze bardziej przybita. Lekki był tylko wypełniony gazem kadłub liniowca i krok stewardesy.

Na aerodromie czekał na nich ojciec. Trzymał napis: „Albertyna Żalek i Przyjaciel". Mateusz roześmiał się jak gdyby z żartu. Albertyna wiedziała, że to żaden żart, a zwyczajnie ojciec. Poprosiła, żeby wyjechał po nią i przyjaciela, i to właśnie teraz robił – odbierał w najdosłowniejszy sposób.

Przywitali się niewylewnie, chociaż bez zbytniego skrępowania. Ojciec uśmiechnął się do niej, kolejnym uśmiechem poczęstował Mateusza. Poszli do samowozu. Ojciec obrócił fotele tak, że siedzieli naprzeciwko siebie podczas jazdy. Przeprowadził zestaw pytań kontrolnych, jakby chciał zdiagnozować pacjenta.

W mieszkaniu okazało się, że przygotował wspólny pokój. Powinna była pomyśleć o tym wcześniej. Teraz piekł ją nieokreślony wstyd. Nie wiedziała, czy przed ojcem, czy Mateuszem, a może przed sobą?

„Nie musisz nic mówić", powiedział nowozyskany przyjaciel. Najpierw nie złapała, o co mu szło, dlatego milcząc, nadal rozkładała ubrania po półkach. Aż wreszcie pojęła: Mateusz dał do zrozumienia, że gotów był udawać fikcyjnego kompana. „Twój ojciec wydaje się bardzo nieobecny", powiedział teraz, jak gdyby chciał ją popchnąć w stronę, która niekoniecznie była jej na rękę.

Nie powie ojcu o pomyłce. Poza tym to jego pomyłka, nie jej.

Na kolację zamiast wszechobecnej w domu owsianki podano purée z zielonego groszku z klopsikami oraz starodawny film o miłości i tonącym transatlantyku. Albertyna, oglądając, myślała, że tonie, uderzywszy o głaz lodowy, który okazał się jej Przyszłością.

Najgorsze nadeszło wieczorem. Pokój przygotowany przez ojca służył dawniej za sypialnię rodzicielską. Albertyna nie pomyślała wcale o matce. Myślała o tym, że będzie musiała spać w jednym łóżku z Mateuszem, a przecież nigdy nawet nie spała w jednym pokoju z mężczyzną. Nie wiedziała, czy była gotowa, a przede wszystkim dziś wieczór wydawała się sobie szczególnie nieatrakcyjna. Ojciec powtarzał, gdy miała kilka lat: „Łydki jak klopsiki". Zwracał się do niej per „Tuszka". Długo myślała, że „Tuszka" to rodzaj duszy, tylko niewielkiej.

Intensywnie szczotkowała zęby i włosy, starając się odwlec moment powrotu do sypialni, a kiedy już tam wróciła, bo zębów i włosów nie dało się dłużej poddawać torturom, okazało się, że Mateusz zrobił sobie posłanie na podłodze.

Obudziłam się tak bardzo wyspana, jakbym spała milion lat i paleontolog dopiero co odkopał mnie z warstw nieświadomości. Mateusz żartobliwie pojękiwał z podłogi, że zajął twardszą stronę łóżka.

Jakiż on jest wspaniały!

Dowcipny i przystojny.

Piękny.

Kiedy przesunął dłonią po ramieniu – siedziałam na łóżku i naciągałam rajstopy – poczułam, że jestem szczęśliwa, że tak mogłoby być każdego poranka: on przy mnie, taki czuły, a ja przy nim, wierna i rozmiłowana. Tak właśnie pomyślałam, a to, co pomyślałam, zachowałam dla siebie niczym najdroższy skarb albo wstydliwy sekret.

Mateusz mnie zmieniał i bałam się tego.

Ojciec przygotował śniadanie. Pojechał wcześnie rano dopilnować przygotowań do pochówku. Była szynka i prawdziwy ser, a nie owsianka. Było naturalne mleko, którego nie znosiłam. Miało w smaku coś budzącego obrzydzenie, coś jakby pić zwierzę.

Zjedliśmy kilka tostów, zapijając sokiem brzozowym. Potem wezwałam samowóz i pojechaliśmy do cerkwi, ostatniej w Belostoku i przez to prawdopodobnie leżącej na bardzobrzeżach miasta.

Wysiedliśmy przed skromną bramą, samowóz odjechał na pobliski parking. Niekiedy złościłam się na te pojazdy. A dokładniej na to, że upowszechniły się za późno, by uratować matkę i brata.

Zobaczyłam ojca rozmawiającego z wujem i ciotkami. One moim zdaniem są niespełna rozumu. W większym gronie milczą zaciekle, w małym rodzinnym – kocobolą o tym, jak powstała prawdziwa Polska, o internowaniach, pobiciach, o nocnych posiedzeniach rządu, o męczennikach i brunatnych listach. Ojciec twierdzi, że gadanie ciotek to skutek uboczny przyjmowanych antydepresantów.

Przywitałam się, a później przedstawiłam Mateusza. Ciotki raczej nie zapamiętały jego imienia, bo zwracały się do niego „kawalerze" lub „młodzieńcze", a wuj go tykał.

Z cerkwi wyszedł pop. Był stareńki i wiotki jak trzcina, złamany wpół, a siwa broda tak cienka, że przypominała sprane płótno. Podszedł do nas o lasce i przywitał się najpierw z ojcem, potem z pozostałymi. „Zapraszam wszystkich do środka – rzekł. – Przechrzty też". To ostatnie przypuszczalnie zostało skierowane do ojca, ja nie byłam przechrztą. Każdy po urodzeniu stawał się członkiem polskiego Autokefalicznego Kościoła Katolickiego. Prawo do przynależności i uczestnictwa we wspólnocie gwarantowała każdemu obywatelowi Ustawa Zasadnicza. Oczywiście żyło trochę prawosławnych, Tatarów czy Żydów. Nadal istniały niepolskie budowle sakralne. Cóż, należało zapewnić przeżytkom komfort doumierania w świątyniach, do których nawykli. A jak umrą, to się je zamknie albo przerobi na rzeczywiste kościoły czy muzea.

Nigdy nie byłam w cerkwi. Spodziewałam się rodzaju kościoła – proste wnętrze obwieszone krzyżami, lampkami i świętymi figurkami. Tymczasem oszołomił mnie przepych. Wszędzie stały stelaże z namalowanymi jakby komiksami z dawnej Biblii, oprawnymi w złoto i klejnoty. Wuj powiedział, że to ikonostasy zwiezione z wszystkich zamkniętych cerkwi w Polsce. Stały jedne za drugimi i trzecie przed czwartymi. W bocznej nawie piętrzyły się ozdobne drzwi z namalowanymi postaciami świętych. Niektóre nosiły ślady uszkodzeń, a przynajmniej dwa z nich – ognia. „Nie zawsze zamknięcie cerkwi przebiegało bezproblemowo, a to nazywa się carskie wrota", oznajmił wuj, wskazując na złocone wielkie skrzydła, oparte jedne o drugie, a kolejne o poprzednie jak na apelu, i mrugnął. O co chodziło z tym, że „nie bezproblemowo"? Że nie przestrzegano zasad bezpieczeństwa i zdarzały się pożary albo wypadki?

Wziął mnie pod ramię i pociągnął do drugiej nawy, gdzie na stercie obrazów oparta o ścianę stała jedna ikona. Przedstawiała trzy postacie w dyskach aureoli, pochylone ku sobie nad stołem, na którym stał kielich. Pewnie słabe, raz przygasające, raz rozpalające się światło sprawiło, że ikona ożyła. Dla mnie ożyła. We mnie. Sylwetki unosiły się nad złotą deską. Przypomniałam nagle o spotkaniu z Bartkiem i Mateuszem – wtedy leżeliśmy na łóżku, a kielichem była moja dłoń.

Odniosłam wrażenie, że doświadczam czegoś innego niż złudzenia trójwymiarowości, czegoś, co mnie przekraczało, a równocześnie wstępowało w rdzeń mnie samej pod najdrobniejsze ścięgna i kosteczki. Podeszłam do stosu, zapatrzona w świętych starego świata, i zupełnie nieświadomie chwyciłam pierwszy z brzegu obraz. A na nim zobaczyłam... Nie. Ujrzałam na złocistym, odpryskującym tle skrzydlatą kobietę nad trumną i trzy jeszcze inne, też niewyraźne, a jedna z nich odziana była w czerń. Nie dostrzegałam rysów twarzy, nie zostały napisane; one zaledwie nosiły twarze i ledwie ciała. Wydawało się wręcz, że naciągnęły ciała tak, jak naciąga się suknię. Mimo to świetnie wiedziałam, że są znajome. Jak gdybym zasypiała z nimi pod powiekami każdej nocy i budziła się z ich nie-obrazem każdego ranka. Jak gdyby na mnie czekały.

Najdosłowniej, jak to możliwe, czułam ból emanujący z ikony i równocześnie spokój. Ból i spokój przechodziły na mnie w refleksach starego złota.

Stałam jak zaczarowana, oniemiała, a wuj szepnął w moje ucho: „Kobiety przy pustym grobie". A ja pomyślałam, że moje groby są pełne, a pustka jest we mnie i w moim świecie. Coś się we mnie otwarło. Droga. Jakaś droga została otwarta.

Tak pomyślałam.

Wuj wręczył mi paczkę. Nie podziękowałam, nazbyt oszołomiona, a jeszcze z głośników popłynęła muzyka. Zdawałam sobie sprawę, że nie ma dość żywych, by śpiewać zmarłym cerkiewne pieśni. Piękno polifonicznej melodii zakłuło dotkliwie i naraz wszędzie po całej mnie, jakby ktoś solą posypał ranę. A jeśli tak było, to kto tę ranę zada?

Nie rozumiałam słów, przypuszczałam, że dotyczą śmierci, ukrzyżowania, odkupienia, tyle że te tematy w ogóle mnie nie zajmowały. Mogliby śpiewać o czymkolwiek. Zwyczajnie cieszyło mnie, że są i że płyną w uchu do miejsca, które we mnie trzeba uspokoić.

Stary pop, wspierany przez równie starych ministrantów, rozpoczął ceremonię żałobną. Zapalono poprzednie świece i kadzidła.

Zadziwiłam się, patrząc na ojca odśpiewującego psalmy w niezrozumiałym języku. Przymykał oczy, a twarz przybrała pogodny wyraz, jakby nie był na pogrzebie własnego ojca albo śnił dobry sen sprzed obecnego świata i życia.

Byłam poruszona. Byłam odsłonięta. Naga.

Przypomniałam sobie, jak kiedyś wróciłam wcześniej z wyjazdu i nakryłam ojca wpatrującego się w moje zdjęcie i uśmiechającego.

Kolejka do ostatniego pożegnania liczyła z tuzin osób. Ustawiłam się ostatnia. A pochylając się nad jednonogimi zwłokami w trumnie, całując łańcuszek z krzyżykiem, którym opleciono jego ostatnie dłonie, a następnie dotykając wargami jego martwego czoła, naprawdę poczułam, że coś się we mnie skończyło. Nieodwracalnie.

Na cmentarzu złożono trumnę do dołu. Wiedziałam, podobnie jak wiedzieli wszyscy, że to ukłon w stronę dawnego obyczaju. Trumna zostanie wykopana i skremowana, a prochy przesłane na wskazany adres. Ostatnią białą przesyłkę ojciec musiał dostać po śmierci matki i brata. Nigdy nie zapytałam, co z nią zrobił.

Później pojechaliśmy do miejskiej jadalni na stypę. Ojciec pił z wujem i ciotkami prawdziwy bimber, produkowany w lasach. Powąchałam tylko i zebrało się na wymioty, a ojciec uśmiechnął się do mnie. Mateusz za to wypił trzy kieliszki. Sprawiał wrażenie kogoś, kto przebiegł dłuższy dystans na mrozie i dostał zadyszki, i poczerwieniał mu nos. O dziwo! sporo rozmawiał z ojcem, więcej niż ja.

Smutna to była stypa. Jak zwykle wychwalano zmarłego, tak jakby nasze chwalby były dobrem zabieranym przez zmarłych na drugą stronę życia wprost w usta maszyny produkującej pustkę, tutaj jednak wydawało się, że odprawiane są gusła nad poprzednim światem. Nie wiedziałam, czy poprzedni świat był żegnany, czy przeciwnie – wskrzeszany. Nie umiałam wyrzucić z głowy obrazu spiętrzonych ikon i ikonostasów, i muzyki. Tych dziwacznych pieśni, dałabym sobie uciąć rękę, że w sednie pogańskich. Wreszcie stypa się dokonała. Ojciec powiedział, plącząc sylaby, że musi dopilnować kilku spraw, my zaś wezwaliśmy samowóz, a w nim Mateusz stwierdził, że ojciec jest bardzo atrakcyjnym mężczyzną.

Albertyna nigdy tak o ojcu nie myślała. Nie myślała o jego ewentualnej atrakcyjności lub jej braku ani o tym, że jest mężczyzną. Był dla niej po prostu ojcem: kimś, kto zawsze jest. Czy aby na pewno? Uświadomiła, że praktycznie był nieobecny przez jej całe życie, a równocześnie nigdy nie zniknął. Można tak myśleć? Czy można być, nie będąc?

Obejrzała wspólnie z Mateuszem nowy odcinek serialu o powstańcach styczniowych. Lubiła ten serial; pewnie dlatego, że dział się piękną zimą, toczył na drogach i polach, jakich już nie ma, a główną rolę powstańca styczniowego grał Wiesław Kazimierz? No i nie mogła doczekać, aż powstańcy wygrają. A Wiesław skądinąd przypominał Mateusza.

Mateusza, który – bimbrem skuty – przysnął jak dziecko po maku w kołysce bujajfotela. Spomiędzy warg wychynął bąbelek, rosnący razem z oddechem i malejący również w jego rytmie. Miała ochotę przesunąć dłonią i zetrzeć z ust bańkę powietrza i śliny, zostawiając na swojej skórze jakąś część Mateusza, nienachalny film z jego oddechu.

Zamiast tego rozerwała opakowaną w szary papier paczkę od wuja. Zawierała dwie książki Suma, jeszcze z czasów, gdy nazywał się Karaś. Jedna miała tytuł *Wszystkie miłości*, a druga *Piękno*. Zabrała się do czytania pierwszej, znacznie grubszej. Grupa ludzi, których trajektorie się przecinały – tyle wnioskowała z kartkowania, przerwanego ocknięciem się Mateusza, już bez pęcherzyka w kąciku, tak zaprzątającego uwagę. „Łupie mnie. W głowie. Oj, oj", jęknął i przyłożył dłonie do skroni, rozmasowując.

Udała się do łazienki, gdzie ojciec zwykł przechowywać medykamenty. Sprawdziła wszystkie szafki, nic jednak nie znalazła, nawet polspiryny. Poszła do pokoju, w którym spał, zajrzała do szafki nocnej. Zaczęła grzebać w opakowaniach. Polspiryny w charakterystycznym narodowym pudełku nie dostrzegła, zaczęła czytać opisy na innych pudełkach, licząc na dogrzebanie się do zamiennika. Znalazła tabletki nasenne (polsen), uspokajające (chillpol) i sporo różnego rodzaju witamin i stymulantów, a na samym dnie dogrzebała się dwóch białych paczek. Nie były podpisane. „Mamo –

powiedziała na głos – bracie, nie sądziłam, że się znowu zobaczymy".

Usłyszała, że wrócił ojciec. Wepchnęła opakowania na miejsce i pospiesznie opuściła pokój. Ojciec długo rozdziewał się w korytarzu. Pewnie bimber podziałał i spowolniał ruchy. Albertyna zdążyła usiąść obok Mateusza w fotelu, a gdy ojciec stanął w drzwiach, trzymała go już za rękę w tej belostockiej fikcji.

„I jak tam?", zapytał i zgodnie ze swoim zwyczajem po trzech sekundach odwrócił się plecami, i poinformował, że idzie spać.

„Masz naprawdę nisko obecnego ojca. A coś od bólu też masz?" Zauważyła, że Mateuszowi popękały naczynka krwionośne w ukochanym oku, jakby ktoś stłukł gałkę oczną, a ona w pęknięciach odsłaniała czerwoną otchłań.

Nie miała nic przeciwbólowego ani do zrobienia. Postanowili przenieść się do sypialni i spróbować snu. On znowu przygotował posłanie na podłodze, chciała go powstrzymać, ale nie przed spaniem na podłodze.

Chciałam powstrzymać Mateusza przed czymś większym i niebezpieczniejszym. Nie wiedziałam przed czym, nie wiedziałam i zasnęłam, ale nie takim zwyczajnym snem – zasnęłam jakby na jawie. Wracały do mnie sceny ze świątyni i stypy, realniejsze, niż kiedy uczestniczyłam w ceremonii. Mieszały się deski obrazów ze scenkami rodzajowymi, a ja byłam pomiędzy nimi, ścieśniona i nie całkiem prawdziwa. Brakowało mi tchu.

Poczułam parcie na pęcherz. Nie chciało mi się wstawać. A jednak coś mnie wstało. Albo mną. Cicho, żeby tylko nikogo nie obudzić.

Idąc do łazienki, zerknęłam przez otwarte drzwi do kuchni, a tam zobaczyłam ojca siedzącego przy stole i dłoń spoczywającą na jego ramieniu. Nie widziałam czyją. Mógł przecież z kimś się umówić. Nie mówiliśmy sobie o wielu rzeczach i tak było dobrze.

W łazience – tak się przynajmniej mnie zdało – przysnęłam we śnie, głowa opadła, ale zanim zwaliłam się z sedesu, poderwałam ją do góry niczym siłacz sztangę.

Smutkiem, który uwił we mnie gniazdo, obarczyłam pochówek dziadka, a jeszcze bardziej fakt, że nie dość narozpaczałam, a przecież kiedyś tak bardzo go kochałam. Pokazywał mi las i dzikie pszczoły, karmił mnie kanapkami z kwaśną śmietaną i cukrem chrzęszczącym pod zębami, kiedy babcia polegiwała na tapczanie z moim bratem.

Wracając do pokoju, zarzuciłam oko do kuchni. Zniknął ojciec i nieznajoma ręka, za to w lustrzanym skrzydle lodówki odbijały się zdeformowane ciała. Nie wiedziałam, ile ich było. Nie dało się policzyć. Amorficznie wnikały i wynikały z siebie niczym w upiornym świecie, w którym nie istnieją jasno określone granice i jeden jest częścią drugiego, a drugi staje się tłem dla trzeciego niby w przerażającej baśni albo w grzybni.

Przekroczyłam próg kuchni, cicho cichutko na paluszkach, i spojrzałam na źródło odbić z lodówki. Ojciec całował szyję chłopaka, dłoń wsunął mu w spodnie od piżamy. Jeden i drugi sapali jakby w biegu, choć przecież prawie się nie poruszali. Chłopak odchylił głowę i położył na swoim barku. Wyglądała jak złamany kwiat.

Taki właśnie miałam sen.

Dziwny sen nie sen.

Obudziłam się podniecona i z parciem na pęcherz. Przechodząc do łazienki, zerknęłam do kuchni – nikogo, lodówka odbijała tylko szafki. Wróciłam do sypialni, nagle przestraszona, że nie zastanę tam Mateusza, ale był i spał, z głową przełamaną na bark, z odrzuconą na bok kołdrą, a spodnie od piżamy miał opuszczone wystarczająco, żeby odsłonić linię włosów łonowych. Powinnam była odwrócić wzrok, lecz nie – nie zrobiłam tego. Wglądałam się w lekko poskręcane włosy, znacznie jaśniejsze niż na głowie, jakby rzadki dostęp do światła słonecznego nie pozwolił ujawnić się barwie w pełni.

Trwałam zaklęta, smutek powracał, teraz zmieszany z czymś, co wcześniej czułam tylko w odniesieniu do przedmiotów – z potrzebą posiadania. Chciałam posiadać Mateusza tak, jak posiada się jaAlla albo zapłatkę do galerii. Obraz Mateusza kojarzył się również z ikoną, tylko w jej rewersie – tak bezwstydnie cielesnym, że niemożliwym do udźwignięcia przez Księgę. Mimo to nie dotknęłam go, nie sięgnęłam po niego, lecz wyrwał się ze mnie zduszony jęk i to on chyba go obudził, czoło bowiem ściągnęło się, oddając miejsce pionowym zmarszczkom, on ciamknął raz czy dwa, by otworzyć oczy, a oczy patrzyły wprost we mnie i uśmiechnęły się z samego środka zdezorientowania: „Cześć", powiedział. Nie zareagowałam, nie istniały słowa, którymi mogłabym zareagować szczerze.

Na stole w kuchni ojciec zostawił staromodną kartkę: „Musiałem wyjść. Powiedz Mateuszowi, że mu dziękuję i żeby zapomniał". Albertyna mechanicznie zmięła ją i wrzuciła do kosza. Nic Mateuszowi nie powiedziała. Po co tworzyć coś, czego nie będzie, prawda?

W sterowcu prawie nie rozmawiali. Winą za milczenie obarczyła pochówek. Mateusz przystał na to za łatwo, jak gdyby także miał sekrety do przemilczenia.

Z aerodromu zamierzała podziemką wrócić do Castitate, on jednak nalegał, że odwiezie ją taxi. Nie lubiła aut prowadzonych przez fizycznych ludzi, nigdy nie wiadomo, co im strzeli do głowy, mimo to dała się przekonać albo raczej: zapadła się w siebie jeszcze głębiej. Nie zdziwiło jej wcale, że pozwoliła zaprosić się na kolację, i o tym niezwłocznie zapomniała.

W pokoju zabrała się wreszcie do *Wszystkich miłości*, chociaż rozpraszał ją szczególnie nasilony ruch na korytarzu. Wydawało się, że przywykła do przezroczystych ścian, ale teraz transparentność jej wadziła. Wreszcie nie wytrzymała, wyszła z pokoju i losowo wybraną osobę zapytała o powód zamieszania. Media narodowe podały, że wykryto spisek na najwyższych szczeblach władzy. Jaki spisek? O tym nie poinformowano.

Informacja uspokoiła Albertynę: życie toczy się normalnym rytmem – wielcy sobie, a mniejsi obok albo pod.

Wróciła do książki. O trzeciej nad ranem zasnęła na kilka godzin, aby po przebudzeniu kontynuować lekturę. Nie zeszła na śniadanie, a co więcej, po raz pierwszy opuściła wykład z ducha narodowego. Nic strasznego się nie stało, profesor nie sięgał wzrokiem dalej niż do drugiego rzędu ławek i nigdy nie sprawdzał listy obecności.

Zostało już mniej niż pięćdziesiąt stron do końca, gdy na jej jaAllu pojawiła się nowa wiadomość z silentium. Aplikacja została pozytywnie zweryfikowana i odtąd posiadała konto na użytkownika tuszka_123. Kompletnie zapomniała o zgłoszeniu i idiotycznej ksywce. Miała kolejną tajemnicę. Dla siebie. Ale po co? Nikt nie byłby tą tajemnicą zainteresowany.

Wróciłaby do Suma, kiedy nosił nazwę innej ryby, gdyby nie rozbrzmiał jaTel. Mateusz przepraszał, że spóźni się pół godziny, komplikacje natury rodzinno-politycznej, nie zrozumiała dokładnie, zresztą Mateusz przemawiał ogólnikami i oględnikami. Ach, więc kolacja umówiona w powrotnej taksówce? Zdążyła już o tym zapomnieć.

Tym razem zrezygnowała z kabiny auto-twarzy. Wybrała wyzywającą na te czasy błękitną sukienkę z krótkimi rękawami i rozkloszowanym dołem, sięgającym ledwo kolan. Tę sukienkę z prawdziwego jedwabiu odziedziczyła po matce, ale jej nigdy nie użyła. Miała wrażenie, że pochodzi z innej epoki, lecz pewnie lektura Karasia, gdy nie był Sumem, dodała jej odwagi albo ujęła rozsądku.

Obróciła się, przeglądając w szklanej ścianie. Wydała się taka eteryczna i esencjonalna – pozbawiona szczegółów i dwuwymiarowa jak z malunku, a przecież wystarczyło głębiej wejrzeć, aby dostrzec pełnię ciała albo istoty.

Czekał przed akademikiem w samochodzie. Nie wiedziała, że posiadał wóz. To był taki archaiczny dwudrzwiowy stalowoszary potwór bez dachu i o pysku jak chart. Pasował do jej stroju i październikowego upału.

Gdy zbliżała się do auta, Mateusz zagwizdał z podziwem. Czuła jego wzrok najzupełniej fizycznie, jak gdyby spojrzeniem jej dotykał. Przyglądał się z otwartością i niekłamanym zachwytem. Nagły podmuch wiatru uniósł materiał. Albertyna próbowała rękoma powstrzymać tkaninę przed odsłonięciem bielizny. Coś takiego oglądała chyba z ojcem na archiwalnym filmie lub na fotografii w czerni i bieli – zakłopotana kobieta w rozfalowanej sukni. „Olśniewająca", powiedział, ona zajęła miejsce w fotelu obok kierowcy. Fotel był dziwacznie nisko osadzony, śliski jedwab uparcie zsuwał się, uchylając widoku nie tylko na kolana, ale i część ud.

Zrozumiała, co oznacza „wiatr we włosach". Dotąd sądziła, że to frazeologizm opisujący upojny stan, towarzyszący jeździe z kochaną osobą. Teraz dowiedziała się, że należy rozumieć go dosłownie, wystarczy wóz bez dachu. „Kabriolet", dopowiedział Mateusz.

Zabrał ją do restauracji w starożytnym hotelu Patria Nostra. Zatrzymał auto przed głównym wejściem, wysiadł, podał brelok asystentowi – samochód nakręcało się archaicznym kluczykiem zupełnie jak mechaniczną lalkę. Następnie otworzył drzwi po stronie Albertyny i zaoferował ramię. Wsparta na nim, pozwoliła poprowadzić się przez hall, a kolejne drzwi dzięki ufraczonym mężczyznom otwierały się przed nimi jak w bajce. Jeśli zamierzył ją oszołomić niedostępnością i luksusem, to osiągnął cel. Słyszała szmer rozmów, gasnących, gdy przechodziła obok rozmówców. Bardziej nawet niż stonowanym przepychem wnętrz była oszołomiona wrażeniem, jakie robiła na gościach. Jeden mężczyzna, ujrzawszy ją i Mateusza, dosłownie osłupiał, zastygając ze szklaneczką alko w pół drogi do ust. Rzeczywiście wyglądała odmiennie niż eleganckie kobiety w szarościach i granatach, zakryte po szyję i nadgarstki.

Kelner zaprowadził ich do stolika. Dawno nie widziała tak delikatnego obrusa, który można zaplamić, i tak cienkich kieliszków, które można stłuc. Dostała kartę dań, przy których nie podano ceny.

Zdecydowała się na alaskańskiego łososia, głównie dlatego, że sądziła, iż łososie wymarły, więc mogła to być ostatnia szansa na kęs jak z Muzeum Smaków.

W pewnym momencie, po przystawkach, a przed łososiem, zbliżył się do stolika mężczyzna w sile wieku i z niewielkim brzuszkiem, tuszowanym świetnie skrojoną marynarką.

„Może przedstawisz pięknej towarzyszącej", zwrócił się do Mateusza.

„Moja przyjaciółka, Albertyna. A to pan minister Siwicki".

Wstałam, żeby uhonorować jego osobę i się przywitać, on złożył pocałunek na mojej dłoni. Mokry całus.

„Nie chcę pani przeszkadzać w kolacji z wybrańcem. Chciałem jedynie złożyć wyrazy uszanowania i zapewnić, że gdybym mógł w czymkolwiek kiedykolwiek i jakkolwiek pomóc, to z najwyższą rozkoszą służę swoją skromną osobą".

I nie wiem, co mnie ośmieliło, jednakowoż wypaliłam, że owszem, pomoc by się bardzo przydała. „A w czym mógłbym dopomóc?" Wyjaśniłam, że pracuję nad pewnym obrazkiem, lecz napotykam trudności z dostępem do informacji, ponieważ mój poziom uprawnień jest obywatelski, co wyklucza korzystanie z plików nadzorowanych. On zaś wyciągnął z kieszeni marynarki tabliczkę i podał staroświecką wizytówkę – zupełnie jak oor Jakub. „Proszę się do mnie odezwać w dowolnym, dogodnym dla pani czasie, a rozwiążemy ten kłopocik. Tak piękna kobieta zasługuje na wszystko, co najlepsze". I odszedł, ukłoniwszy się paradnie.

„Niezła bomba – powiedział Mateusz, pochylając się ku mnie – a właściwie gruba, spodobałaś się ministrowi troski i informacji. No, heca!"

Heca mnie nie bawiła ani jej ministerialny nosiciel, zabrałam się za łososia. Ależ pyszny! Przez chwilę pomyślałam, że byłabym gotowa na każdą podłość, żeby móc tak jadać, a zaraz się zawstydziłam, bo myśl była zła.

O czymś musieliśmy rozmawiać. Nie zapamiętałam żadnego tematu. Nazbyt wieczór i wino zawróciły mi w głowie. I jeszcze zmysłowe spojrzenia mężczyzn i zazdrosne kobiet. Pewnie dlatego automatycznie odpowiedziałam „tak" na kolejną propozycję Mateusza.

Okazało się, że po kolacji podjechaliśmy po Bartka, tego z rządowego dziennika – w studio kończył nagrania komunikatów państwowych procedur końcowych – potem we trójkę, on za nami na tylnej kanapce, na tor wyścigowy.

Było tam kilku ich znajomych w zabytkowych wozach, choć nie wszystkim brakowało dachu, a ja byłam jedyną kobietą i znowu skupiłam całą uwagę. Pochlebiało mi to i ekscytowało nowością, wcześniej bowiem byłam pomijana spojrzeniem albo rejestrowana tak, jak rejestruje się obecność sklepowej asystentki.

„Ścigamy się?", zapytał słomiany chudzielec.

„No, ba!", odpowiedział Mateusz.

Samochody zrównały się, stalowoszary potwór Mateusza i smukła czerwona maszyna blondyna. Młody mężczyzna w białej koszulce chwycił chusteczkę w szachownicę. Poczekał, aż zapalą się latarnie oświetlające tor. Z ciemności nocy wykrojona została mleczno-granatowa serpentyna niby fantazyjna blizna. Mężczyzna pochylił się i upuścił chusteczkę.

Ryk silnika, przeciążenie, zapach palonej gumy i benzyny. Szli łeb w łeb, wchodząc w wiraże tak gwałtownie, że Albertyna dziwiła się, że nadal siedzi w fotelu. Siła odśrodkowa powinna była wyrzucić ich z auta, i to pomimo zapiętych pasów. Czuła adrenalinę wymieszaną z endorfinami, zupełnie jak przed pierwszym skokiem z pływackiej trampoliny, tylko mocniej. Czuła wiatr we włosach i na skórze, dzikie i prędkie podniecenie, a później jeszcze palce Bartka, pieszczące szyję. Odwróciła głowę, uśmiechając się do niego, i wtedy dostrzegła z konsternacją, że druga dłoń muskała włosy Mateusza.

Po kilku okrążeniach wysforowali się do przodu, a kiedy zwycięstwo wydawało się pewne, Mateusz zwolnił i pozwolił się wyprzedzić czerwonemu autu. Albertyna spojrzała pytająco, on parsknął śmiechem: „Zawsze pozwalaj wygrywać innym. Pamiętaj o tym".

Po wyścigu wstąpiła z chłopakami do kantyny na piwo.

Odrzuciła propozycję spędzenia reszty wieczoru we troje.

Mateusz z Bartkiem odwieźli ją do akademika.

Mateusz pocałował Albertynę w oba policzki, a Bartek nieoczekiwanie w usta.

Nawet nie zdjęła sukienki: padła na łóżko, jak stała, i obudził ją dopiero upiorny dźwięk jaAllu.

Wzięła szybki prysznic w ogólnej myjni i popędziła na uniwersytet. Nie chciała spóźnić się na zaawansowane warunkowanie postawy. Profesorka była wprost wyjęta ze studenckiego koszmaru: krótkawo ostrzyżonej, niedbale ufarbowanej kobiecie brakowało tylko zarostu, a wtedy stałaby się antypatycznym mężczyzną.

Albertyna odnosiła wrażenie, że wszyscy na korytarzu przyglądają jej się ze szczególną, natężoną uwagą, a i nierzadko z dąsem. Sprawa wyjaśniła się, gdy przed wykładem Beata – tak! ta doskonała Beata, zawsze wyższa, mądrzejsza i piękniejsza – przymilnie pokazała na jaTelu pierwsze strony kronik towarzyskich i plotków. Wszędzie jak mak w korcu pojawiały się fotografie z samochodu i wczorajszej kolacji. Albertyna przyznała, że wyglądała zjawiskowo, sama by się w siebie zauroczyła, tak bardzo nie przypominała przeciętnej dziewczyny z Belostoku. Faktycznie okazała się jedyną osobą na zdjęciach z odsłoniętymi ramionami i nogami. I tylko ona nosiła sukienkę w kolorze. Tytuły spadły na nią niby deszcz żab: *Odsłonięte ramiona i nogi wracają w nowym sezonie?!*, *Kochanica syna ministra!*, *Gorący romans playboya!*, *Szczęścia nowej parze!*

Matko święta, ona po prostu poszła na kolację z kolegą! Poza nią samą i Mateuszem – aha, i Bartkiem też, był przy jej wyznaniu spowodowanym ttt – nikt nie wiedział o tym, że kocha się w synu ministra. A teraz miłość, zanim na dobre się rozpoczęła, została wyciągnięta na widok publiczny, co gorsza – od razu została skłamana: najpierw przypadkiem i malutko na pochówku dziadka, teraz bardziej w Varsovie.

Albertyna nie roztrząsała dłużej konsekwencji plotek, ponieważ musiała pędzić na wykład, podczas którego upiorna profesorka nawet pochwaliła ją za trzeźwą, aczkolwiek nieszczególnie lotną odpowiedź na zadane jak filip z konopi pytanie. Nigdy nikt wcześniej nie poświęcał tyle uwagi. Zdawała sobie sprawę, że była to uwaga przypadkowa i epizodyczna, niczym na nią nie zasłużyła. Nie przejmowała się tym, wiedząc, że zainteresowanie minie, a pomimo to teraz postanowiła korzystać z nagłej popularności: dała sobie nawet zapłacić za lunch koledze z wyższego roku. Do wieczora, policzyła skrupulatnie, udało jej się zignorować siedem zaproszeń na bibki, trzy na kolacje i osiem na babskie sabaty. A najcudowniejsze nie było wcale to, że odmówiła. O, nie! Ona je z i g n o r o w a ł a!

Z ulgą znalazła się po południu w swoim wolnym od sekretów pokoju. Szukając ukojenia, postanowiła wreszcie dokończyć *Wszystkie miłości*, co zajęło jej niecałą godzinę, a potem zabrała się do lektury *Piękna*. Starała się nie zauważać ludzi przystających na korytarzu i przypatrujących się przez szklaną ścianę ani nie pochwycić niczyjego wzroku. Starała się ignorować rozmaite wota, składane u drzwi pokoju. Pewnej chwili zorientowała się, że gra pilną studentkę, którą do niedawna była. Łatwiej jednak było być sobą, niż grać.

Następnego dnia wynotowała niepokojące kwestie. We *Wszystkich miłościach* grupa sąsiedzka, zamieszkująca przy ulicy Dobrej, wikłała się w skomplikowane relacje interpersonalne. Zastanawiała się, o czym w istocie była ta powieść.

Przede wszystkim nikt w tej książce nie wierzył w Boga ani w Naród, a do tego wydawało się, że narrator pochwalał bezwarunkowo niedopuszczalny i niszczący społeczną tkankę brak wiary. W żadnym momencie nie padły słowa krytyki pod adresem bezbożnych mieszkańców z ulicy Dobrej. Co więcej, narrator afirmatywnie wyrażał się o niemoralnym związku seniorki z młodzieńcem, a to dopiero początek kuriozalnych relacji. Musiała sprawdzać niektóre słowa w słowniku wyrazów poprzednich. Bi-sek-su-al-ny. Nowe, a nigdy nieaktualne słowo. Albertyna nie wiedziała, że taki ewidentnie zafałszowujący seksualność człowieka termin kiedyś istniał. Bi-sek-su-al-ny. Wymawiając to słowo raz po raz, odczuwała perwersyjną satysfakcję. Ciekawie było sobie wyobrazić, że mogłaby z Beatą...

Skomunikował ojciec. Zapytał, czy wie, co robi. Odpowiedziała aprobatywnie, czyli skłamała. Wiedziała o tym ona, wiedział ojciec, odczekał kilka sekund i rozłączył się, jak gdyby spełnił był ojcowską funkcję.

Kompletnie nie rozumiała świata z powieści Karasia. Wszystko było w nim niejednoznaczne i pozbawione stałych moralnych. Wydawało się wręcz, że jedyną normą był za każdym razem bohater, a tych było wielu. Tak jakby świat składał się z solipsystycznych światów, czasem kolidujących ze sobą i negocjujących tymczasowe rzeczywistości.

Chciałam dowiedzieć się więcej, a jedynym sposobem, jaki przyszedł mi do głowy, było zatelefonowanie do ministra Siwickiego. Natychmiast podniósł urządzenie końcowe. Pamiętał spotkanie. Zapytał, dlaczego dzwonię dopiero teraz. Odparłam, że zatrzymały mnie sprawy osobiste. Roześmiał się lepko. Pomimo niedzieli zaprosił do ministerstwa. Zdziwiłam się podwójnie: jako ja i jako ja grająca Albertynę, kochanicę ministerialnego syna. „Och, droga pani, my funkcjonujemy bez dni wolnych. Pracy u nas nadmiar. Nadto plus taki, że pracowników dziś będzie niewielu, co ułatwia dyskrecję". Dopiero niewczas wpadłam na to, że pił do rzekomego oblubieńca. Umówiłam się z Siwickim w porze poobiadowej.

W pustej sali recepcyjnej ministerstwa siedział za kontuarem jedyny fizyczny człowiek. Ściany były jasnoszare. Ogromny srebrny przybity do ściany orzeł dźwigał złotą koronę. Wylegitymowałam się, pracownik poinformował, że jestem oczekiwana. „Proszę dać chwilę", dodał i dokądś skomunikował. Po niedługim czasie pojawiła się kobieta w białej koszuli i granatowej garsonce, ozdobionej broszką rozmiaru kotleta. „Zapraszam do mnie", powiedziała, choć to nie było wcale tak uprzejme, jak sugerowałaby forma proszalna. Pokonałyśmy mechastrażników, a potem wężejące korytarze, aż zatrzymałyśmy się przed windą. Kobieta przyłożyła twarz do uchwytu biometrycznego, drzwi windy otworzyły się, ona powtórzyła: „Zapraszam", choć znowu w tej uprzejmości dominował tryb nakazu. Weszłam do kapsuły, sama, o dziwo, a kapsuła pomknęła jeszcze bardziej w dół. Po kilkunastu sekundach drzwi otwarły się z drugiej strony, a za nimi przejął mnie milczący mężczyzna. Podążyłam za nim do kolejnych wrót.

W ostatnich dniach otwarło się przede mną więcej drzwi niż w całym moim wcześniejszym życiu.

Za imponującymi, tym razem drewnianymi wrotami mieścił się gabinet ministra. Ściany zapełzały obrazy nagich kobiet i mężczyzn, splecionych w tańcu albo w walce. Gabinet był rozmiaru kortu tenisowego.

Minister czytał coś na świetlaczu, usadzony za biurkiem w oddali. Nie spojrzawszy w moją stronę, wykonał niezrozumiały gest. Stałam, zapadając się w dywan miękki jak torfowisko.

Kobieca przebiegłość, o której istnienie wcześniej siebie nie podejrzewałam, kazała mi ponownie wziąć sukienkę po matce, podobnie krótką, tym razem jednak bez ramion, w kolorze ochry o żelazistym połysku. Spojrzał ku mnie i prawie podskoczył, jakby fotel kopnął go w zadek. „Ach, to pani!" Podszedł do mnie, komplementując strój i wygląd, moim zdaniem podstawnie, w wyszukanych frazach. Znowu złożył pocałunek, tak mokry, aż mlasnęło. W szkole elementarnej nazywałam takie pocałunki „plackami".

Gdy prowadził mnie do podłużnego stołu, gdzie czekały zimne przekąski, za długo trzymał rękę na moich plecach. Co za szczęście, że nie wybrałam zielonej sukienki z plecami tak odsłoniętymi, jak gdyby ktoś wygolił kawał trawnika. Zresztą, prawdę mówiąc, nie miałabym odwagi jej nosić.

Przy szparagach i karczochach rozmawialiśmy o niczym, aż wreszcie zdobyłam kostkę dostępu do materiałów obwarowanych klauzulą nadzoru. Sukces okupiłam przyjęciem zaproszenia do opery. Nigdy nie gościłam w operze i wolałabym nie być tam z nim, wszak taka była cena za grzebanie w Karasiu, trudno.

Nie pozwolił wrócić podziemką. Do akademika odwiozła mnie rządowa limuzyna. Wstydziłam się nagłego szpanu, który zawalił się na moją głowę. Nie chciałam tego. Chciałam ciężko pracować, uczyć się i... tak. Chciałam Mateusza.

Oszałamiała liczba linków, które wyskoczyły na jaAllu. Skakała z jednego na drugi, głębiej i na boki, jak dziecko w zabawkarni.

Z przeglądanych tekstów wynikało, że Sum to pseudonim, a więc odwrotnie niż w bieżącej polpedii. Karaś czy Sum, pod pierwszą rybą napisał siedem powieści oraz sporo recenzji i esejów, głównie do papierowej prasy i zbędnych od lat periodyków. Otrzymał naście nagród i nominacji do nieznanych aktualnie honorów. Człowiek sukcesu aż do października 2017 roku. Wtedy wszystko się urywało, jak kamieniem w wodę. Plum.

Albertyna nie była w stanie znaleźć żadnej informacji o Karasiu, jak gdyby przyczaił się w mule rzecznego dna. Poczuła uderzenie pustki.

Bez większej nadziei na sukces kliknęła w ikonę „powiązane" i nagle znalazła się w świecie, którego nie rozumiała, który minął na dobre.

Albertyna znalazła się w świecie ludzi chorych.

Najpierw pomyślała, że zaprowadził ją tam ślepy traf albo bo, w końcu uznała, że to wszystko, co ostatnio przytrafiało się w jej życiu, nie było przypadkowe.

I w ten sposób, wbrew sobie, zaczęła czytać o odwrotnikach, zwanych w przeszłości inaczej, krócej, jakby ze wstydem, jedną sylabą.

Na szczęście teraz problem inwertytów wyeliminowano. W wieku dwudziestu jeden lat każdy przechodził test prostoty płciowej. Jeśli testy wykazywały odmieńczą orientację, dokonywano reorientującego zabiegu, a następnie wystarczyło łykać tabletki i wszystko się porządkowało. Tacy ludzie – wcześniej, jak się zorientowała, bici i pogardzani – zakładali normalne rodziny i płodzili normalne dzieci. Dokonał się humanitarny postęp – tego Albertyna była pewna. Taka jest prawda.

A skoro już odpłynęła w wątki poboczne, zaczęła drążyć sprawę terapii. Około 2035 roku stała się powszechnie dostępna kuracja opracowana przez doktora Harkawicza. Albertyna nie zrozumiała medycznych niuansów, z grubsza jednak terapia polegała na uszkodzeniu niektórych obszarów substancji szarej, a leki powstrzymywały inwertyczną remisję homoseksualności w innych obszarach regenerującego się mózgu. Przeczytała „winnych" zamiast „w innych", co utrudniło zrozumienie sensu zdania. Zapoznała się nadto z artykułem o zaawansowaniu prac nad skuteczniejszą od kuracji Harkawicza terapią genetyczną, eliminującą skutki uboczne. Gdy spróbowała dowiedzieć się, o jakich skutkach ubocznych mowa, znalazła tylko informację o mijających po roku do dwóch zaburzeniach błędnika. Rozumiała, że muszą być też inne, pisano o „skutkach", a nie o „skutku", jednakowoż dalsze poszukiwania nie przyniosły rezultatu. Najprawdopodobniej treści te nie trafiły nawet do głębszego, nadzorowanego poziomu polwebu, a to z kolei oznaczało, że pozostawały na papierze w jakichś bezpiecznikach bądź zamkniętych sieciach, niedostępne, coś więc niewygodnego musiało kryć się w całej tej terapii. Dowiedziała się za to, że silny stres albo środki odurzające, takie jak mocny alko albo meta, znoszą na krótko działanie homonegu. Tak nazywał się ozdrowieńczy preparat.

Odczuwałam zmęczenie śledztwem, a i spotkanie z ministrem Siwickim też dało mi w kość. Czułam się oceniana i zagrożona. Nigdy nie byłam tak blisko kogoś obdarzonego realną władzą. Nie zachłysnęłam się jego potęgą, raczej przeciwnie – poczułam strach, a nawet przerażenie, wynikające z podporządkowania i nierówności w naszej relacji. Nie chciałabym nigdy decydować o życiu innych.

Myślałam o swojej samotności. Przyszła od środka, tak jakbym nosiła kruche jajo, a śmierć matki i brata stłukła skorupkę, wtedy zaś wylało się we mnie coś, co nie pozwalało nawet na nawiązanie przyjaźni, jak krwotok albo wylew.

Nie mam przyjaciół.

Mam znajomych, a i to niewielu.

Teraz mam Mateusza.

Położyłam się w łóżku i wciągnęłam głowę pod kołdrę jak melep w skorupę, a wtedy zadzwonił Mateusz. Skąd on idealnie wyczuwał, kiedy nie dzwonić?!

Odebrałam. Zapytał, czy znowu umarł dziadek. Przypomniałam sobie, że gdy wcześniej dzwonił i płakałam, właśnie umarł dziadek.

Wyczerpałam już limit dziadków. I nie waż się żartować! – odparłam.

„Nie zamierzam. Chciałem zaprosić cię na wyścigi w Reichu. Pojechałabyś ze mną? Na dwa dni? Proszę!"

Nigdy nie byłam na terytoriach pozasprzysiężonych, nigdy też nie wystąpiłam o audyt wyjazdowy. Odparłam, że się zastanowię, a teraz wracam do pracy. Serwus.

Albertyna przygotowała listę pytań do oora.

1) Dlaczego w nadzorowanych materiałach podano, że Sum nazywał się naprawdę Karaś? Czy wszystko w naszej rzeczywistości jest odwrócone? 2) Czy znane są skutki uboczne zabiegu korygującego postawę

płciową? 3) Dlaczego Karaś nie potępiał w swoich książkach nagannych postaw? 4) I co mogło doprowadzić go do zmiany zapatrywań, gdy stał się Sumem?

Pytania zamierzała przesłać przez silentium. Zalogowanie trwało okrutnie długo; musiała kamerą jaAllu omieść całe pomieszczenie, zaakceptować multum warunków każdorazowego skorzystania z pokładu, w tym chwilowe wyłączenie systemów inwigilujących (nawet nie wiedziała, że wbudowane w urządzenie systemy bezpieczeństwa nadal bywają określane tak poprzednim słowem), aż wreszcie uzyskała dostęp do konta. Wbiła adres oora Jakuba i przesłała mu pytania.

Wylogowanie było banalnie proste.

Z przerażeniem pilnej uczennicy uświadomiła sobie, że jest kompletnie nieprzygotowana do poniedziałkowych zajęć. Spojrzała na jutrzejszy planownik. Liczba przedmiotów wydała się barokowa. Było zbyt późno na przeczytanie zadanych materiałów. Postanowiła ograniczyć się do plików z troski narodowej, a tych na jutro zalecono ogrom. Wykładowca był młody, wredny, szpotawy i nigdy nie odpuszczał.

Zaczęła znowu płakać. Nigdy w życiu nie płakała tyle, co ostatnio. Nawet śmierć matki nie była tak wylewna.

Wieczorem przyszła odpowiedź od oora. Albertyna pokonała upiorną procedurę logowania, a w wieści znalazła informację, że uwolnił ją z zajęć jutrzejszych. Ucieszyła się, mimo że nie zrozumiała, dlaczego w taki sposób odpowiedział na pytania. Wgapiała się w holokran jaAllu, potem go powiększyła maksymalnie, tak że wypełnił pół pokoju, i dostrzegła delikatnie pulsującą holokonę: G Ł Ę B I E J. Dotknęła jej, a zaraz otworzył się przed nią książkoplik *Dobre relacje. Radnik dla pacjentów*.

Wiedziała, że nie da się złowić tego książkopliku na swego jaAlla i plik zniknie po wylogowaniu, dlatego postanowiła przeczytać od razu. Przeskoczyła do rozdziału: „Dobre relacje z córkami".

„Staraj się uśmiechać do córki/-ek [zwanych dalej: potomstwo] przynajmniej dziesięć razy w tygodniu. Dla ułatwienia każdy uśmiech możesz zapisywać w planowniku, żeby być pewnym wykonania normy. Uwaga! Liczą się tylko te uśmiechy, które potomstwo zauważyło! Dla podtrzymania nawyku podczas wyjazdu potomstwa uśmiechaj się do jego zdjęć. Zdjęcia możesz zawiesić na ścianie".

Albertyna policzyła uśmiechy ojca z ostatniego dwudniowego pobytu w Belostoku: raz na lotnisku, raz na pogrzebie i raz, może nawet półtora raza (połówkę oddała Mateuszowi) w domu – wynik mniej więcej zgodny z zaleceniami.

Przypomniała też sobie, jak kiedyś wróciła wcześniej z wyjazdu i zastała ojca wpatrującego się w jej zdjęcie i uśmiechającego. Myślała wtedy, że ją kochał i tęsknił, ale teraz coś szarpało jej serce i miażdżyło płuca.

„Zawsze podczas rozmowy z potomstwem pytaj, co słychać. Zalecana częstotliwość to raz na tydzień: częstsze pytania mogą wywołać poczucie nadmiernej kontroli, a rzadsze – braku zainteresowania. Usłyszawszy odpowiedź, nie miej zastrzeżeń. Rozmowę najbezpieczniej przerwać po kilkusekundowej ciszy (trzy sekundy w zupełności wystarczą). Potomstwo i tak sobie poradzi, a jeśli wpadnie w tarapaty, uzyska pomoc w stosownych instytucjach narodowych".

To by się zgadzało. Ojciec pytał i natychmiast zanikała uwaga, o ile w ogóle zważał na to, co mówiła. I rzeczywiście, przeliczyła ułamki wspomnień, zazwyczaj odczekiwał trzy sekundy.

Czytała dalej. Rozdział po rozdziale, wzbierał w niej płacz, jak miliardy ton wody, napierające na tamę, która z kolei napierała na Albertynę, a za nią była tylko przepaść, a w nią spadł samochód z matką i bratem.

„W sytuacjach zaburzeń ścisłych powinieneś wspierać potomstwo. Jeśli potomstwo twierdzi, że powinieneś się z nim zobaczyć – wykonujesz obsługę emocjonalną, nawet jeśli uważasz lęki za przesadzone. Musisz starać się być dobrym rodzicem i odpowiedzialnym członkiem wspólnoty. Musisz zwrócić społeczeństwu dług, który zaciągnąłeś, przyjąwszy dar wyleczenia".

Albertyna uświadomiła, że ojciec postępował dokładnie według wskazówek z radnika. W nagłym zmroczeniu cały świat implodował w gęstą czarną dziurę, która zajęła miejsce po jej sercu i zasysała cały ból, przerabiając go w prawdę podobną do smoły.

Nie mogłam darować ojcu, że postępował, jak mu radzono w radniku. Całe życie. Też moje – moje życie.

Całe moje życie.

Tym razem nie płakałam, a tama we mnie nie pękła, a ja nie osunęłam się w przepaść. To przepaść się osunęła na mnie.

Zadzwoniłam do ojca.

Tato, powiedziałam, zdarzyło się okropne. Musisz przyjechać do Varsovie.

Raz. Dwa. Trzy.

„Czy będę potrafił pomóc?"

Rozdział piąty.

Potrzebuję cię, tato, powiedziałam tak jękliwie, jak tylko zdołałam.

Raz. Dwa. Trzy.

Cztery.

„Dobrze. Przyjadę. Wezmę wolne i w poniedziałek, jeśli się uda, złapię najranniejszy sterowiec".

Potem zadzwoniłam do Mateusza i powiedziałam, że pojadę do Reichu na wyścigi, tylko potrzebuję audytu wyjazdowego. Ucieszył się i obiecał załatwić na czas, czyli – okazało się – na przyszły tydzień.

Sprawdziłam datę urodzenia Mateusza w bazie danych uniwersytetu: za dwa tygodnie skończy dwadzieścia jeden lat.

Nie wiedziałam, co robię, wiedziałam za to, że gnieździła się w tym furia, tym straszniejsza, że gładka jak satyna. Nigdy wcześniej taka nie byłam. Nigdy. Bójcie się mnie! Wydawało mi się, że stałam się moją matką, tyle że nie kochałam siebie tak, jak kochałam ją.

Zadzwoniłam także do seniora Jakuba, prosząc o spotkanie.

Wolny termin zaoferował na jutro rano albo pod koniec tygodnia.

Wybrałam poranek.

Umówiliśmy się na mieście, sam zaproponował, a ja pomyślałam, że stałam się bezlitosna.

Ubrałam się jak za pierwszym razem: skromnie i szczelnie.

Senior Jakub siedział w ogródku przy fontannie. Zatrzymałam się dla przypatrzenia jego osobie. Zamykał oczy, pozwalając, aby wiatr nanosił mgiełkę z wytryskiwanej wody na twarz. Sprawiał wrażenie spokojnego albo obojętnego, nie potrafiłam rozstrzygnąć.

Słońce zmieniło jego włosy w aluminiowy hełm, broda przypominała srebrny podbierak do rybek z akwarium.

Podeszłam krokiem pewnym, jak nigdy dotąd: żadnego odchrząkiwania, żeby zwrócić uwagę. Jasno powiedziałam: Dzień dobry, oorze. A on otworzył oczy i miałam wrażenie, że patrzę w oczy ojca.

Usiadłam, nie czekając na zaproszenie.

„Podobno wyjeżdża pani poza terytoria sprzysiężone?"

Skąd mógł wiedzieć? Od Mateusza?

Prawdopodobnie owszem, odparłam, starając się zachować uprzejmą niedostępność. Nie zapyta mnie pan, czy przeczytałam radnik?

„Domyślam się, że tak".

Proszę powiedzieć, jakie są obostrzenia przy wyjeździe t a m? Idzie o osoby przed dwudziestym pierwszym rokiem życia, uściśliłam.

„Nie ma żadnych. – Przerwał i spojrzał z niezwykłą siłą: tak wicher zagania fale na brzeg. – Pod warunkiem że podróżują parami różnopłciowymi. Innych przed dwudziestym pierwszym rokiem życia nasze dobre państwo nie wypuszcza. Nawet ostatnio juniorzy koszykarze mieli problemy".

Nie dopytałam dlaczego. Nie interesowali mnie koszykarze.

Zaskakiwała gorycz w głosie seniora Jakuba: coś, co przywodziło na myśl metalowe opiłki w śmietankowych lodach.

Czy homoneg naprawdę leczy? Taka jest prawda?

„Powiem, jak wygląda wyleczenie. Nie odczuwa się pociągu do osób tej samej płci, ponieważ w ogóle nie odczuwa się pociągu".

O, nie! Po wyleczeniu można mieć dzieci!

„Tak. Tylko musisz wziąć inną tabletkę, kopulatkę".

Milczałam, zastanawiałam się nad konsekwencjami tej rozmowy, czułam równocześnie, jak smolista dziura w miejscu serca zasysa wszystko, co kochałam.

„Wraz z amputowaniem seksualności amputuje się emocje, współodczuwanie. Stajesz się niesobą. W nadzorowanych raportach nazywają to syndromem powidokowym. Przestajesz być odmieńcem, a stajesz się... no cóż, automatonem. Nie potrafisz nawiązywać głębokich relacji z ludźmi, ponieważ nie jesteś człowiekiem".

Stajesz się dzięki temu odpowiedzialnym członkiem wspólnoty. Poza tym nawet standardowi bywają wycofani. Ludzie są różni, dodałam pojednawczo.

Senior Jakub wyjął niebieską teczkę z torby.

„Właśnie. Różni".

Milczeliśmy.

„Twoje oczy stają się nieprzejrzyście niebieskie. Na wszystko reagujesz jakby z oddalenia. Masz problem z odróżnieniem dobra od zła. Nie rozumiesz piękna. Każdej prawie nocy powraca jeden sen, najpierw myślisz, że niewinny, po latach staje się koszmarem, celą, do której nikt nie ma kluczy i z której nikt cię nie uprzątnie. Uwsteczniają się kubki smakowe – wszystko smakuje jak płatki owsiane, dlatego po pewnym czasie jesz tylko je. Plus witaminy. Chcesz więcej?"

Dopiero teraz zwróciłam uwagę, że przeszedł na ty.

Przecież badanie prostoty płciowej jest dobre i służy społeczeństwu. Jak się okaże, że jesteś chory, to zostaniesz dobrowolnie skierowany na zabieg i problem znika.

„Nie można dobrowolnie zostać skierowanym na nic. Albo skierowany, albo dobrowolnie".

Milczeliśmy, a w ciszę wszedł kelner, aby przyjąć zamówienie.

Poprosiłam o kilkołyk wody z cytryną.

Oor Jakub bawił się skomplikowanym zapięciem niebieskiej teczki leżącej na stoliku.

Kolejna rzecz ułożyła się w głowie.

Jaki on był?

Musiałam o to zapytać.

Musiałam.

„Dziwaczny. I dobry. Dobry. Po tym wszystkim, co się stało".

A jak wygląda ten sen?

Westchnął ciężko.

Zastygł w kamiennym milczeniu, dopóki kelner nie przyniósł kilkołyków wody.

„Przed lustrem stoi mężczyzna. Na twarzy ma pianę – żel do mycia albo piankę do golenia. Jest tylko w bokserkach".

Zauważyłam, że umalowana granatowo kobieta przy stoliku obok zastrzygła uszami jak kakaj.

„I wiesz... czujesz całym sobą, że właśnie do niego chcesz podejść i objąć go od tyłu. Przytulić. Nie robisz tego. Nie umiesz. A potem rozglądasz się na boki i widzisz innych mężczyzn, stojących przed lustrem z pianką na twarzy. Żaden nie jest twój i nigdy nie będzie, a ty jesteś i pozostaniesz niczyj. Coś w tobie skowyczy i nieruchomieje. Umiera. A ty budzisz się w atrapie życia".

Senior Jakub wydał się nagle kruchy jak figurka z porcelany. Mogłam go strącić z krzesła, a on roztrzaskałby się o ziemię.

„Każdej nocy sen wraca jak sęp, wyrywający wątrobę. Za każdym razem widzisz więcej i więcej mężczyzn. I żaden nigdy nie będzie twój, a ty zawsze będziesz niczyj. Rozumiesz?"

Patrzył na mnie twardo, a brzmiał niczym martwa fala, przechodząca po sztormie.

„Proszę – powiedział, przesuwając teczkę w moją stronę. – Jest wyposażona w czas-zamek. Jeśli otworzy pani przed wyznaczoną datą, zawartość ulegnie zniszczeniu".

Teraz przeszedł na trzecią osobę.

Urwała się ta nić bliskości, która wybuchła niespodziewanie i bezdźwięcznie.

Jaki jest kod? – zapytałam, dotknąwszy niebieskiej okładki.

„Przecież pani wie".

A co pana czeka?

O to też musiałam zapytać. Czułam, że się nie zobaczymy.

Senior Jakub rozkwitł uśmiechem w głąb siebie. Przez chwilę przypominał karczoch, który trzeba obrać z zewnętrznych liści i wykroić środek.

Nie byłam do niczego potrzebna.

„Nareszcie pójdę do Janka i go obejmę", odpowiedział.

Patrzyłam na starca naprzeciw.

Nie wiedziałam, co przeżył, i wiedzieć nie chciałam.

Oorze Jakubie, powiedziałam miękko, bardzo mi przykro.

„Tutaj moja rola się kończy. Zrobiłem, co mogłem, żeby poznała pani prawdę, pani Albertyno".

Rozstaliśmy się, a ja po drodze do podziemki oczywiście znowu płakałam.

Oor Jakub mnie poruszył, spokój i pełna rezygnacji groza, niemożliwa do usunięcia z jego życia ani z mojej pamięci.

Wróciłam do Castitate. Wzięłam zimny prysznic. Nie otrzeźwił, lecz zapiekł – jakbym polewała się wrzątkiem albo nacierała lodem.

Ojciec Albertyny złapał najwcześniejszy rejs i przyjechał do akademika o 7.22. Przekroczył wrota z sentencją: „Wasze życie będzie otwarte i dobre". Liczył na złapanie powrotu o 10.45.

Fizyczna pracownica na portierni nie chciała go wpuścić do środka. Musiał poczekać, aż skomunikuje pokój Albertyny i dopiero wtedy pozwolono mu wejść.

Windą wjechał na drugie piętro.

Idąc korytarzem o szklanych ścianach, popatrywał na śpiące bądź krzątające się studentki, a wszystkie całkowicie go ignorowały, podobnie jak on ignorował je: życie za szybą wydawało się takie oczywiste, rybki w akwarium pływały od narodzin do śmierci niczym krokodyle w fosie.

Zatrzymał się przed pokojem 22. Albertyna siedziała przy biurku, plecami do korytarza, w szarej koszulce.

Nie przypuszczał, że córka mieszka w takich warunkach, chociaż były to jedyne warunki, na jakie mogli sobie pozwolić.

Nacisnął brzęczyk i uśmiechnął się.

Za wcześnie. Niepotrzebnie.

Będzie musiał powtórzyć uśmiech.

W istocie był zdziwiony, że musiała otworzyć. Miał wrażenie, że jest w środku od momentu, gdy wyleciał z Belostoku.

„Usiądź na łóżku, tato", powiedziała.

On posłusznie usiadł, zanim jednak ułożył dłonie na udach, zadał przygotowane pytanie: „Co się stało, córeczko?".

Chyba nie znosił tych zdrobnień.

To jakby rozdrabniać ból. Albo życie.

„Pamiętasz, jak mówiłeś do mnie Tuszka?"

Pamiętał. Dlatego milczał.

„Zobacz". Albertyna wygrzebała ze szkatułki kawałek papieru i podała ojcu.

Zaczął czytać, ona czytane przez niego słowa wypowiadała na głos, przydając echa. Słowo po słowie. Echo za echem.

„Córeczko najdroższa, najukochańsza, nie zrozumiesz, że musiałam to zrobić. Musiałam, naprawdę. On stałby się taki jak ojciec. Unieszczęśliwiłby siebie i innych. Powiedzą, że zwariowałam – nie wierz im! To oni oszaleli, nie ja! Mnie już nie ma. Zniszczyli mnie. Kocham Cię, najdroższa, najukochańsza córeczko. Oni mnie zniszczyli, nie pokazuj listu ojcu. Kocham. Kocham Cię na zawsze".

Oddał list.

„Tato", powiedziała.

„Zaschło w gardle. Poproszę o coś do picia".

Podała szklankę z płynem, w którym wcześniej rozpuściła ttt.

Dziwnie smakował. Córka siedziała na krześle, tak blisko i równie daleka jak zawsze.

„Tato", powtórzyła.

Nie potrafił nic zrobić. Poczuł się znowu oceniany. Znowu oblewał egzamin. A tak się przecież starał. Zawsze posłuszny i pilny.

Córka patrzyła w oczy takie jak u oora.

„Tato".

„Ja nie byłem zły. Nie jestem. Nie zabiłem nikogo".

„Czy mnie kochasz, tato?"

„Nie".

Albertyna otarła malutką łzę pod skórą w kąciku oka.

„Tak", powiedziała.

W poniedziałek włożyła ostatnią z sukien odziedziczonych po matce, tę z odsłoniętymi plecami, zieloną jak łąka, w nieliczne żółte cętki. Wypożyczyła szafirowy naszyjnik z Bi-ju, od Beaty złote szpilki. Obcasy były tak cienkie, że dwa dni ćwiczyła, jak nie upaść.

Minister Siwicki przysłał po nią limuzynę, z której wysiadła po kwadransie wprost na czerwony dywan.

Czuła się lodowato piękna, smutek przeżerał ją niby pleśń, a łzy skapywały głucho w najbardziej środku niej samej.

Podała ramię Siwickiemu i pozwoliła się zaprowadzić do loży.

W pierwszym akcie zainteresowała się gigantyczną salą koncertową i ludźmi ze sceny i na widowni. Nigdy nie widziała naraz tylu przebranych historycznie śpiewaczy. W drugim akcie skupiła się na pieśniach o wielkiej miłości, a była ona wielka. Akt trzeci ją zdruzgotał. Główna heroina, spetryfikowana nad zwłokami ukochanego, śpiewała: „Dla mnie przeznaczony, przeze mnie utracony", a Albertyna poczuła, że słowa tak naprawdę wytaczają się z jej smolistego środka, a dopiero później podejmuje je śpiewaczka. W przedstawieniu doszło do wolty – oblubiona postanawia, że oblubieniec żyje. Odwraca śmierć z miłości w żywą miłość bez śmierci. A więc to jest możliwe? Prawda, że możliwe?

Miałam niewiele rzeczy, a potrzebowałam jeszcze mniej, żeby nie przekroczyć granicy. Gdy zobaczył moją walizeczkę, Mateusz roześmiał się i rzekł, że trzeba będzie mnie zabrać na większe zakupy.

W dwie godziny dotarliśmy szybkobusem do kresu.

Strażnicy weszli do środka i od razu zwrócili się do nas.

Mateusz oznajmił, że podróżujemy razem.

Kazali nam wysiąść.

Wysiedliśmy.

Pamiętam, jak z jego twarzy znikał wyraz rozbawienia, jak gdyby z blatu ścierać i ścierać kurz, aż do słojów – och, mój kochany, ciesz się!

Zawieziono nas na pograniczny posterunek.

Czekając na przełożonego, oglądaliśmy, chcąc nie chcąc, dziennik rządowy.

Podano informację o aresztowaniach pośród puczystów, którzy zamierzali obalić rząd Prawa i Swobody. Aresztowano między innymi ojca Mateusza, nazwanego architektem zdrady.

Teraz ja chwyciłam mego cennego ukochanego za dłoń.

Pragnęłam dodać mu otuchy, choć byłam przeciwko niemu, kochając go nadal całym życiem.

„Bartek na mnie czeka w Berlinie. Udało mu się wyjechać z Beatą. Tam będę mógł być sobą, a ty będziesz cieszyć się obok nas. Bo cieszysz się, prawda?", zapytał mój ukochany.

Zabrano Mateusza i w trybie pilnym przeprowadzono mu test prostoty płciowej, a mnie odwieziono do hotelu na polecenie ministra Siwickiego.

Znałam wynik testu: odwrotnik.

Rozumiałam, że chciał posłużyć się mną, żeby uciec poza granicę. Inaczej nie pozwolono by mu wyjechać. Musiał planować to od jakiegoś czasu.

Poprzez koneksje ojca wpłynął na przydzielenie mi oora Jakuba. Dowiedział się również, że mój ojciec poddany został zabiegowi i zażywał homoneg.

Miałam poznać brunatną podszewkę naszego bieżącego świata oraz inną rzeczywistość, rzecz w tym, że ja tamtej innej rzeczywistości nie zamierzałam ani poznawać, ani do niej przynależeć, wystarczał mi ten świat.

Rozumiałam mocno, że nie zgodzi się na dobrowolny zabieg.

W takim wypadku wdraża się procedurę naprawczą.

Niewiele o niej wiedziałam, ponieważ linki na jej temat grzęzły jak gdyby w bagnie.

Wyławiałam tylko, że skuteczność procedury naprawczej równa się stu procentom, a po jej wdrożeniu –

taką miałam nadzieję – naprawiony Mateusz zechce założyć ze mną jednostkę rodzinną. Po aresztowaniu jego ojca wreszcie byliśmy sobie równi. Mieliśmy nic. Dwa puste domy.

Chociaż mój ojciec, pomimo wszystko, był przy mnie, czy raczej obok mnie, a jednak, ale pomimo wszystko był. Był.

Trudno mi uwierzyć, aby jego nieobecność doprowadziła matkę do szaleństwa. Matka musiała oszaleć znacznie wcześniej. Ja będę silniejsza. Moją miłością sprawię, że Mateusz będzie taki sam jak dotąd i teraz, tylko uleczony.

Zgodnie z procedurami zobligowano mnie – jako denuncjantkę – do uczestniczenia przy zainicjowaniu procedury naprawczej.

Wybrałam czerń, a ramiona były jak złożone skrzydła z ikony.

Zaprowadzono mnie do sali.

Czekał na mnie już minister Siwicki w jednym z dwóch foteli, a pod ścianą trzy kobiety naprzeciw pulpitu.

„Pani Albertyno, bardzo nam pani pomogła".

Nie poczuwałam się do szczególnych zasług.

„Czas najwyższy", zarządził, a ja usiadłam obok niego na fotelu miękkim jak puch.

Jedna z trzech uruchomiła urządzenie.

Nie pozwolono mi zobaczyć się z Mateuszem.

Nagle okazało się, że czarna ściana przed nami była w istocie szybą, za którą mieścił się wybieg o surowych betonowych ścianach. Podłogę tej niby-celi umieszczono na niższym poziomie niż sala, w której przebywaliśmy, przez co wszyscy spoglądaliśmy na puste pomieszczenie z góry.

Otwarły się drzwi. Wepchnięto Mateusza.

Był kompletnie nagi.

O tej nagości marzyłam, a teraz ją dostałam. Za wenecką szybą; był równie niedostępny jak w Belostoku, jeszcze nie mój.

Przyglądałam się Mateuszowi z wielkim natężeniem uwagi. Po procedurze naprawczej będzie należał do mnie. Obiecał mi to minister Siwicki.

Mateusz podszedł do przeciwległej ściany, o którą oparł się plecami.

Widziałam włosy łonowe i skurczony penis, niemal przyklejony do jąder, niby w rzeźbie z książkopliku do antropofilii.

Widziałam ukryte przede mną wcześniej ciało, którego dostąpiałabym każdego poranka i wieczora jako małżonka.

Rozległ się głos lektora, odtwarzany z nagrania.

Prawdopodobnie uruchomiła je jedna z kobiet.

„Jednostka męska odmówił dobrowolnego i przysługującego jej poddania się zabiegowi korygującemu".

Mateusz coś gadał, nic nie słyszałam, kręcił głową, zaprzeczając czemuś.

Wargi ruszały się na próżno w dźwiękoszczelnej ciszy, lecz niedługo, kochany mój, będziesz mnie całować.

Co się stało z ojcem Mateusza? – zapytałam.

„Zostanie godnie osądzony i stracony. Tak zechce bo".

No, tak – bo, wszędzie ona.

Głos z nagrania: „Zostaje aktywowana procedura naprawcza. Oby jednostka odrodził się w dobru. Tak postanowiła bo".

Mateusz podszedł do bliższej nam szybościany. Widziałam go od klatki piersiowej w górę.

Wstałam i też podeszłam do szybościany.

Praktycznie stał u mych stóp z głową na wysokości moich ud.

Miłośniku mój, nie martw się, podniesiemy się. Razem.

Czy nic mu się nie dzieje? – upewniłam się u ministra.

„Wyciągamy z cenotafu tlen. Już niedługo, pani Albertyno. Cierpliwości".

O, nie! Ja nie chciałam go zabijać!

„I nie zabija pani, pani Albertyno".

Usłyszałam za niedługo, że minister wstał i opuścił pokój.

Przykucnęłam, żeby być jeszcze bliżej Mateusza.

Łapał powietrze półotwartymi ustami.

Przyłożył twarz do szkła, rozpłaszczając policzek i nieco warg.

Siedział na środku celi ze zwieszoną głową.

Byłam z niego dumna – taki był odważny i godny.

Odliczałam: do trzech. Patrzyłam, bo jak inaczej mogłam zareagować? I do trzech, i znowu do trzech. Nie wolno było zdradzić go w chwili próby. Odliczałam dziesiątki razy do trzech. Coraz bardziej Mateusz znikał w moich oczach. W kółko i od początku. Do trzech. Już go nie widziałam w ogóle, jego obraz wypalił mi się na pod powiekami i niech nigdy mnie nie opuści.

Raz. Dwa. Trzy.

Raz, dwa, trzy, nie żyjesz ty – powiedziałam na głos do trzech kobiet. Przez chwilę stałyśmy naprzeciwko siebie: z jednej strony one, z drugiej ja.

Moje groby są pełne, a pustka jest we mnie, powiedziałam na głos do trzech kobiet, stojących naprzeciwko mnie. Mnie również brakowało powietrza.

„Zmielarka", odpowiedziała jedna z nich. Stalowoszara kareta powolutku wsysała Mateusza. Znikał od stóp do głowy. Jakaś miazga pojawiła się u drugiego końca urządzenia. I rosła jak pasożytniczy grzyb.

Dla mnie przeznaczony, przeze mnie utracony, zaśpiewałam.

I śpiewałam bez tchu. I śpiewałam. Do trzech. I znowu.

Jedna z kobiet zbliżyła się do mnie i pogładziła wierzchem dłoni mój policzek.

Widziałam mężczyznę spłukującego resztki.

Druga kobieta zrobiła mi zastrzyk.

One zostały ze mną do końca, a ta trzecia była naprawdę piękna i to ona powiedziała: „Czysto. Odwrócę transparencję".

Raz. Dwa. Trzy.

Dziękuję, powiedziałam, a ścianę zostawiłam tak czarną, jak ją zastałam, gdy wchodziłam.

Oddano mi pudełko wraz z jego rzeczami.

Tak najwyraźniej stanowiły procedury.

Pośród rzeczy Mateusza znalazłam kartkę, napisaną przez mego ojca w Belostoku.

Musiał ją wyjąć ze śmietnika, troskliwie wygładzić i zachować.

„Musiałem wyjść. Powiedz Mateuszowi, że mu dziękuję i żeby zapomniał".

Tato, Mateusz zapomniał, nie zdradzi cię ani słowem.

W hotelowym pokoju gładziłam krawędź białego tekturowego pudełka, w jakim zwykliśmy wydawać i przyjmować pozostałości.

W głowie dźwięczały mi słowa odtwarzane z nagrania podczas procedury naprawczej.

Dopiero niedawno uświadomiłam sobie, że rozpoznawałam nagrany głos – to był Bartek, ten z rządowego dziennika.

Jak się umiera, słuchając ukochanego?

No, jak?

Minister Siwicki dotrzymał słowa.

Mateusz był mój: trzymałam go na kolanach w pudełku i liczyłam do trzech. I do trzech. I starałam się pamiętać o utrzymaniu regularnego oddechu.

Dziś wypada dzień otwarcia teczki. Oor Jakub ustawił czas-zamek właśnie na dziś.

Musiałam wbić czterocyfrowy kod.

Nie wątpiłam się: 2035.

Wtedy zginął Janusz i wtedy narodził się Jakub.

Delikatne kliknięcie zwiastowało odblokowanie czas-zamka.

W teczce znalazłam odręczny list, kolejny zza śmierci.

„Pani Albertyno,

nie wiem, jakie decyzje pani podjęła. Nie wiem, czy ocaliła pani Mateusza.

Kiedy czyta pani te słowa, ja już nie żyję.

Przestałem brać homoneg. Odczuwam potworny ból odstawienia, albowiem homoneg uzależnia.

Za to teraz śni mi się mój ukochany.

Podchodzę do niego we śnie i obejmuję.

Patrzymy w lustro, a on rozciera piankę do golenia na mojej twarzy.

Śmiejemy się. Wyglądamy jak kiedyś, na początku.

Po spotkaniu z panią zjem lody w Jednorożcu. W dawnym świecie chodziliśmy tam z Jankiem często. I śmialiśmy się często. Byliśmy szczęśliwi.

Pani Albertyno,

ludzie rodzą się kompletni.

Kto próbuje coś wyciąć, usunąć, zablokować, ten popełnia przestępstwo. O tym chciał opowiedzieć Janek w Ostrii i dlatego musiał zginąć.

Pani Albertyno,

dużo szczęścia!

Z najszczerszymi pozdrowieniami

Zbyszek".

W teczce były jeszcze pożółkłe kartki z wystąpieniem Janusza Suma i odręcznymi notatkami na marginesach, najpewniej skreślonymi ręką Zbyszka.

„Kłamstwa przypominają brud. Jak człowiek się nie myje i nie sprząta, to wszystko staje się coraz brudniejsze – niknie kolor, czasem nawet kształt. Zacierają się przyjaźnie, rozmywa się wewnętrzny rdzeń istoty".

Tak. Rozmywa. Prawda, kochany? – powiedziałam do Mateusza, gładząc go po twarzy okładki.

4

Spokojny, szlachetny, w dotyku przypomina mi wodę w strumieniu. Gdy leży obok, mam wrażenie, że jestem dokądś unoszony. Nie wiem dokąd ani nie wiem, czy to rzeczywiście on i ja. On i ja, czyli prawie my. Dopiero co się spotkaliśmy w Kattowitz po raz pierwszy sam na sam. Rozmawiamy, ogromnie dużo rozmawiamy, jakbyśmy musieli naopowiadać całe życie. Życia. Nie uprawiamy miłości, moje ciało nadniszczyła choroba. Odpowiada, że się nie spieszy. Nie musi się spieszyć teraz, gdy bardzo przekroczył trzydziestkę. Dziękuję mu za to, że po prostu jest i pozwala mi na to samo. Zanurzam dłonie w jego skórze: jest gładka i wydaje mi się chłodna niby kamienie wybierane z dna strumienia. Nie potrzebuję niczego ani nikogo poza Zbyszkiem, który przecież jest, a ja mogę cieszyć się jego ukochanym pięknem.

Moje poszpitalne ciało co rusz zapada w krótki sen. Liczba zaśnięć na razie odpowiada liczbie przebudzeń. Ze dwa razy, kiedy myślał, że śpię, trafiłem, gdy wpatrywał się w hotelową szybę. Była w tym taka intensywność i bezbrzeżne oddanie, że zamykałem oczy naraz w lęku i ze spokojem. Kochałem go. Nie wiedziałem, czy to wystarczy, czy wystarczy, żeby dać nam szansę.

* * *

Po raz pierwszy zamykam za nim drzwi do mieszkania. Stoi na klatce i uśmiecha się do mnie. Patrzę w jego rozpromienioną twarz. Nikt nigdy nie patrzył na mnie tak, jak patrzy on. Mam wrażenie, że coś znowu się we mnie roztopiło, coś świetlistego i odurzającego. Boję się, że tego nie uniosę. Zamykam drzwi, przekręcam zamek i spoglądam przez wizjer. Stoi nadal, po czym macha ręką ku zamkniętym drzwiom. Wiem, że nie przyszło mu do głowy, że mógłbym patrzeć. Znika z mego pola widzenia. Zbiega schodami. Zobaczę go za miesiąc. Jestem tu na chwilę, na niecałe trzy godziny, po Kattowitz, a przed pociągiem do Belostoku.

Dwa pokoje, kuchnia, łazienka i korytarz – obchodzę mieszkanie kilka razy, starając się wszystko wynieść w głowie i niczego nie zabrać. Z sypialni dochodzi skrzypnięcie. Wracam, a tam otwarło się skrzydło starej dębowej szafy, odsłoniwszy trzy puste półki. Ślad po jego dziewczynie. Naprawdę wyprowadziła się, podjęła decyzję. Podjęli. Nawet jej nie poznałem. Ze dwa razy zderzyliśmy się na literackich celebracjach: ona przy Zbyszku, Zbyszek nawet nie w mojej głowie, dalszy jeszcze niż ona, statysta mojej nienawiści do samego siebie. Nawet nie wiedział, co ukrywa się za maską mego rozbawienia, podobnie jak ja nie wiedziałem, że jego rozbawienie skrywa odbicie mnie samego. Słaliśmy uśmiechy wkoło tak, jak gdybyśmy bombardowali nieprzyjaciół. Uśmiech za uśmiechem, całe serie uśmiechów, a jednak nie byliśmy ani szczęśliwi, ani rozbawieni, ponieważ byliśmy skłamanymi sobą. Wpatruję się w trzy opróżnione półki. Ślad po jego dziewczynie, tak pomyślałem najpierw, odruchowo, następnie pomyślałem, że ten brak jest równocześnie zaproszeniem dla mnie i że to ja zawiniłem, zniszczyłem więź dwojga kochających się ludzi samym swoim pojawieniem się. Teraz wiem, że nikt niczego nie zniszczył. To znaczy: nikt z nas. Ani Zbyszek, ani ona, ani ja. Wszystko było zniszczone, zanim zostało zbudowane. Wznosiliśmy kolejne piętra skazanej na upadek budowli z naszych marzeń, sukcesów i klęsk, łudząc się, że jesteśmy lepszymi architektami od tych przed nami. Że staramy się pilniej i kłamiemy mniej albo – przeciwnie – lepiej.

Zamykam szafę, ta jednak uparcie się otwiera. Skrzydło raz po raz odsłania niezamieszkane wnętrze, jakby szafie nie było końca, a ja właśnie chciałbym tam wejść, a nie wyjść. Chciałbym zamieszkać w tej szafie i mówić z niej prawdę.

W kuchni na stole wyrywam z notesu kartkę i piszę na niej: „Zbyszku, bardzo cię kocham". Kartkę zanoszę do pokoju i kładę na niskim stoliku kawowym. Siadam w pomarańczowym fotelu i patrzę na nią.

Użyłem czerwonego cienkopisu, znalezionego w kuchni. Zamiast wyznania miłości widzę bliznę po latach spędzonych samotnie. Zgniatam kartkę i wrzucam do kuchennego kosza. Wracam na fotel i pozwalam sobie na odrobinę czułości względem siebie: „Tak, to mieszkanie, za którym ukrywa się prawdziwe życie, nigdy nie stanie się twoim udziałem, Psie". Mówię do siebie Psie, bo tak nazywa mnie Zbyszek.

Wracam do kuchni, podwijam rękaw koszuli i zagrzebuję kartkę jeszcze głębiej w śmieciach, gdzie leży jej miejsce.

***

Do pociągu zostały dwie godziny. Klucze tym razem mam wrzucić do skrzynki pocztowej, tak się umówiliśmy. Jeszcze kilka godzin temu pakowaliśmy się w wynajętym apartamencie, nasze trzecie już spotkanie. Nadal brakuje nam odwagi, aby zanocować u niego w mieszkaniu. Nie odważamy się zasiedlać tamtej pustki po osobie, która odeszła. Szanujemy brak. Pilnujemy umiaru.

Spędziliśmy razem trzy dni. W ogóle nie wychodziliśmy do świata zewnętrznego, a i on nie pchał się do nas. Trzy dni minęły w okamgnieniu, nawet nie zapamiętałem, jak wygląda. Czasem mówię do niego „mój chłopaku", a on cieszy się, a ja – choć on tego nie wie – jeszcze bardziej. Cieszę się ogromnie i czuję ekscytujący strach na myśl o tym, że ktoś mógłby nas nakryć. Nie nas razem, lecz mnie mówiącego do niego „mój chłopaku" i jego, cieszącego się na te słowa. Chciałbym opowiedzieć o tym, chciałbym. Bardzo chciałbym opowiedzieć komuś, że spotkałem wspaniałego mężczyznę, ale najbardziej chciałbym opowiedzieć komuś nie o tym, że go spotkałem, tylko o tym, jaki jest wspaniały. Nie mam komu tego opowiedzieć. Czuję się sam ze swoim szczęściem, podobnie jak czułem się sam ze swoim kłamstwem. Teraz nawet bardziej sam, bo przecież teraz nie chodzi o mnie. Chodzi o niego, o Zbyszka. Ogromne szczęście, jakie odczuwam na myśl o nim, ciąży mi podobnie jak zło, które sam sobie, choć z pomocą innych, zadawałem. Chciałbym, żeby ktoś pomógł mi dźwigać moje szczęście, tak jak różni ludzie pomagali dźwigać moje nieszczęścia.

* * *

A jednak spróbujemy! Damy sobie szansę, nawet nie nawzajem, lecz każdy sam sobie. Nigdy z nikim nie byłem w prawdziwym związku: z kobietą byłoby to zbyt wielkie kłamstwo, z mężczyzną – nieprzekraczalna bariera wstydu.

Przywożę trochę rzeczy, wszystkie mieszczą się w walizce. Potrzebuję chyba takiego ubezpieczenia: w każdej chwili mógłbym wyjść, chociaż wcale nie chcę wychodzić. Nadal nie wierzę, że zasypiam i budzę się przy Zbyszku, i że ten oddech obok mojej piersi nie został przeze mnie wymyślony ni napisany.

Jestem wyczerpany emocjonalnie i fizycznie. Rano wstaję przygotować łatwe śniadanie. Zbyszek wychodzi do pracy, a ja odczuwam takie zmęczenie, że śpię do południa. Tracę czucie w członkach. Układam się na własnym ramieniu jak na worku kartofli, a potem odbiera mi rękę. Ona jest nie moja. Ta ręka albo noga, one są przypadkowe, zaplątały się w moim życiu i ciele. A ja myślę, że chciałbym mieć takiego chłopaka, bo nie mieści mi się w głowie, że właśnie mam.

Najgorsze nie są noce, najgorsze są sprawunki. Nie mam wiele siły i trzy półtoralitrowe butelki wody stanowią dla mnie nieprzekraczalną granicę. Nie to jednak mnie przeraża. Gdy wychodzę, natychmiast odczuwam silną potrzebę wypróżnienia się. Skręca mnie w kiszkach i choćbym nic nie jadł i nie pił, a śniadanie ograniczył do przełykania suchej śliny, nic to nie daje. Opracowałem drogę do sklepu z ewentualnymi przystankami w krzakach, śmietnikach i wiatach. Staram się zawsze zabierać ze sobą papier toaletowy albo chusteczki. Pokonałem wstyd, ponieważ on wcześniej pokonał mnie. Cóż gorszego może mnie spotkać niż to, co wypłynie ze mnie i zabrudzi spodnie? Brzydzę się sobą i kocham Zbyszka.

A jednak, jednak miłość mnie zmienia w sensie dosłownym. Zaczynam powolutku odzyskiwać kontrolę nad ciałem, jakbyśmy rozmawiali i zakopywali topór wojenny. Któregoś wieczoru mówię do Zbyszka, że jeśli pójdzie tak dalej, to może za rok będziemy uprawiać seks, a on zaczyna się śmiać, a ja mu wtóruję i nie wiadomo, kto z nas jest większym wariatem.

* * *

Oksana, która raz w tygodniu przychodzi do Zbyszka posprzątać, początkowo zachowuje dystans. Wiem o niej jedynie, że jest godna zaufania oraz nauczyła się prowadzić ciężarówki i czołgi w szkole średniej. Ona o mnie wie jeszcze mniej. Nie wiadomo, kim jestem, poza tym, że pojawiłem się w miejscu i w czasie, w których zniknęła dziewczyna Zbyszka. Z tygodnia na tydzień coraz mniej jestem wiecznie zmęczonym „kolegą" Zbyszka, a coraz bardziej osobnym mną dla Oksany.

Mamy ze Zbyszkiem oddzielne półki na ubrania. Oksana niepostrzeżenie wprowadza zmiany w szafie. Dokonuje najpierw rozdziału: rzeczy kolorowe i wesołe dostają się Zbyszkowi, a ciemne i ponure mnie. A później, jakby upewniona, że jesteśmy razem i będziemy, wprowadza głębszą unifikację: już bez rozdziału koszulki są w koszulkach, a majtki w majtkach. Podobny los spotyka spodnie i swetry.

– Zobacz – mówię do Zbyszka, otwierając szafę – zostaliśmy razem. Nic już się nie da zrobić.

* * *

Mówię bratu i matce o Zbyszku. Bratu mówię tak po prostu, gdy wiezie mnie do Varsovie nowym-starym samochodem z mocnym silnikiem i skłonnością do poślizgów. Mam ze sobą krzesło i książki. Brat mówi, że „aha", a potem gdy spotyka Zbyszka na klatce schodowej, nazywa go krasnalem. To znaczy, gdyby był mniejszy, byłby krasnalem, a nie jest. Zatem taki podrabiany krasnal. Ale niezależnie od jego autentyczności wszystko przebiega zaskakująco łatwo i naturalnie.

Matce powiedziałem wcześniej, przed wyjazdem z krzesłem i książkami. Powiedziałem z agresją, której teraz się wstydzę, tak jakbym obwiniał ją o to, kim jestem. A przecież ona nie zawiniła. Ona mnie urodziła. Nikt nie zawinił, bo żadnej winy w tym nie było. Byli ludzie żyjący w świecie nieprzeznaczonym dla wszystkich ludzi. Ot, tyle – nic ponad.

Mówię, że kocham Zbyszka. Nigdy takiego słowa przy matce nie użyłem, dlatego razi z siłą bomby. Mówię, że kocham Zbyszka, mówię to, jakbym przeprowadzał ułańską szarżę na czołgi. Mimo że dużo czytałem o wyznaniach, nie jestem przygotowany. Muszę przejść przez to wyznanie tak, jakbym był pierwszym człowiekiem na świecie, który to robi: z całą naiwnością i lękiem.

Matka reaguje zaskakująco spokojnie. Pyta, czym się Zbyszek zajmuje i kim są jego rodzice. Mówi, że się domyślała. Jestem trochę zły: jak się domyślała, to mogła mi przecież powiedzieć! Te rodzinne tajemnice, nie znoszę ich.

A potem dodaje, żebym nikomu nie mówił. Nie chodzi o wstyd. Chodzi o to, że ludzie są niedobrzy i krzywdzą, jeśli mają po temu okazję. Szczęście trzeba ukrywać, tłumaczy matka, bo ludzie nienawidzą i niszczą. Tyle to akurat wiem sam. Zdążyłem się zorientować.

– I nie mów nic ojcu – dodaje.

Jestem nieco rozdrażniony oraz szczęśliwy. Bardzo szczęśliwy. Powiedziałem najważniejszej osobie w moim życiu, a ona mnie nie odrzuciła. I wiem, że nigdy tej chwili nie zapomnę.

Siedzieliśmy w kuchni ramię w ramię, patrząc przez okno na drzewko brzoskwiniowe i Sonię, czekającą, aż spadną owoce, które by mogła pożreć z pestką włącznie.

– Czy jest ci dobrze? – pyta matka, a ja najzupełniej serio zastanawiam się nad odpowiedzią.

– Mamo – mówię – nigdy nie było mi lepiej.

* * *

Staramy się żyć powoli.

Stopniowo mówimy o nas przyjaciołom, rodzinie i znajomym, zawsze z zastrzeżeniem daleko posuniętej dyskrecji. Rodziców o to nie prosimy. Nie przyszłoby im do głowy dzielić się hiobową wieścią, wymazującą z ich marzeń dodatkowe wnuczęta. Oni również mają do pokonania barierę wstydu i muszą poradzić sobie z nią bez naszego udziału. To pewnie okropne uczucie – wstydzić się dziecka, które się kocha.

Niekiedy zdarza się, że przy stole gromadzi się kilka osób, wszystkie o nas wiedzą, ale żadna nie wie, że pozostali też wiedzą. Bawi nas, jak jedni przed drugimi próbują ukryć nasz związek w chwili, gdy ci drudzy usiłują zrobić to samo przed pierwszymi. Gdy zamykamy za nimi drzwi, Zbyszek stwierdza:

– Dyskretny szwadron wyszedł. Spoko, nikt się o tym nie dowie.

Niczego nie ustalamy, żadnych zasad współżycia, pewnie dlatego, że mógłbym ich nie zapamiętać. Dziwacznie zachowuje się moja pamięć. Choroba zatarła znaczne połacie wspomnień, a inne przekształciła w skompresowane pliki, do których brakuje klucza lub odpowiednich narzędzi. Z tego powodu wspomnienia, które pozostały dostępne, inaczej układają się względem siebie i względem mnie samego, niż gdy byłem zdrowy. Wyczuwam te przemieszczenia w tkance pamięci i wiem, że prawdopodobnie nie dojdę do pierwotnego stanu. Zresztą nawet z archiwizowaniem aktualnych zdarzeń miewam problemy. Nadal granica jawy i snu nie zawsze bywa kontrastowa.

* * *

Nic nie musi się docierać, tak jakby wszystko było już od dawna dotarte i pozostało jedynie sięgnąć w przeszłość po przyzwyczajenia i reguły. Niekiedy wydaje mi się, że w lustrzanym życiu przeżyłem już to, co teraz staje się moim udziałem, a wtedy z uznaniem myślę o poprzednich nas. Byliśmy dobrą, zgraną parą.

Wynoszenie śmieci, zakupy, gotowanie, pranie, porządkowanie, rachunki – każdy robi to, co wynika z logiki i emocji codzienności, a błędy zdarzają się rzadko. Kilka razy wracamy do domu z identycznymi zakupami, chociaż z innych sklepów.

Czy to oznacza, że nie umiem wymyślić dwóch różnych list zakupów w moim marzeniu o wspólnym życiu?

No, dobrze, jeśli Zbyszek jest mną, to w takim razie musi skrywać upokorzenia i lęki, tak jak ja je skrywam. Pytam go, on odpowiada, lecz jeśli jest mną, to każda jego odpowiedź będzie tylko przybliżeniem prawdy, bo tak właśnie ja bym musiał postąpić. On z kolei pyta mnie. Odpowiadam i widzę, że moje odpowiedzi niekiedy nie przekonują go w pełni. I słusznie. Sam nieraz nie bywam do nich przekonany. Co więcej, nie zawsze rozróżniam, kiedy prawda mnie mija, a kiedy ja ją.

Staramy się być szczerzy względem siebie. Nie jest to wcale proste: w końcu przez lata nie byliśmy szczerzy przed samymi sobą. Uczymy się szczerości.

Nie mam natomiast pewności, czy powinienem wierzyć w szczerość świata wokół, dlatego najzwyczajniej wierzę Zbyszkowi. Zawierzam mu siebie, ufam mu i kocham go. On mnie nie upuści na podłogę.

* * *

Po długiej podróży pociągiem docieramy do naszego nadmorskiego portu. Wieje coś jakby halny, choć po drodze mijaliśmy plaże, a zamiast gór same wydmy i zarośla. Morze jest słone i szare. Nasz apartament liczy sobie mniej więcej osiem metrów kwadratowych. Na hotelowej werandzie wiatr sypie żwirem po twarzy.

– Jeśli to jest apartament, wolę nie oglądać standardowego pokoju – stwierdzam, a Zbyszkowi robi się przykro, bo to nasz pierwszy wspólny wakacyjny wyjazd.

– Szkoda, że tu nie ma wielorybów – mówię z żalem. Zawsze mnie do nich ciągnęło – doceniałem fakt, że jedzą mimochodem, od niechcenia, przemieszczając się z miejsca do podobnego miejsca. Pływają długo, żyjąc i jedząc, nawet przez ponad dwieście lat i przez sen. Chciałbym tak ze Zbyszkiem.

Dziś rozpakowujemy się w pokoju. Próbujemy przynajmniej. Dwie dorosłe osoby, dwie duże walizki, dwie podręczne plus bonus ze sklepiku na dole: figurka wielorybicy z wielorybiątkiem, nagły kaprys Zbyszka.

– Tego nie da się rozmieścić w tym pomieszczeniu. Za mało metrów – mówię.

– Za to jest telewizor. I lodówka. Najważniejsze mamy – odpowiada.

Nierozpakowani, po kolacji z pokrojonego szlauchu, udającego kalmary, zmęczeni, wieczorem leżymy na łóżku z porządnie schłodzonym winem. Lodówka na wyjeździe to rzeczywiście podstawa.

– Pamiętasz, jak ci opowiadałem o studiach w Krakau? O tych dwóch latach na początku, kiedy niby zacząłem być gejem i miałem kochanków w weekendy?

Oczywiście, że pamiętam. Pamiętam każdego kochanka z jego opowieści, a choć czasem mi się oni nie zgadzali w szczegółach, trudno. On w końcu też mógł coś pomieszać we wspomnieniach. Ma je takie same jak my wszyscy – poszarpane i pozlepiane z późniejszego życia.

– Nie musisz nic mówić. Poleżmy, tak jak ludzie leżą sobie w hotelu. Po ludzku na łóżku.

– Kłamałem, wiesz.

– Oj tam – mówię. – Każdy czasem kłamie. Nie ma co robić z tego wielkiego halo.

Tak powiedziałem, mimo to odczuwam niepokój. Nie chcę słuchać o jego kłamstwie. Ostatnio niczym innym się nie zajmujemy jak tylko odchwaszczaniem przeszłości. Zbyszek wykazuje się niespożytą wytrwałością w dochodzeniu prawdy.

– Długo walczyłem w sobie, czy ci powiedzieć. Boję się, że jak ci powiem, to mnie zostawisz.

Milczy, międląc w dłoniach pilota od telewizora, niezbyt uspokojony, a ja mu nie pomagam. Staram się zmieścić w naszym pokoju.

– A więc nie było żadnych kochanków. Skłamałem. Chciałem wydać się bardziej atrakcyjny. No i ze wstydu. Wstyd być gejem to raz, a być gejem bez doświadczeń seksualnych w moim wieku to wizerunkowa katastrofa. Nie gniewaj się, bardzo cię proszę.

Nie od razu dociera do mnie, co powiedział.

– Tak, Psie, tak. Jesteś moim pierwszym i jedynym kochankiem. I co ty na to?

Chyba powinienem podać w wątpliwość wszystkie jego historie i całe nasze wspólne życie: jedna z założycielskich opowieści okazała się fałszywa. Mam ochotę na papierosa, ale teraz muszę nie wypaść z pokoju. Zbyszkowi pilot włącza na chwilę kanał z urządzaniem ogrodu.

Nie potrafię wykrzesać z siebie złości. Czy nie w tym właśnie jesteśmy najlepsi? W powstrzymywaniu się i odmawianiu sobie tego, czego pragniemy, aż do czasu, gdy stwierdzimy, że już za późno? Co za ulga i jaka szkoda!

Zrozumiałem także, jak wielkim obciążeniem była dla osoby jego pokroju i szlachetności ta tajemnica. Jak niewypał zakopany w poprzednim życiu.

Zbyszek sięga do walizki, która jest tuż obok, jak wszystko w tym pokoju, i z walizki wyciąga teczkę, a z niej plik kartek. Siada po turecku. Przewraca strony.

– No, proszę. Nie pamiętałem, że napisałem to w trzeciej osobie. Prawdopodobnie chodziło o zbudowanie dystansu. No, dobrze, miejmy to za sobą. Muszę ci przeczytać. Uwaga, czytam:

„Kiedyś, kiedy był mały, dostał trampki – takie prawdziwe ze Stanów Zjednoczonych Ameryki Północnej – obuł je, siedząc na podłodze z nogami poplątanymi jak u pająka, który potknął się o obcą sieć. Włożywszy buty, wpatrywał się w nowiutkie, biało połyskujące podeszwy z napisem: CONVERSE. Wydawały mu się zbyt czyste i doskonałe, aby mogły p o p r o s t u dotykać ziemi. Gdyby jednak pozostał tak, jak był – w pozycji pokręconego lotosu i w świeżutkim marynarskim ubranku – pragnąc zachować czystość i doskonałość podeszew, nie mógłby ruszyć się z miejsca. Jeśli chciał dojść do s w o j e j podstawówki, musiał pogodzić się z faktem, że podeszwy jego a-m-e-r-y-k-a-ń-s-k-i-c-h, pochodzących z lepszego świata trampek dotkną piasku, płyt chodnikowych, a i kałuży nie potrafił wykluczyć. Zbyszek pragnął, żeby go podziwiano, a jak się nie da, to niechby przyplątała się choćby ta uboga siostra podziwu – zazdrość. W tym celu musiał znaleźć sposób, godzący potrzebę zachowania fizycznej czystości nowych butów z pragnieniem ich prezentacji. I wreszcie wpadł na rozwiązanie: skoro już musi iść, pójdzie w sposób szczególny, taki telewizyjny, po linii prostej aż do swojej klasy, niby na wybiegu modelek. Ustawiał stopę przed stopą i posuwał się naprzód, dumny i zadowolony. Do szkoły niedaleko, cztery przecznice. Szedł – stopa przed stopą i tak dalej znowu – a niektórzy przechodnie przystawali, wskazywali go palcem albo coś komentowali. Dopiero przed bramą szkoły zorientował się, że coś jest nie tak. Jacyś dorośli roześmieli się na jego widok. Przeszedłszy szkolny plac pośród chichrań potencjalnych kolegów i koleżanek, zrozumiał swój błąd. Zamiast pochwalić się amerykańskimi trampkami, zrobił coś przeciwnego – przestał być sobą, fałszywie stawiał kroki i wystawił się na pośmiewisko, a nowych butów i tak nikt nie dostrzegł. Przyswoił lekcję, przełknął upokorzenie wraz z kurzem chodnika i zagrzebał je głęboko w sobie, a jednak wspomnienie o trampkach wracało, niepodległe jego woli, maszerujące z przeszłości aż tutaj, do krętych schodów, wiodących do palarni na górnym poziomie sterowca".

Przerwał, a ja milczałem.

Zauważyłem, że stworzył lustrzany świat. Nie ma trampek CONVERSE. Jest ESREVNOC. Po co to wymyślił?

– Nie wierzę, że to napisałem. Serio. Mierzyłem w literaturę, a trafiłem w terapię.

– Za to w trampkach. Farciarz. Ja nie miałem żadnych spoza ustroju.

Śmiejemy się jak wariaci, a ja kładę dłoń na jego karku. Wyczuwam kręgi. Drgają delikatnie, cały Zbyszek jest rozwibrowany, jakby przepuszczano przez niego prąd, a mięśnie wykonywały setki mikroskurczów o prawie niemierzalnej amplitudzie. Pomyślałem, że zdjęcie Zbyszka wyszłoby nieostre.

– Poczekaj, mam tego więcej. I wiesz, przypomniałem sobie, że wszystkie te moje smętki działy się w równoległym, nazywanym inaczej świecie. No, dajmy na to, nie Stany Nowego Świata, a Stany Zjednoczone Ameryki Północnej. Nie Varsovie, ale ze starosłowiańskiego Warszawa, nie Lodz, a Łódź i tak dalej. Wymyśliłem kraj, którego nie ma, a w którym mógłbym być łatwiej sobą. No, wiesz, kraj, w którym jest miejsce na pewne opowieści. Kraj, w którym bym się zdołał zmieścić gdzieś u brzegu.

Zbyszek czyta dalej:

„Rachunki, rachunki, «Młody Technik» (prenumerował mu go ojciec) i kartka pocztowa. Ot, takie nieładne z kiosku na każdym rogu, ze zdjęciem łódzkiej Piotrkowskiej. Przyglądał się chwilę rozświetlonej ulicy, po czym odwrócił kartkę. Została zaadresowana na

Zbyszka, stempel z poczty miał przedwczorajszą datę. Na kartce nie było życzeń. Na kartce znajdowało się jedno zdanie drukowanymi literami: POZDROWIENIA DLA GEYA, a poniżej narysowane serce, dookoła którego latały uskrzydlone fiutki.

Znał to słowo, choć nie wiedział aż tak dokładnie, co oznaczało. Coś złego. Coś, co nie pozwoli być szczęśliwym i pożądanym jako przyjaciel. Coś rozbawiającego rodziców i rodzinę. Najpierw poczuł przerażenie. Co by było, gdyby matka z ojcem zobaczyli pocztówkę? I co takiego zrobił, żeby ktoś pofatygował się wysłać taką kartkę? I czy to był żart, czy groźba?

Nikt przecież o niczym nie wiedział. Nawet on sam nie zdawał sobie z tego do końca sprawy. Nie zastanawiał się nad tym. Niby nad czym miał się zastanawiać? Że rósł, że miał erekcje? Że czasem – naprawdę rzadko – myślał o tym, że przytuliłby Mateusza albo i pocałował na pocieszenie nieudanych miłostek?

Wgapiał się w kartkę, pod powiekami gromadziły się łzy. Nie będzie taki jak z kartki! Nie stanie się t y m słowem!

Był też przerażony. Nagle wydało mu się, że niekoniecznie jest lubiany w klasie. Że za plecami szydzą z niego na korytarzu. I że to niesprawiedliwe. Niesprawiedliwe. Przecież był, jaki się urodził. W niczym nie było niczyjej winy. Nie zawinił ani on, ani rodzice. Nikt. To dlaczego czuje się tak upokorzony?

W potrzasku, tak się poczuł, a duży dom skurczył się do rozmiaru ciasnego pokoju. Albo to on nagle wyrósł z domu i patrzył na lata i nieprawdy, które będzie musiał znieść. Młody, budowany rok po roku świat legł w gruzach. Chyba wiedział, o co babci chodziło z tą wojną. Ściany miał tuż przy twarzy. Ruiny raczej. Sam nie wiedział. I rozryczał się. Nie dlatego, że był mięczakiem czy płaksą. Po prostu wiedział, że może sobie na taki płacz pozwolić. Że jeśli już w ogóle miałby płakać, to póki nikt nie widział.

Ale nie to było najgorsze. Najgorsza była samotność: nikomu nie mógł o tym powiedzieć. Ani Zuzi, ani rodzicom, ani Mateuszowi. Na dobrą sprawę nie mógł tego powiedzieć nawet sobie.

Płacząc i smarkając, zrozumiał, że odtąd tak już zawsze będzie. Przyjdą inne kartki. Zniszczy je albo ukryje. I z nikim o tym nie porozmawia. Będzie dobrym synem i człowiekiem. Nie zawiedzie rodziców. Oni go nie zawiedli. Aż pewnego dnia w tej samotności dotrze do momentu, do którego dotarła babcia-ciocia: złośliwe nieliczenie się z ludźmi i przedmiotami, nagroda przyznana sobie przez siebie za lata milczenia".

Przyglądam się kartkom przed nami. Zbyszek pisał na maszynie, czysto, on zawsze był stosunkowo schludny. Tusz zblakł, a niektóre litery są czytelne dlatego, że czcionki odcisnęły się w papierze jak wróble łapki.

– Nie miałem pojęcia, że napisałem taki serial.

– Przesadzasz. Ja się wzruszyłem.

– Wiesz, czego najwięcej pragnę?

Obraca twarz w moją stronę, uśmiecha się, nie do mnie, uśmiecha w przeszłość, tak do samego siebie z wtedy.

– Najbardziej chciałbym podać dłoń tamtemu mnie. Tamtej przerażonej istotce przed skrzynką pocztową z kartką w rękach. Chciałbym mu powiedzieć, że będzie dobrze, musi tylko wytrzymać. Musisz wytrzymać.

Odwraca wzrok, oparcie łóżka wbija mu się we wzrok.

– Zakochiwałem się tylko w dziewczynach. I to bardzo i bardzo bez pogłębionej wzajemności. Do chłopaków nic nie czułem. Równocześnie w jakimś paśmie mnie rejestrowałem wszystkie wizerunki roznegliżowanych mężczyzn. Jakbym cierpiał na fantomowe pożądanie. No, wiesz, jak z fantomowymi bólami: ucinają nogę, a ona nadal boli. Nie ciągnęło mnie do facetów. Czasem ktoś żarciki sobie robił i coś tam o pedałach wtrącał. Na początku się śmiałem, żeby być jak inni. Ten rechot nie brzmiał wesoło. Poszedłem na studia jako prawiczek. Nie wiedziałem, co było ze mną nie tak. Podobałem się dziewczynom, a jednak zanim miało dojść do zdobycia ostatniej bazy, one wycofywały się i zostawałem sam ze sterczącą pałą. Miałem dwadzieścia dwa lata i poznałem Annę. Jej z kimś nie wyszło, mnie też się nie udało. Znowu. Zaczęliśmy ze sobą chodzić. Przespaliśmy się. Byłem szczęśliwy. Już nie byłem prawiczkiem, rozumiesz? Wreszcie. Dwadzieścia kurwa dwa pierdolone lata.

Mam ochotę Zbyszka przytulić, wiem, że nie wolno. To jego opowieść. Ja w niej jestem tylko przechodniem.

– Wynajmowałem na trzecim roku mieszkanie i przyszli znajomi, w tym licencjonowany pedał zwany Patryczkiem z Plant. Wyszedłem do toalety. Słyszałem, jak Patryczek dosadnie komentuje: George Michael? Pedały słuchają. Reprodukcja Moneta? Pedały wieszają. Posegregowane kolorami podkoszulki? Pedały segregują, chyba że daltoniści, to wtedy nie, doprecyzował. Skręcałem się na kiblu ze wstydu i rozpaczy. Byłem pewien, że moje życie właśnie zostało załatwione odmownie. Jutro nie będę taki jak dziś. W ogóle nie będę. Powiedzą Annie, kim jestem, a ona mnie zostawi. Wróci wstyd, tym razem jednak mnie wykończy. Mimo to wyszedłem z toalety jakby nigdy nic. Uśmiechałem się, żartowałem, taki klaun do rany przyłóż. Poszliśmy do jakiegoś klubu i spędziliśmy ileś tam godzin na zabawie, choć myślałem wyłącznie o powrocie do domu i o nieokiełznanej potrzebie zwierzęcego wycia. Wył we mnie ten mały, niewinny chłopiec. Nikt nigdy mnie tak nie upokorzył jak ta licencjonowana cioturzyca. Życzyłem mu napaści w parku, chociaż wiedziałem, że wypowiedział prawdę. I to również było bolesne. Ale najboleśniejsze było to, że nie potrafiłem tej prawdy zaakceptować. Nie rozumiem, dlaczego od razu po powrocie z klubu nie popełniłem samobójstwa. Po prostu nie kumam, jak to się stało, że przeżyłem. Ten wstyd palił siarką.

Kiedyś odprysk z zapałki spadł mi na skórę i wżarł się w ciało. Do dziś mam bliznę na udzie. Więc to było jak z zapałką, tylko że to ja byłem zapałką. Wstyd palił i żarł mnie po kawałku. Widziałeś, jak wąż połyka ofiarę? Nie jadłem, nie spałem, myślałem, co zrobią rodzice, gdy dowiedzą się, że nie żyję.

I wiesz co? Ona mnie uratowała. Zaniepokojona moim zaniknięciem, przyszła do mieszkania. Dorobiłem jej klucze kilka miesięcy wcześniej. Znalazła mnie cuchnącego pośród zasmarkanych chusteczek, puszek po piwie i syfu, jakby mnie ktoś wywalił na śmietnik. Opowiedziałem jej o Patryczku z Plant. Powiedziała, że tacy jak on to żadne Planty, a palanty. Nie zapytała, czy jestem gejem. Przytulała mnie, gładziła po włosach, powtarzała, że jestem wspaniałym facetem i partnerem. I że będzie dobrze. Muszę jej tylko zaufać. Będzie dobrze. Zaufaj mi, Zbyszku.

Wiem, że on wie, że z nim jestem, a mimo to potrzebuję dla samego siebie jakiegoś utwierdzenia obecności w jego historii. Moja historia była inna, choć wyobcowanie podobne. Wszyscyśmy musieli przez to przejść, to znaczy – ci z nas, którzy przeżyli i nie stali się automatonami.

– I jej zaufałem. Ona ocaliła mi życie, Psie. Bardzo ją kochałem. – Zbyszek wysiąkuje nos i podejmuje na nowo wątek. – Ja ją naprawdę kochałem i naprawdę jej nie oszukałem. Dopiero po latach stopniowo docierało do mnie, jakby w plasterkach, w stop-klatkach, że w pornosach bardziej skupiam się na facetach. Ona miała swoje seksualne potrzeby, ja miałem coraz większe koszmary. Krzyczałem przez sen. Wiesz, co krzyczałem? „Zuziu, ratunku, Zuziu!" Cofnąłem się głęboko do czasu, gdy siostra była moim obrońcą i najważniejszą osobą na świecie. Czy ja byłem zły?

Chwytam go za rękę i ściskam.

– Nie wiedziałem, kim jestem, a przede wszystkim nie wiedziałem: po co? Po co jestem? Czemu taki? Rozumiesz? Czemu, Psie?

Chcę mu powiedzieć, że rozumiem, że też nie rozumiałem: po co taki jestem i co lepsze: pociąg czy rzeka?

– Zaczęło się psuć między nami, chociaż do końca, do samiutkiego końca byliśmy dla siebie bardzo czuli. Ciało w ciało spaliśmy, usta w szyję, dłoń w dłoni i to było prawdziwe. A potem mi się przyśniłeś. Stałeś z pianką do golenia na twarzy, w bokserkach przed lustrem w łazience na działce rodziców. I poczułem, że jeśli do ciebie nie podejdę, to nie będę miał kolejnej szansy. Opowiedziałem jej o wszystkim, a właściwie to opowiedziałem o niczym, bo nic się nie wydarzyło między nami. Nawet nie wiedziałem, czy istniejesz w oderwaniu od ludzi z literackiego światka. Na początku zbagatelizowała moją opowieść, potem do niej dotarło. I widziałem, że było to jak uderzenie pięścią w brzuch. Bardzo przeżyła rozstanie, ale rozumiała, naprawdę rozumiała, że innego końca być nie mogło i nie będzie. Co nie oznacza, że się z tym pogodziła albo mi przebaczyła. Nic z tych rzeczy... I tak oto znalazłem się obok ciebie, Psie. Głupi, śmieszny Psie. Sam powiedz, czy ja byłem zły?

***

Porywa mnie strumień, pochłania całego. Przepływają przeze mnie małe zdarzenia i małe pokoiki, sny na jawie. Niekiedy jawa wkrada się do snu. Piszę w nim zamówioną recenzję, a potem dzwoni redaktor z pytaniem, kiedy ją prześlę. Odpowiadam, że już to zrobiłem. Konsternacja. No, tak – znowu pracowałem we śnie i dlatego wstałem taki niewyspany.

Teraz to nie ma znaczenia. Już nie pracuję we śnie. Teraz wszędzie jest Zbyszek. Prawdziwy, a granica przestała istnieć.

DOBRO

Już w całym królestwie zakwitły forsycje. Książę wglądał się w żółtokwiecone krzaki podobne stadom baranów. W dłoni trzymał jedwabną chustkę. Patrzył, jak materiał trzepocze pomiędzy jego palcami, i myślał o smutku, który smutek przecież wczepiał się w jego pierś i nie puszczał pazurów. Był księciem, lecz brakowało mu przyjaciela. Nie miał nikogo, komu mógłby opowiedzieć, że owsianka go smuci. A dni przypominają noce, a noce świecą światłem dnia wprost w oczy. Upuścił chustkę w przestworze.

Nazywał się Zbyszko, liczył sobie dwanaście lat i był delfinem, co oznaczało mniej więcej tyle, że dziedziczył tron z przyległym królestwem.

Dziś kazano strzelać do zajęcy, na pasztety. Ojciec na męskość zalecił, pomimo matki, niechętnej zabijaniu, a skłonnej do jedwabi.

O świcie koń już czekał na dziedzińcu, ogier gniady imieniem Janek w bogatym siodle. Książę dosiadł wierzchowca i nakazał podać strzelbę, co uczyniono niezwłocznie, a srebrnych kul mu nie brakowało.

Już jadąc konno, zerknął na urękawicznioną dłoń, na której przysiadło się biedronce. Kropek miała kilka i czułków parę, a księcia nagła zdjęła tkliwość i myśl, że wszystko minie, bo był naprawdę całkiem mądrym księciem.

Zajęcy brakło, książę zaś spocił się i uczuł pragnienie, a dojrzawszy samotną chatynkę, udał się ku niej, łup-łup w drzwi zagrzmocił i nie czekając na zaproszenie, wkroczył do wnętrza o ścianach z bali zamacerowanych słomianym tynkiem, przy których stało dosłownie nic.

A zastał tam równolatka o grzywie z siana, słomkowej i sterczącej.

Leżał chłopak na słomie rozrzuconej po klepisku, a w dłoni trzymał też nic.

Książę przyglądał się tej dłoni. Ona jakby ściskała coś wyobrażonego, trzymała, choć była to pustka, czyli jakby słowo. I pot nieznajomkowi również się zebrał na koszuli. Przesiąkał lichą tkaninę ten pot.

– To będzie mój przyjaciel – postanowił książę, nagle zapominając o pragnieniu.

Przykazawszy sługom sprowadzić nowego pierwszego przyjaciela, pogalopował do zamku.

Poniżej murów zewnętrznych rozciągały się krzaki i zarośla z podgrodziem, a za nimi miasto właściwe, a za kolejnymi murami, znacznie wyższymi, wznosił się zamek, na którego szczycie pysznił się pałac królewski. A były też fosy z krokodylami, zapadnie i wieże strzelnicze oraz ludzkie mrowie. A wszystko to kiedyś będzie należeć do niego.

Zdał konia, twarz odświeżył z pomocą odświeżającego i stał u zamkowej bramy w maskowanej niecierpliwości, póki nie nadciągnęła jego drużyna. Książę nie dostrzegał pośród rycerzy wybranego niedawno przyjaciela.

– Gdzie on? – zapytał, a główny pstryknął palcami i dotargano przed niego wielki kołowrotek z nawiniętym łańcuchem. Kręcić począł, a łańcuch zgrzytać, aż ukazał się chłopak z chałupy, zakuty w metalową obręcz na szyi; do obręczy łańcuch przybito i dodano jeszcze kajdany na nogach i nadgarstkach.

– Coście uczynili?! – wykrzyknął Zbyszko.

– Książę, rozkaz był jasny: doprowadzić. No i to uczyniliśmy zgodnie z kanonami doprowadzania.

Zbyszko bezwzględnie nakazał rozkuć gościa, a do rozkutego podszedł i spojrzał w przestraszone oczy. Oczy jego zielone jak trawniki i żółte forsycje gdzieś mu w tęczówkach kwitły.

– Dzień dobry. Jestem księciem i bardzo przepraszam za zakucie przez nieporozumienie. Jeśli chcesz zadośćczynu, każę zakuwających powychłostać.

Chłopak nie chciał najwyraźniej, nie potaknął bowiem ani-ani, jeno podążył strachliwie za księciem na komnaty, okazało się, że jadalniane.

– Zawadzał mi brak przyjaciela – rzucił książę nad obrusem przy późnym śniadaniu.

– A ja mam psa – nowy odezwał się po raz pierwszy. – I liże mnie po twarzy, i pachnie jak zmoczona pszenica. Nazywa się Pies – dodał.

– U mnie chadzają pawie, żaden mnie nie polizał po twarzy. Za to pachną przednio i biją się z łabędziami.

Owsiankę podano z suszonymi płatkami różanymi.

– A jak masz na imię? – zapytał książę, wstrzymując nad porcelaną łyżkę, z której opadły kwiatowe płatki.

– Mówią na mnie „ty" albo „on", a najczęściej to nic nie mówią, tylko kuksają w bok przez łeb.

– Czyli jesteś tak biedny, że nie posiadasz nawet imienia?

– Na to wychodzi, prawda?

– Zaraz nadam ci imię. Tylko wcześniej posilę się owsianką. Jedz, proszę, jest bardzo zdrowa, dlatego smakuje jak za karę.

Chłopcy zabrali się do pałaszowania książęcej owsianki, wszakże bardziej pałaszował nowy – od trzech dni nie miał w ustach nic ciepłego za wyjątkiem psiego pyska.

– Orjan. Tak cię będę wołał. Orjan znaczy złoty. Tak przynajmniej twierdzi mój nauczający Ksiąg.

Książę wstał od stołu i gestem nakazał podążać za sobą. Zapragnął pokazać swoje komnaty, a były one liczne niby rycerska drużyna, a wykończone niczym paradna szata księżniczki.

– Opowiedz o sobie, mój jedyny najlepszy przyjacielu – zalecił Zbyszko, przysiadłszy na otomanie w bawialni i wziąwszy w dłonie mechaniczną lalkę. – Nazywa się Julcia. Mam ją po babci. Babci się pomarło dwa roki temu – dokończył smutno.

– A u mnie zmarło się siostrze na zeszłe przesilenie – nieśmiało przemówił nowo poznany.

– A na co, Orjanie? Bo na przykład babci zaszkodziły steki z wieloryba. Fiszbin ją przebił na wylot.

– No, tak zwykło się siostrze zmarło, jak zmiera się pomiędzy swoimi. Z głodu.

Książę Zbyszko miał zamyślone oblicze.

Czasem bywam głodny, wtedy jednak coś zjadam. I daleki jestem od umierania. Czyżby siostrze nie smakowały domowe posiłki?

– Bardzo by smakowały, jeno susza spaliła plony, a nasze pole rodzi obficie wyłącznie kamienie na żwirze, a to niesycące.

– Dziwne obyczaje – mruknął książę do siebie pod swoim książęcym nosem.

– Drogi panie księciu, chętnie zmienilibyśmy te obyczaje. Tylko nas nie stać.

Milczeli, a mechaniczna lalka maszerowała dokądś donikąd w ręce księcia.

– Nad czym rozmyślasz, panie księciu?

Zbyszko wyłączył Julcię i odstawił ją czule na dywan.

– Rozważam, czy aby nie poprosić mego ojca pana króla o wydanie specjalnego dekretu.

– Jakiego dekretu? – zdumiał się nowo nazwany Orjan.

– No, takiego, który przymusza ziemię do rodzenia więcej i zakazuje śmierci z głodu pod groźbą kary śmierci. Ale to wydać musi ojciec, bo ja tej pracy nie zrobię.

– A mój tatko – odpowiedział nowy – uważa, żem do prac leniwy, a ja po prostu zasypiam nader często i nieomal wszędzie, ponieważ muszę śnić historie, które mi się śnią.

– A jakie historie śnisz, mój przyjacielu? – zapytał cicho i zaczekał cierpliwie na odpowiedź.

– Na ten przykład śnię o mężu jeżdżącym w stalowoszarej karocy bezkonnej albo latającym wielkim lampionem urodzinowym. A w tym lampionie jest oberża, wodospad z góry spada do umycia się i sypialnia jest z łożem rozbujanym jak gałęzie drzewa wiatrem. W ogóle zawiera ten lampion wszystko, wszystko!

– Czy zapisywałeś kiedyś twoje sny, mój przyjacielu?

– Panie księciu, ja nie potrafię zapisywać. Nie potrafię nawet czytać.

Zbyszko powstał nagle, podszedł do ciągle niczym struna wyprężonego Orjana i schwycił go za rękę.

– Chodź za mną, mój przyjacielu, nauczę cię zapisywać sny.

Książę zatrzymał się przed wielkim stołem, bogato rzeźbionym, i odsunął fotel, aby następnie gestem zaprosić nowego do zajęcia miejsca.

Pojmaniec przysiadł niepewnie jak wróbel na skraju, gotowy w każdej chwili poderwać się do lotu, tymczasem Zbyszko zdjął coś z półki i zaniósł na stół, i ułożył przed obliczem młodzieńca.

Zatrzymał się za oparciem fotela i pochylił w taki sposób, że jego oddech muskał obcy policzek, a czuł przy tym ciepło bijące od pojmanego chłopca niby od nagrzanej zbroi.

– Otwórz! To jest Księga Ksiąg. Od niej wszystko się zaczyna i na niej kończy!

Nowy dotknął połyskliwej tkaniny, skrywającej Księgę. Opuszki ślizgały się po materiale, oszołomione jego gładkością i chłodem.

– Co to jest? – zapytał.

– Jedwab z Veluru.

Parobek przyłożył dłoń do owego jedwabiu, zupełnie tak jak przykładał dłoń do rozpalonego głodem czoła siostry. Jej ciało wypiekało wtedy z samego siebie podpłomyki z niczego, aż skurczyło się i rozpadło na podobieństwo patyka w dogasającym ognisku.

– Panie księciu, czy ja również mogę nadać ci imię? – ośmielił się zapytać chłopak.

– Mam już bardzo wiele imion – odparł książę. – Kolejne mi nie zawadzi. Wypowiedz je tedy.

– Jedwabny. Tak myślę o tobie, panie księciu.

– Jedwabny i Orjan. Złoty. Ładnie całkiem.

– Ojciec mówi, że mi słoma z uszu wystaje.

– Zatem jesteś Słomianym? – Książę znowu popadł w namysł. – Jedwabny i Słomiany. Tak będziemy się sekretnie zwać, a teraz otwórz Księgę! – pospieszył.

Słomiany delikatnie zdjął futerał. Jego oczom ukazała się biała okładka pierwszej książki, jakiej dotykał w życiu. Wcześniej księgi widywał jedynie z daleka w świątyni Pana i Pani.

Na okładce widniały z niczym niekojarzące się znaki oraz na obrzeżach malutkie, misternie namalowane zwierzątka: wiewiórki goniły lisy pędzące na tury gnające za niedźwiedziami po brzeg i przepaść okładki.

– Elementarz – rzekł książę Jedwabny. – Tak napisano na tłoczonej okładce.

Słomiany otworzył Księgę. Na tytułowej stronie powtarzały się znaki z okładki, a karta stronicy była gruba i tęczująca, gdyż wykonano ją z prasowanych i suszonych śledzi zamorskich i obficie solonych, najlepszych na świecie do zapisywania myśli.

Na kolejnej stronie widniał znak rozstawionej drabiny z poprzeczką, pokazanej z boku, oraz kilka niewielkich rysunków dookoła.

– To „A". Tak ta litera się nazywa. „A". Ona jest najpierwsza pośród wszystkich – dopowiedział Jedwabny.

Na kolejnej stronie stała litera „B" podobna do niczego, co Słomiany mógłby znać.

I w taki oto sposób nowy przyjaciel dopoprzewracał cały elementarz do końca i nauczył się wszystkich liter, pamięć bowiem miał jak gąbka: od urodzenia czekała, aż pojawi się coś wartego zapamiętania. Dotąd przydarzały mu się rzeczy pamiętania niewarte albo domagające się zapomnienia.

– A teraz, mój przyjacielu, skoroś nauczył się liter, musisz opanować sztukę pisania. Ona jest niełatwa i brudzi palce atramentem. Osobiście nie przepadam.

Jedwabny odszedł, tym razem po pergamin, pióro i inkaust. Ustawił wszystko przed Słomianym.

– A teraz napisz moje imię – powiedział prosto jak strzała, a serce mu zatrzepotało niby ważka pochwycona w dłoń.

Słomiany schwycił pióro. Oglądał je z każdej strony, równocześnie drugą dłonią gładząc pergamin.

Jedwabny otworzył flaszkę z inkaustem.

– Tata takim atramentem podpisuje wyroki śmierci i ułaskawienia – rzekł zza Słomianego wprost w jego ucho i przez chwilę ochota go brała, aby je polizać albo ugryźć.

Słomiany umoczył pióro w atramencie. Poczekał, aż nadmiar skapnie do kałamarza, i nakreślił pierwszą literę w swoim życiu. „J" się chwiała na boki, a dolny zawijas skręcił się w świątynny klucz.

– Bardzo ładnie, mój przyjacielu – pochwalił go książę.

Chłopak skończył pisać imię Jedwabnego i poczuł ogromne zmęczenie.

– Jedwabny, chyba zaraz zasnę – powiedział, wstając z krzesła.

– Będziesz śnić sny, które muszą ci się śnić?

Słomiany ułożył się na dywanie i już po chwili pochrapywał, książę zaś przysiadł przy nim, aby uchem i oczami nasłuchiwać ech snów. Przychylił twarz do twarzy leżącego, znowu czując wibrujące ciepło drugiego ciała, i pomyślał, że to jest dobre i że ma bardzo najlepszego jedynego przyjaciela.

Słomiany wstał i pierwszej chwili nie wiedział, z jakiej łąki wstaje, na pewno miękkiej i ukwieconej puszystymi wzorami, a do tego otoczonej horyzontem złotym. Dopiero po chwili przypomniał sobie cały dziwny dzień, księcia, kajdany, owsiankę i Księgę.

W pomieszczeniu było dwoje drzwi. Spróbował je otworzyć, lecz okazały się zamknięte jak serce taty.

Ponieważ nie miał nic lepszego do roboty, usiadł przy stole i napisał pierwsze zdanie: „Jestem sam sam". Tym razem „J" mniej przypominało świątynny klucz, a bardziej haczyk. Słomiany przyjrzał się pergaminowej stronie z satysfakcją. Nikt w jego rodzinie nie dokonał niczego podobnego, choć wielu rzeczywiście było „samych samych".

Kontemplował swoje pierwsze zdanie, gdy w zamku zgrzytnął klucz i wielkie drzwi stanęły otworem, a w nich ukazał się Jedwabny.

– Mój przyjacielu, chodźmy do kąpieli – rzekł i wyciągnął dłoń, ku której Słomiany podążył, choć nie śmiał jej ująć.

Dwie łaziebne zdjęły z księcia warstwę po warstwie, po czym zabrały się za Słomianego, a poszło im prędzej niż szybko, jako że miał na sobie niewiele ponad łatane w nieskończoność dziury.

Jedwabny zstąpił po stopniach do wielkiej wanny, za nim podążył chłopak. Usiedli na podwodnych stołkach ramię przy ramieniu.

– Chyba zacznę cię kochać, mój przyjacielu. Taka jest kolej rzeczy w przyjaźni. – Wyznawszy myśl, książę zamilkł w zakłopotaniu.

– Czym to jest? – przerwał ciszę Słomiany.
– Ach, to są oceaniczne gąbki-lemoniadki. Wspaniale się pienią i odświeżają. Zobacz sam.

Książę uchwycił burą porowatą kępę i zanurzył w wodzie, a następnie przejechał po ramieniu Słomianego. Tam gdzie gąbka dotknęła skóry, tworzyły się bąbelki jak w lemoniadach.

– Powąchaj teraz – poradził Jedwabny.

Chłopiec przyłożył niepewnie nos do swego ramienia.

– Te gąbki-lemoniadki muszą mieszkać w najbardziej pachnącej rzece oceanu! – wykrzyknął.

– Och, pewnie masz rację. Nigdy nie widziałem oceanu. To dziwne, albowiem nazywają mnie delfinem. Gdy zostanę królem, to obowiązkowo podbiję jakieś królestwo z morzem, bez dwóch zdań, szast-prast!

Po kąpieli książę pozwolił wytrzeć się i odziać służkom.

– Panie księciu, a gdzie moje odzienie? – zapytał Słomiany.

– Kazałem je spalić. Zaraz przyniosą nowe szaty dla mego nowego i jedynego przyjaciela.

I rzeczywiście w chwilę po słowach Jedwabnego przybył osobiście nadworny toaletnik z naręczami ubrań, dźwiganymi przez sześć ku ziemi przygiętych kobiet.

– Wasza wysokość, czy to tego młodzieńca mam odziać?

– Tak, a uczyń to chyżo, bo mi przyjaciel się wyziębi.

Nadworny toaletnik skłonił się głęboko, obszedł nagiego Słomianego dookoła dwa razy, oddalił się trzy kroki, przybrał pozę głębokiego namysłu. Nagle palcami pstryknął, jakby go oświeciło, a uniesienie brwi starczyło do przywołania asystentek stroju.

Następnie toaletnik złożył przed Słomianym wybrane sztuki odzienia, podobnie do kota składającego upolowaną mysz przed swoim panem. Słomiany nawet się zastanowił, czy nie powinien nadwornego toaletnika podrapać za uchem, jako że w taki sposób nagradzał swoją koszkę.

– No, wyglądasz zupełnie inaczej. Jakbyś się urodził w tym stroju. Chodź, przejrzysz się w najlepszym zwierciadle.

Wtedy Słomiany ujrzał się w odbiciu. Patrzył na niego obcy chłopak o oczach wielkich niczym zatoczki zarośli z kaczeńcami. Był szczupły i na swój wiek chyba wysoki. Strój nosił szary i prosty, z mdło księżycowym poblaskiem, i widać było, że najlepszej jakości.

– Chodźmy pożegnać się z panią matką królową przed snem – zadecydował książę, a parobek nie ośmielił się oznajmić, że będzie mu trudno się pożegnać z racji braku przywitania.

– Tutaj będziemy spać. Kazałem naszykować dodatkową pościel, nie martw się, mój przyjacielu, łóżko jest ogromne. Spokojnie się pomieścimy.

Słomianego onieśmielało łoże większe niż cała jego chata.

– Odziej, proszę, szlafrnycę na piżamę. Widzisz? O, tak to zrób – poradził Jedwabny, przebierając się mgnieniem oka.

Słomiany poszedł w jego ślady, chociaż potrzebował pomocy przy guzikach. Wymykały mu się z rąk niczym piskorze w strumieniu.

Ułożyli się wzdłuż siebie, każdy pod swoją kołdrą, a tak oddaleni, że nie zdołaliby się dotknąć, nawet wyciągnąwszy rękę tak hen, hen, że powinna dosięgnąć gwiazd.

– O czym myślisz, mój przyjacielu?

– Myślę o Księdze Ksiąg. Przed oczyma wirują mi litery i łączą się w słowa. Też takie, których nie ma.

– Na przykład jakie?

– Melep albo kakaj.

– A jak wyglądają?

– Melep ma duży płaski łeb i rusza się tak powoli, że prawie stoi w miejscu jak głaz-osioł, a kakaj dla odmiany jest bardzo ruchliwy i boi się każdego szmeru, a słyszy szmery, nawet gdy śpi, i wtedy kończyny mu dziwacznie drgają, jakby kicał przez sen. No i kakaj najbardziej boi się kopstópek.

– Trudno być kakajem – rzekł książę i natychmiast runął kamieniem w sen, nie dotrzymawszy obietnicy przedsennej zabawy.

Słomiany oka nie zmrużył. Nasłuchiwał niebezpieczeństw po kakajowemu, miękkość natomiast łoża przydawała mu tylko lęku.

Słomiany myślał o ojcu i matce.

A gdy już słońce wstało, Słomiany pomyślał o istocie, która z pewnością zauważyła jego nieobecność: Pies!

„Cóż porabiasz i gdzie, mój wierny Psie?" – zamyślił Słomiany.

Jedwabny, leżąc na boku, otworzył oko, które dojrzało Słomianego, leżącego jak i on sam uprzednio na plecach.

Oko popatrzyło na Słomianego, po czym się zamknęło, a potem to już otwarło się oboje oczu.

– Dzień dobry, mój przyjacielu. Mam nadzieję, że nie jestem we śnie.

– Panie księciu, a czyż byłoby źle, gdybym był w twoim śnie? – odparł Słomiany, zerknąwszy wcześniej na swego suwerena.

Jedwabny obrócił się na drugi bok, aby dosięgnąć brzęczyka na nocnej szafce. Nacisnął, rozbrzmiało po skrzydle pałacu i zaraz pojawił się śniadalniany.

– Dziś zjemy w łożu – zarządził książę.

Śniadalniany skłonił się i szparko pobiegł zgodnie z obyczajem pomiatać podwładnymi.

– Nie przesypie się pół małej klepsydry, a śniadanie podadzą. Ale, ale widzę, mój przyjacielu, że coś cię zamartwia.

– Jedwabny, zyskałem pierwszego ludzkiego przyjaciela, podczas gdy zaginąłem swemu psu, co się wabi Pies.

– Psy w pałacu są zakazane, albowiem pani matka odczuwa wściekliczę na sierść. Kicha w kawior i są szkody w zastawie.

Słomiany tkwił w markotności, gładząc bezwiednie satynę pościeli.

– Nie martw się, mój przyjacielu. W ogrodzie mam altankę prywatną, gdzie trzymam osobiste dobra sekretne. Twój pies mógłby tam zamieszkać z wielką dozą prawdopodobności. Choć musiałby uważać na rabatki i ptaki dodo z powodu ogólnej wścieklicy mej pani matki na sierść i przeczulenia na punkcie rabatek. Czy twój pies jest okazały?

– O, nie, panie księciu! Jest rozmiaru dwóch wiewiórek naraz!

– Zaiste, niewielki jest twój pies, co dobrze się składa. Mniej będzie się rzucał w oczy przy rabatkach.

Śniadalniany właśnie wkroczył z czworgiem pomocników. Ustawiono stoliki śniadalniane, a na nich spiętrzono ogrom konfitur, flaków z fruktów, pieczyw i sorbetów warzywnych wraz z kawą zbożową, mlekiem, sokami i napojem ze sfermentowanej czarnej porzeczki.

Ubrawszy się, Jedwabny oznajmił, że oddalić się jest zmuszony na lekcje fechtunku, natomiast Słomianego oczekuje już nauczyciel Ksiąg, a po tych zajęciach udadzą się na przejażdżkę wokół fosy z krokodylami.

Nauczyciel Ksiąg okazał się starcem o siwej brodzie zaplecionej w dwa warkocze, spięte z wąsami na kształt obwarzanków. Słomiany roześmiał się na ten widok, gdyż nigdy nie widział człowieka tak podobnego do borsuka. Nauczyciel-borsuk spojrzał na młodzieńca srogo spod nastroszonych brwi. Słomiany zamilkł speszony.

– Wybacz, czcigodny starcze, mój niestosowny śmiech.

Nauczyciel zignorował go i wskazał na proste krzesło i proste biurko z papierem, piórami i kałamarzem.

– Zobaczmy, czego się wczoraj nauczyłeś w kilka klepsydr. Napisz: „Kto się śmieje, ten jest głupi".

Słomiany zabrał się do mozolnego niekaligrafowania. Przypominał sobie litery, a nie wszystkie teraz były równie wyraźne jak przed snem, mimo to dobrnął do kropki.

– Musimy cię nauczyć wielkich i małych liter. Interpunkcji i ortografii. Kaligrafią zwalczymy twoje kulfony, jako że wszystko tutaj kuleje – tak rzekł nauczyciel, a Słomiany poczuł, że on wcale nie był niezadowolony.

Nauczyciel Ksiąg pokazywał i tłumaczył zasady rządzące płaskim językiem z kart, a zasad tych było więcej niż komnat w pałacu. Słomiany chłonął je jak wczorajszego dnia.

– Na dziś wystarczy, chłopcze. Widzimy się jutro.

Słomianemu głowa trzeszczała od liter, słów i reguł, próbujących ułożyć się pod czaszką jak kłótliwe kury na grzędzie, dziobiące jedna drugą.

Na korytarzu czekał już Jedwabny.

– I jak było, mój przyjacielu?

– Głowę mam jakby poobijaną – odparł Słomiany.

Wieczorem chłopcy leżeli wzdłuż siebie, zmęczeni.

– Chciałbym, żebyś mnie objął i przytulił – powiedział Jedwabny.

Słomiany nie wiedział, jak się zachować. Pragnął objąć swego przyjaciela księcia, a równocześnie wydawała mu się taka możliwość głęboko nieprawdopodobna.

– No, już! – pospieszył Jedwabny, zaś Słomiany odgarnął swoją kołdrę i wśliznął się pod tę książęcą, a pod nią przytulił przyjaciela.

– Dziękuję – rzekł książę, zasypiając, a Słomiany nic nie miał w odpowiedzi, gdyż nigdy nie dotykał tak blisko i tak długo drugiego ciała bez sierści.

Obudzili się równocześnie.

– Dzień dobry, książę. Mam wrażenie, że twoja osoba idealnie pasuje do mojej osoby. Nigdy nie spałem z nikim, kto byłby tak bardzo dookoła mnie jak powietrze.

– Dzień dobry, Słomiany. Ja również odnoszę znakomicie takie samo wrażenie. Jakbyś był moim doskonałym zewnętrzem, a równocześnie jakbym był środkiem tego zewnętrza, czyli ciebie całego. Rozumiesz?

Słomiany odważył się pogłaskać książęcą skroń.

Chłopcy leżeli przytuleni, oddychając jeden w drugiego.

– Och! – rzekł książę.

– Tak – odparł najlepszy przyjaciel.

Trwali w błogim przebudzeniu kilka chwil, aż książę nacisnął brzęczyk i pojawił się śniadalniany, a po nim wjechało nad łoże śniadanie.

Pojadłszy, zażyli odświeżających kąpieli i udali się ku swoim zajęciom – Jedwabny fechtował, a Słomiany zgłębiał tajemnice Ksiąg. Wypuszczali się również na coraz dalsze przejażdżki – Jedwabny na ociupinę okulałym Janku, a Słomiany na pogodnej Hance, żyraficy.

Chłopcy byli nierozerwalni, co jeden pomyślał, to drugi wiedział.

Pewnego dnia – lato już przyszło, a chłopcy przepędzili wspólnie cały rok – Zbyszko wpadł podekscytowany do komnaty, gdzie zastał Orjana nad kolejną księgą, a czytał on wszystko: traktaty alchemiczne i o hodowli fasoli, a także bydła mlecznego i o konstrukcji żagli.

– Dziś ojciec pozwolił mi sprawować sądy! Cieszysz się?

Słomiany podniósł głowę znad księgi, spojrzał na przyjaciela i uśmiechnął się z głębi siebie, a wtedy jego twarz po prostu promieniała niby lampion albo palenisko.

– Cieszę się, mój Jedwabny, przyjacielu. Bardzo.

W Sali Rady na tronie zasiadł książę, z tyłu po prawicy ustawiono krzesła dla królewskiej pary, a po lewicy stanęli doradcy oraz Słomiany, który dostąpił zaszczytu ujrzenia, jak jego przyjaciel sprawować będzie sądy po raz pierwszy w życiu.

Książę niekiedy konsultował decyzję z doradcami, a w kilku wypadkach zażądał dokładniejszego zbadania asuntu, odkładając decyzję na kolejne posiedzenie. Calutki zgromadzony lud przekonał się, jak Zbyszko jest rozważnym i mądrym księciem.

Ostatnim interesantem był wychudzony mężczyzna i towarzysząca mu równie wychudzona kobieta.

– Wasza wysokość – przemówił wieśniak – rok już będzie, jak zaginął nam syn. Szukaliśmy i pytaliśmy wszędzie, i do świątyni, i do zamawiaczek dawaliśmy na rozpytki i szachraje, jednako kamieniem on w wodę przepadł. Kto wie, czy nie przeniósł się w krainę swoich snów, wszak śnił obficie... Dobry książę, każdy kamień i krzak przypomina nam naszą stratę, a dopowiem o córce, co pomarła na dwa roki w tył. Dobry książę, nie ma tu dla nas dobrej przyszłości, dobra przeszłość przepadła wraz z dziećmi.

Serce zabiło Słomianemu żywiej. Przesunął się spod ściany do pierwszego rzędu, pragnął dojrzeć proszalnego.

– Dlatego chcieliśmy prosić waszą dobrą wysokość – kontynuował mężczyzna – o pozwolenie na wyjazd do najodleglejszej Zaoceanii. Jeślibyśmy ruszyli w dwa dni, złapalibyśmy się na statek, odpływający z ościennej krainy.

Słomianemu powieki napuchły, gdyż widział akuratnie i jakby też naraz przez szkło rozmiękczające sylwety swoich rodziców, i jeśli nawet nie zdążył ich był dostatecznie miłować, to przecież jego synowska miłość nie została zeń wyrwana.

– Dobry człowieku i ty, dobra żono dobrego człowieka, współczuję wam waszej straty i pozwolenia na opuszczenie królestwa udzielam. Glejt ów obejmuje również waszego syna. Gdyby jakimś zrządzeniem Pana i Pani się odnalazł, on również z wami uda się do Zaoceanii. Tak postanowił królewski majestat.

Gdy książę skończył wypowiadać te słowa, kobieta upadła na kolana i rękę wyciągnęła ku grupie doradców. I rozszlochała się dźwięcznie jak dzwon świątynny, nieomal mdlejąc.

– Synek, synek! – krzyknęła.

Słomianemu serce stanęło na kilka uderzeń szlochu matki. Pokonał ciężkość członków i opuścił grupę doradców, aby podejść do rodziców. Matka rzuciła mu się z objęciami, przygarniając straconego syna do wątłej piersi, a ojcu drżała broda.

– Synek, synek – powtarzała w kółko matka.

Słomiany zdołał wyswobodzić się z uścisków matczynych i stanął obok starszych, a przed księciem oraz królem i królową, a także zdumionymi doradcami. Orjan patrzył mocno w oczy swego drogiego przyjaciela i czuł, że pod powiekami ponownie zbierają mu się gorzkie rzeki.

– Nie! Cofam decyzję! – wykrzyknął Jedwabny.

Nawtedy powstał pan ojciec król i dał znak, że Rada skończona. Podszedł do swego następcy delfina i powiedział:

– Zbyszku, słowo Rady jest słowem ostatecznym. Zastanów się, jakże inaczej mogłoby trwać królestwo albo i świat cały, gdyby wyroki przypodobniały się do chustki na wietrze? Raz w tę ją dmie, raz we w tę dmucha? Odebrałeś dziś najcenniejszą lekcję: sądzić należy z rozwagą, a jeśli to możliwe – najkorzystniej w ogóle decyzji nie podejmować.

Jedwabny pojął, że nieumyślnie wydał wyrok na ich przyjaźń. Zaszarżował ku Słomianemu z gniewnym okrzykiem, dopadł przyjaciela niby chart dropia i go przycisnął tak mocno, tak mocno – jakżeż mocno, choć nie dość mocno go przyciskał! – i wyszeptał w ucho rozpalonym tchnieniem:

– Pisz do mnie, mój najlepszy jedyny przyjacielu. Pisz, pisz dla mnie. Pisz.

Jedwabny nic więcej nie wyrzekł, albowiem na polecenie pana ojca króla straż ujęła książęce ciało pod ramiona, aby oderwać je i odciągnąć od druha. Zbyszko opędzał się zaciekle, broniąc siebie i najdroższego kompana, i ich byłego już bywania razem, i ich wspólnej przyszłości w najgłębszej przyjaźni, i na starość wspólnej śmierci, nieodległej jedna od drugiej. Walczył o przyjaźń i bliskość, które dopiero co się rozpoczęły, rok nazad ledwie, a już kończyły.

– Nie!

Słomiany zdołał dotknąć włosów przyjaciela i już gwałtem Jedwabnego wyciągnęli z Sali Rady. Pomieszczenie stopniowo pustoszało, a gdy już wszyscy wyszli i ostał się jeno Słomiany z biednymi rodzicami, komnata zdała się potężniejsza i potężniej przytłaczająca, a wysoko zawieszony sufit, cały z rzeźbami skrzydlatych postaci, nieomal spoczywał im na barkach, taki ciężar czuli, ogromny ciężar, jak gdyby cały ten sufit dźwigać musieli sami.

– Chodźmy, synu – rzekł ojciec tak zwykło, jak gdyby nic niezwyczajnego się nie wydarzyło.

Doczekali wydania stosownych glejtów i ruszyli, stawiając krok za krokiem ku nieznanemu światu. Zanim przekroczyli zamkowe mury, dognał ich jeden z giermków Jedwabnego, Jacob, i wręczył sporawy ekwipaż.

– Pan książę prosił o przyjęcie tych rzeczy jako dowodu głębokiego przywiązania.

Słomiany bezwolnie schwycił za ucha torby, lecz ni słowa nie dobył ze ściśniętego gardła. Upuścił torbę, objął się sam sam ramionami, zakołysał chwilę, chwilkę niby do melodii z pozytywki, i pogładził po policzku swój policzek, i podał sobie dłonie, z których jedną i drugą ucałował, a wtedy utoczyły się z niego dwie ogromne łzy.

– Chodźmy, synu – powtórzył ojciec.

I poszli.

Orjan nigdy nie rozmawiał dłużej z rodzicami, oni umieli komunikować tylko o świecie rzeczy i niewielu dostępnych im czynnościach, dlatego najwięcej to z siostrą lubił gadać – wygadywał jej o wystawnych przyjęciach, gdzie nieustannie pochłaniano górskie pasma najbardziej wyrafinowanego pożywienia.

– Braciszku! Jakie to śliczne masz gawędy! Jak ja bym chciała rzucić pawia pieczonym pawiem! Oj!

„Och, gdzie teraz jesteś, drobniutka Okruszko?” – pomyślał z bólem chłopiec.

Od opuszczenia pałacu Orjan nie wypowiedział ani słowa, a jego rodzice podzielali najwyraźniej milkliwą atmosferę albo oszczędzali tchu, gdyż próbowali dotrzymać kroku synowi w drodze powrotnej do domostwa. Ich syn – strącony w mroczne otchłanie studziennych krain własnego wnętrza – nie zwrócił uwagi na to, że jego młode, dobrze odżywione ciało radziło sobie z marszem w tempie nieosiągalnym dla zabiedzonych i niemłodych rodziców. Orjan parł do przodu tak jak na zatracenie, aż nagle z tyłu dobiegło go ojcowskie:

– Czekaj!

Pomimo to Słomiany kontynuował drogę, wołaniem obwiniając rozkojarzenie. Usłyszawszy drugie, cichsze „czekaj", zaczekał, nadal upewniony w tym, że sam sobie pod czaszką płatał złośliwe żarcidła. A skoro tak już stał, to i obejrzał się przez plecy i nie dostrzegłszy rodziców, począł biec z powrotem, aż opodal starego klonu o rdzawozłotych liściach zastał matkę i ojca. Matka opierała się o pień drzewa, ojciec klęczał, trzymając ją za rękę.

– Synek, coś mnie ubodło i zwaliło jak grad kwiecie z jabłoni. Przepraszam, synek. Taki urosłeś. I taki ładny się prezentujesz. Oj, synek, synek. Szczęśliwa, że dożyłam.

Orjan zawstydził się swojego zachowania. Nie wstydził się zniknięcia rok wstecz, nie miał na nie wpływu, a nadto sądził, iż jego zaginięcie przyniosło rodzicom ulgę, jedna gęba mniej do wykarmienia. Teraz jednak zawstydził go forsowny marsz, całkowicie niebiorący pod rozwagę konstytucji rodziców.

– Ojcze – przemówił – poniosę matkę na plecach.

Z walizy wydostał ubrania, związał je przemyślnie i z nich powstało prowizoryczne nosidło, w nim na grzbiecie syna z pomocą ojca wylądowała matka. Szedł wolniej niż dotąd, nie tyle przez wzgląd na dodatkowy ciężar – matka w ogóle mu nie ciążyła, lżejsza niż lekka zbroja, noszona przezeń od czasu do czasu, gdy ćwiczył się w mieczu z księciem – ile ze względu na wyczerpanego ojca.

Przed zmrokiem dotarli do chałupy, a tam czekał na niego Pies. Wierny Pies oszalał z radości, a Słomianemu ubył kamień na duszy.

– Odnalazła się moja strata i zguba.

– Odpoczniemy, a skoro świt ruszymy do portu – oznajmił strudzony tatko.

Orjanowi chałupa wydawała się jeszcze bardziej przechylona, niż gdy ją widział rok temu, i tak mała, że trudno było pomieścić w myśli, iż kiedyś mieścili się tam we czwórkę, nic jednak nie rzekł. Zjadł z rodzicami chleb maczany w zimnym sosie z łąkowych ziół i rozmoczonych nasion, a potem ułożył się gdzie dawniej – w kącie na świeżej słomie z psem w nogach. Wzruszenie go dopadło przy tej słomie z przyczyny, iż rodzice przez miniony rok ją wymieniali na świeżą, wiary nie gubiąc w jego powrót. Sprawdził, czy w skrytce pod podłogą nadal leżała jedwabna chustka – była.

Ciało chłopaka odwykło od takiego łoża, wyraźnie czuł twardość klepiska, a jednak się nie skarżył. Rozmyślał o Jedwabnym i o tym, czy jego najdroższy przyjaciel rozmyśla o nim.

Rankiem zjedli resztki z wczoraj i ruszyli w drogę. Orjan niósł matkę i swój ekwipaż, ojciec zaś na nasmarowanych tłuszczem i złączonych grubą liną płozach ułożył dwa worki zawierające cały ich dobytek, aby ciągnąć je jak wół bronę. Co dwie albo trzy małe klepsydry przystawali na krótki popas. I tak dotarli wymęczeni do gospody leżącej na skraju znanego im świata.

Oberżysta pozwolił im przenocować w stajni w zamian za napełnienie kamiennych poideł wodą ze studni. Wyciągali wiadra, targali do poidła, wylewali, aż złe słońce popłynęło za horyzont.

Orjan zdał sobie sprawę, że rodzice nie przetrwają podróży. Rozmyślał gorączkowo, a gdy rodzice zasnęli, postanowił przejrzeć dokładnie torbę i rzeczy otrzymane od Jedwabnego. Może coś nadałoby się do sprzedaży i starczyłoby na miejsca w dyliżansie, jeśli nie dla wszystkich, to chociaż dla matki?

Przekładał stroje, nóż w zdobnej pochwie, flakoniki i szpargałki, pawie pióro, aż znalazł przy skórzanym pasie zmyślnie dotroczoną malutką sakiewkę, a w niej kilka złotych i srebrnych monet oraz książęcy pierścień. Słomianemu łzy napłynęły do oczu: „Mój najdroższy Jedwabny, pomyślałeś i o tym. Pomyślałeś, mój najcenniejszy przyjacielu".

Rankiem, gdy rodzice jeszcze spali, udał się do karczmarza, aby zamówić miejsca w dyliżansie zmierzającym wprost do odległego portu. Mąż tłuściutki roześmiał się niczym z dobrego dowcipu:

– Ty, któryś nosił wodę ze studni jak ostatni biedak i spał z końmi, chcesz trzy miejsca do portu?!

Orjan wyprostował się:

– Jeśli nie zadośćuczynisz mojej prośbie, każę posłać po bijaczy do pałacu, aby cię oćwiczyli w grzeczności – a rzekłszy powyższe, rzucił na kontuar srebrną monetę.

Orjan nie wiedział, czy było to dość, wybałuszone oczy mężczyzny świadczyły wszak, że aż nadto.

I tak we troje dotarli do portu, bardziej wypoczęci, niż gdy wyruszyli, w ośmiokołowym dyliżansie ciągniętym przez ósemkę koni, zmienianych dwa razy na dzień. W drodze otulili się każde w swoim milczeniu, rodzice o nic nie pytali, podobnie i on postępował.

W porcie Orjan udał się rozpytać o wolne miejsca na liniowcach, zostawiwszy rodziców i Psa na skraju targu, na co przystali z cichą wdzięcznością. Gdy odchodził z niczym z kapitanatu, pośród tłumu ludzkiego i stert pakunków dojrzał wysoką wieżę żyrafy, postanowił tedy skierować swe kroki ku istocie gatunku, na którym spędził znaczną część najszczęśliwszego roku.

Jakież było jego zdumienie, gdy żyrafa okazała się Hanką. Zgięła nogi w kolanach, żeby najpierw z kolan, a potem już leżąc na boku, polizać go fioletowym językiem. Orjan nie wierzył, że to działo się naprawdę, a wtedy Jacob, giermek Jedwabnego, przywitał się z nim serdecznie.

– Książę opłacił waszą podróż, Orjanie, a nadto podróż Hanki oraz Psa, jeśli czekał on na ciebie i się szczęśliwie odnaleźliście. Zbyszko nakazał również przekazanie listu.

Jacob wręczył mu kopertę z książęcą pieczęcią.

– Statek wypływa, skoro słońce stanie w zenicie. To już zaraz. Idź po rodziców, póki czas. Skoro! – wykrzyknął Jacob.

Po wyjeździe Słomianego Jedwabny zaniemógł na kilka tygodni, słabszy niż niemowlę i tak jak ono pozbawiony daru mowy. Ułożono go nieobecnego na łożu w książęcej komnacie. Brzemienna matka królowa przychodziła dwa razy na dzień i z każdą wizytą słabła w niej nadzieja odzyskania syna.

On tymczasem obudził się pewnego ranka sam sam w sypialni, którą dzielił ze Słomianym, nacisnął brzęczyk i słabym głosem poprosił śniadalnianego o owsiankę z płatkami różanymi.

Stopniowo wracały mu siły, a rana w sercu bliznowaciała.

Uczył się jeszcze pilniej, fechtował zawzięciej, pisał czytelniej. Raz na cztery tygodnie zapytywał u matki, czy aby żaden list nie przyszedł z Zaoceanii. Pani królowa zawsze odpowiadała z przeczeniem.

Jadł zdrowo, rósł prosto, pięknaiał z chłopca na mężczyznę. Zarost sypnął mu się pod nosem i na policzkach. Okazywał zainteresowanie swemu młodszemu bratu: bawił go i nosił, a gdy trzeba, bronił przed łabędziami. Grzeczny, dobry dla poddanych i zwierzyny Zbyszko wyrastał na idealnego księcia, a matka królowa martwiła się jeno jednym: upłynęły już trzy lata, odkąd Orjan opuścił królestwo, Zbyszko zaś nadal co cztery tygodnie dopytywał o korespondencję. Odpowiadała jak wcześniej i zawsze: – Nic nie przyszło, mój drogi synu księciu. – Raz czy dwa zamyśliła coś dodać, wszakże zawsze wstrzymywała się z językiem na czas.

Pewnego razu przejazdem zatrzymała się księżniczka z nieistotnego królestwa, leżącego tak daleko, że u nich nie miało nawet nazwy. W czas powitalnej audiencji Zbyszko po raz pierwszy uczuł dawne drgnienie serca – to było jakby z nagła odnaleźć coś, o czym się nie wiedziało, że było zgubionym.

Nosiła prosty szary strój, obrębiony rubinową nicią, a do tego kolczyki i naszyjnik ze szmaragdów. W gładko upiętych słomianych włosach pobłyskiwała diamentowa chmurka. Nazywała się Alberta Hiacynta, a książę całym sobą czuł, że białogłowę los tu skierował nie bez przyczyny. Najsampierw spodziewał się usłyszeć wiadomość, a gdy nic takiego się nie wydarzyło, posmutniał, zwątpiwszy w swoją intuicję.

Po wieczerzy zaoferował jej ramię do spaceru po pałacowym parku i tak uczynili, a za nimi w stosownej odległości ciągnął tłumek przyzwoitych.

Przystanęli przy rabatkach i spojrzeli sobie w oczy kubek w kubek tak, jak Zbyszko widział na olejach nawieszanych w oranżerii pani matki królowej. Pani matka zrezygnowała z pejzaży na rzecz scenek rodzajowych, jakoś tak mniej ponurych i więcej radosnych.

– Nie umiem nazwać koloru twych oczu, panno Alberto. Raz zdają mi się zielone jak ogrody wiosną, a kiedy indziej oślepiają forsycjami.

Alberta uśmiechnęła się leciutko.

– Nie musisz nazywać. Nie po to przyjechałam. Książę, przyjechałam powiedzieć, że wrócę, żeby cię pogrzebać. Nie bój się rozwłóczonych zwłok. Wszystko się odradza. Ty też odrodzisz się w jakiejś historii i jakimś ciele, jak i ja sama.

Zbyszko sprawiał wrażenie wstrząśniętego. Milczeli w dziwacznym rozżaleniu.

– Jak możesz to wiedzieć? Dlaczego miałabyś mnie grzebać?

– Mam sny na jawie. Okropne sny. Okrutne.

– Teraz też śnisz?

Alberta spuściła wzrok, a Zbyszko jej nie pospieszał.

– Tak, Zbyszku. Śnię.

– Opowiedz mi. Gdy opowiesz, złe odejdzie.

– Widzę przed fosą tłum ludzi z pochodniami. Przepełnia ich strach i wściekłość. Widzę, jak z pałacu ucieka pani królowa na jednorożcu. Ma poszarpaną suknię, a po jej policzku płynie krew. Och, nie rozkazuj mi mówić dalej, proszę!

– A czy mnie też widzisz w twoim śnie na jawie?

– Tak, książę.

Nie minął tydzień od wyjazdu księżniczki, a po kątach, zaułkach i szmeralniach dawało się półsłyszeć lub wręcz niedosłyszeć słowa niesłyszanego od dawna.

Śniadalniany zachorował, dlatego jego miejsce zajął jeden z pomiatywańców. Skosztowawszy niewiele, i to wyłącznie owsianki, Zbyszko rozkazał naszykować kosz pełen frykasów, a w dzbanach lać przedniego wina i wody z orzeźwiającymi ziołami. Tak wyposażony odwiedził śniadalnianego. Pomieszczenie nie oszałamiało przepychem, urządzone jednak zostało ze smakiem. Sługa spoczywał pod pierzynami. Na widok księcia zdumienie odmalowało się na jego twarzy. Delfin następca ustawił koszyk i trunki na stoliku u wezgłowia.

– Dzień dobry, mój śniadalniany. Dziś to ja przyniosłem ci śniadanie. I dziękuję ci za wcześniejsze. Zawsze były wspaniałe.

Śniadalniany uśmiechnął się, a naraz zakłopotał. Jęknął, usiłując oprzeć się o poduszki, by przybrać godniejszą postawę, a książę musiał mu w tym pomóc.

– Wasza wysokość, nic mi nie jest. Drobna niedyspozycja. Jutro, najdalej pojutrze podejmę swoje obowiązki.

– Oczywiście, mój śniadalniany, lecz teraz jedz.

Młodzieniec nałożył na talerz najmiększą bułkę, przekroił ją, posmarował osełką, na tak przygotowane zaś sandwicze dołożył sufletu z tuczonych sikorek. Sługa sięgnął po jadło, okazało się wszak, że nazbyt osłabł: nie zdołał donieść jedzenia do ust.

– Spokojnie, mój dobry człowieku. Zaraz temu zaradzimy.

Zbyszko pokroił kanapki na jeszcze mniejsze kąski i wkładał jeden po drugim w usta śniadalnianego, który przeżuwał mozolnie, popijając je podaną przez księcia wodą i łzami.

– Nie płacz, mój dobry człowieku. Nie płacz. Nie jesteś sam, a sól, wiesz to najlepiej, szkodzi potrawom. Wszyscy jesteśmy razem. Razem, rozumiesz?

Mężczyzna nic nie odparł.

Wzruszenie i niemoc uwięziły mu głos w krtani.

Jak to do pomyślenia, że dziś książę mu usługuje? Czy to prawda? Czy wypada księciu tak postępować i czy to jest dobre dla królestwa?

– Śniadalniany, nigdy nie poznałem twego imienia. Jak się nazywasz?

– Tyr, mój panie – zamierzał coś jeszcze dodać, uzupełnić, zamiast powiedział po prostu: – Książę jest taki dla mnie wspaniałomyślny.

– Już dobrze. Teraz się zdrzemnij, dobry Tyrze.

Zbyszko widział, jak sługa posłusznie zapadł w sen. Stało się to nagle, jakby rzucił się z wieży w otchłań nieświadomości. Przypomniało mu się, że tak niegdyś zasypiał on sam przy Orjanie.

Weszli medyczni i nie budząc śpiącego, wolniutko odjęli pierzyny.

Oczom Zbyszka ukazało się nagie ciało w przepasce biodrowej. Na lewym udzie i po prawie całym tułowiu wykwitły fioletowo-granatowe guzy i guzki, tworzące na skórze wypukłe mapy galaktyk, których nikt nie zechciałby odwiedzić. Nie wiedzieć czemu wyciągnął dłoń, by dotknąć wybrzuszenia pod prawym sutkiem. Było suche i szorstkie jak zwykły strup.

Musnął opuszką raz jeszcze tę dziwaczną strukturę, a wtedy skorupa pękła i wyciekła z niej ciemna ciecz o bagiennej woni.

Chorzec ocknął się w straszliwym skowycie.

Twarz zastygła mu w wyrazie złego zdziwienia.

Otwarte usta przykleiły się do dziąseł.

Zbyszko zauważył mięso na torsie i gwałtownie odwrócił się od łoża.

Z trudem powstrzymał wymioty. Tyr odgryzł sobie kawał języka.

– On nie żyje, wasza wysokość – dopowiedział medyczny z głębokiej potrzeby oddzielenia żywych od śmierci albo i ze strachu.

– Nie on. Tyr. Tyr nie żyje.

Do końca tygodnia zmarło troje służących, a zachorowało najmniej siedmioro.

Ojciec król zwołał sekretną naradę, na której zażyczył obecności księcia delfina.

Naczelny medyczny uświadomił, że nadal braknie wiedzy, jak kurować chorców ani w jaki sposób plaga roznosi się pomiędzy człowiekiem a człowiekiem. Rozsądek jednako dyktuje ścisłe odizolowanie cierpiących od zdrowych, a nadto najbezpieczniej byłoby palić zwłoki, a także wszystko, czego dotykali w swych rozpaczliwych dniach ostatnich.

Główny tradycyjnik wypowiedział, że stare księgi nie wspominają niczego podobnego. Owszem, zdarzały się pomory i gwałtowne epidemie, mimo to żadna nie odpowiadała temu, co dzieje się tutaj i teraz.

– Posłałem umyślnych w ościenne królestwa, aby rozmówili się z tamtejszymi bibliotecznymi i zaznajomili z obcymi księgami. Kto wie, kto wie, kto wie? – zakończył tradycyjnik pytaniem, które wybrzmiało głucho i grobowo.

Wielki mistrz cienia doradzał zachowanie zdarzeń wiadomych w najgłębszej tajemnicy. Gdyby wieści opuściły mury zamku, nie wiadomo, do czego mogłoby dojść.

– Wybuchłaby trwoga? – zapytał król.

– Nie, mój władco. Ludzki strach mnie nie zdejmuje lękiem. Lęka mnie coś różnego: lud w naszym królestwie prosty, a człowieka prostego nietrudno podburzyć do prędkiej sprawiedliwości. Pierwej zakłują, potem wysłuchają.

– Dobrze – przemówił król. – Starajmy się nadal czegoś wywiedzieć, a tymczasem zalecam utrzymanie zdarzeń debatowanych w najwyższym sekrecie. Niech mistrz cienia tego dopilnuje. Rozpaplajców wtrącać do lochów bez zwłoki i prawa widzeń. Ciała i wszystko, czego one dotykały – spalić dyskretnie. Nikomu nie wolno dowiedzieć się o tej... o tych...

W ciszę, gdy król szukał odpowiedniego zasłoń-słowa, wszedł nieoczekiwanie książę.

– Panie ojcze królu i wy, mądrzy rządzący, z najwyższym uznaniem wysłuchałem waszych rad. Troska o spokój królestwa i jego ludu jest niepodważalna i godna podziwu, zaś decyzje z pewnością okażą się słuszne i dalekowzroczne. Prosiłbym jednak o wysłuchanie niedoświadczonego młokosa, jakim jestem.

Zbyszko przerwał, konsternacji szmery i chrząknięcia przebiegały gardłami starców, póki ojciec król nie zabrał głosu:

– Mów, synu, co masz do powiedzenia.

Książę zaczerpnął oddechu.

– Jak dowodzą starożytne księgi z najdawniejszych nawet dawien, nigdy nie udało się utrzymać plagi za zębami w tajemnicy, dlatego pozwalam sobie sądzić, iż tak będzie i tym razem. A w związku z tym wnoszę, iżby uświadomić poddanych o tym, co zaczęło się dziać. Mają prawo wiedzieć. Takie zachowanie jest słuszne. Jeśli i tak przeznaczeniem ich jest zemrzeć, niech choć dostaną czas na coś dobrego: uczynek albo wyznanie. Tak myślę ja.

Po słowach księcia rozpętała się burzliwa dyskusja pomiędzy radzącymi, a książęcy wywód nie znalazł wielu popleczników. W rzeczy samej osamotniony tradycyjnik skłonny był księciu przyznać rację nie wprost – stwierdził, że konstatacja Zbyszka jest zasadniczo słuszna, gdyż rzeczywiście sekret zawsze nim być przestawał po czasie.

Spory przerwał król. Podziękował synowi za wartościową uwagę, pochwalił za rozsądek i odwagę przemawiania przeciwko większości, po czym utrzymał w mocy swoje uprzednie rozkazy, a nowych nie wydał.

Narada dobiegła końca. Radzący wychodzili jeden po drugim, aż zostali ojciec z synem. Sala nigdy wcześniej nie wydawała się Zbyszkowi tak pusta, ciężka i stara, a przy tym krucha jak cukrowa szyba.

– Mój synu, udzieliłeś dobrej rady. Zaproponowałeś najlepsze rozwiązanie. Jestem z ciebie dumny – król przemawiał zmęczonym głosem.

– Dziękuję, ojcze królu.

– A pomimo to twoja cenna rada nie nadaje się do królestwa. Ona sięga dobrej przyszłości, król zaś musi myśleć o znośnej teraźniejszości. Zbyszku, naszych poddanych zamartwiają bardziej straty z wczoraj, niż obchodzą zyski jutro.

Wozy ze zwłokami oficjalnie ruszyły z zamku jako zaopatrzenie i nowa broń dla dalszych placówek nadgranicznych. Słudzy otrzymali sekretny rozkaz spalenia przerażającego ładunku, jak tylko dotrą przed Belostok. Ileśnaście długich staj od stolicy napadnięto na konwój, a napadywacze ku swemu rozczarowaniu odkryli stare ciała w miejsce spodziewanej broni. Rozrzucili truchła wokół ze złości, a przy okazji sami poddali się zarazie, a poszedłszy rozczarowanie koić ku oberżom i dziewkom, przekazali śmiertelny prezent kolejnym istotom ludzkim, które nie omieszkały ciemnego daru puścić w nieświadomości dalej ku innym.

Nie minęły trzy tygodnie, a plaga drążyć poczęła królestwo jak korniki miazgę i łyko, a do królewskiego majestatu napływała rzeka żalów, rozpaczy i błagań.

Pojawili się również znikąd i dalekich krain kapłani jedynego boga w czerwonych szatach. Oni głosili o przewinach i karze za bluźnierstwo, jakim znajdowali oddawanie czci Panu i Pani, a po niejakim czasie, niepowstrzymani i rozochoceni, zaczęli wspominać o złych porządkach w pałacu – sercu podług nich zarazy. Głosili pokątnie, że król oddał duszę samemu Baalowi, że królowa jada ciasteczka z krwi niemowląt, a książę Zbyszko rozmiłował się w próżnej melancholii. I nic z tego nie jest miłym jedynemu i prawdziwemu bogu. Póki w pałacu plenić się będzie odraza i obraza prawdziwego boga jedynego, póty lud konać będzie w męczarniach i upodleniu.

Wybuchały jak królestwo długie i szerokie zamieszki, niepokoje i pożary z podpaleń.

W czas ostatniej wspólnej wieczerzy Zbyszko pomdlał, a pani matka przypadła ku synowi z troską. Omdlały młodzieniec odsłonił ciało, a na nim widoczne się stały oznaki zarazy: granatowo-bure plamy ściskały książęce przeguby, a i w okolicach szyi pełzła złowroga wstęga.

– Och! Moje biedne dziecko! – wykrzyknęła królowa i prawie sama zemdlała.

Król ojciec wyjechał nazajutrz w niewielkiej świcie. Skierował się do niezdobytej twierdzy Sida, skąd zamierzał władać i gdzie pragnął przeczekać najgorsze. Jego żona odmówiła natychmiastowej ucieczki. Umyśliła pozostać przy synach, co się jej udało na całe dwa tygodnie. Tłuszcza podchodząca, a następnie szturmująca zamek z pochodniami, skłoniła ją do zawezwania jednorożca. A jeszcze odłamek z kartacza ranił ją w policzek. Na jednorożcu z młodszym synem wypędziła z pałacu, myśląc o Zbyszku i krwawiąc po twarzy i w sercu.

Zamek został zdobyty przez buntowników, chociaż po prawdzie nie było wiele do zdobywania. W środku nie ostał się prawie nikt o nieposzlakowanym zdrowiu, a niedługo w ogóle nikt, jako że wszystkich wyrżnięto na zapas. Nie ruszono na razie pałacu, kapłan bowiem Pana i Pani opowiedział o klątwie, która spotyka każdego, kto przekracza pałacową bramę niezaproszony. W taki sposób pałac ocalał nietknięty, a w nim książę Zbyszko i sześcioro najwierniejszych sług, w tym Jacob, zarażeni jak i on.

W toaletce matki królowej Zbyszko odnalazł listy Słomianego. Pisał co miesiąc rokami, opiewając Zaoceanię i śląc dobre słowa nadziei o ponownym spotkaniu. Zbyszko rozpaczliwie pomyślał, że wszyscy go zostawili, a on nie potrafił zostawić wszystkich. Wzruszyły go listy od przyjaciela. Gdyby je przeczytał w czas, kto wie, czy teraz nie przepędzaliby chwil razem w odległej krainie, pływając oceanem pośród wielkich ryb?

Książę przygotował sobie komnatę końcową, zawiesił na ścianach drogie mu drobiazgi z przeszłości i zaległ w łożu, podobnie jak niegdyś śniadalniany.

Gdy otworzył oczy, a nad nim rozkwitła twarz Słomianego, sądził, że wreszcie dostąpił ulgi i śmierci. Po co miałby żyć? Napiętnowany i zohydzony? Sam sam?

– Jedwabny, stanąłem naprzeciw wściekłego i czujnego tłumu samozwańczych strażników. Nie puszczali mnie dalej, aż wyłuskałem spośród nich kogoś wyglądającego na znaczniejszą personę. Mienił się jednym z przywódców milicji sąsiedzkiej, a skórę miał w kolorze dyni. Po długich moich namowach i naradach z przywódcami oznajmił, że pozwolą mi wejść, lecz nigdy nie pozwolą wyjść. I obym dobrze przemyślał decyzję. Och, Jedwabny, decyzja była już przemyślana, gdy wstąpiłem na pokład powrotnego statku! Oni wreszcie rozszczelnili kordon o szparę, abym mógł dostać się do pałacu. Pokazałem twój książęcy pierścień u wrót. Jacob mnie wpuścił na twoje komnaty. Gdy wszedłem, spałeś, mój przyjacielu, a ja dostrzegłem na ścianach oprawione moje pierwsze słowo i pierwsze zdanie. I nagła czułość wezbrała mi w piersi. Pamiętasz: „Jedwabny", i jeszcze: „Jestem sam sam", pamiętasz?

Zbyszko uniósł się na poduszki, podziwiając przyjaciela. Urósł on rozłożyście i pięknie, a strój zdobił go dostatni.

– Słomiany... – zaczął, chcąc coś rzec, lecz sił mu ubyło i skończył na jęk-imieniu.

– Tak, to ja, mój najdroższy i jedyny przyjacielu. Wróciłem z Zaoceanii, aby ci podziękować za dar Ksiąg. Dzięki niemu odniosłem zaoceaniczne sukcesy jako bajarz i bujdziarz. Bajarz tam to ktoś opowiadający, a bujdziarz to ten, kto zapisuje opowieści bajarza, a ja jestem i jednym, i drugim. A moi rodzice pomarli w spokoju i niegłodni.

Zbyszko zapłakał z dumy i szczęścia.

– Nie płacz, najdroższy Jedwabny. Znowu jestem przy tobie jak z dawnych roków.

Zbyszko w odpowiedzi podciągnął koszulę, ukazując atramentowe palce zarazy, a jeszcze podwinąć zdołał nogawkę, a na łydce urosła rafa guzów i guzów na guzach, a z niektórych sączył się cuchnący granat.

Orjan wyciągnął się wzdłuż Zbyszka, po czym przekręcił na lewy bok i patrząc w przeżartą chorobą twarz przyjaciela, słuchał jego opowieści:

– Nawet nie wiesz, jak tu teraz jest i jak cieszę się, miły Orjanie, że nie wiesz tego, bo jesteś mi najbliższy, a najbliższym oszczędzamy bólu.

Zobacz, co się ze mną stało. Albo nie patrz, zwyczajnie wysłuchaj, proszę. Zaraza podbiła moje królestwo i moje ciało. Gdy potrę powieki, wzrastają strupy. Gdy przytrzymam dłoń na piersi, rosną liszaje. Gdy gryzę coś twardego, wypadają mi zęby. Nie wiem, kiedy przyjdzie potrzeba załatwienia się – skorupa cielesna decyduje sama. Kiedy chce, robi to nawet przy innych. Przełyk mam suchy jak żwir. Gorzej słyszę, bo z uszu cieknie mi ropa. Z oczami tak samo – dziwnie cię widzieć tak wyraźnie. Może to łzy...

Słabość nie pozwala mi przejść z komnaty do komnaty ani się odziać, ni rozdziać, ni obmyć, nic.

Straciłem czucie w rękach, a po nogach biegają tabuny mrówek, kiedy w ogóle je czuję.

Wcześniej jednak straciłem więcej niż ciało. Więcej. Wyjechał ojciec, po nim opuściła mnie pani matka z moim bratem. I wszyscy inni. Pozostawiono mnie w pałacu z garstką wiernych, dogorywających sług.

Zza bram słyszę obelgi poddanych. Regularnie wrzucają przez ogrodzenie głowy świń i kurze łapy.

Słomiany, nie zrobiłem nic, żeby zasłużyć na ten los, ale też nie zrobiłem nic, żeby na to nie zasłużyć.

Orjan wpatrywał się w Zbyszka, gdy ten mówił, aż położył mu palec na zgranatowiałych wargach.

– Widzisz, mój jedyny najdroższy przyjacielu, co mam w torbie? – zapytał Orjan i zaczął wyjmować przedmioty. – To jest chusta, którąś upuścił dawno temu, a która doleciała do chałupy, tyś zaś podążył nieświadom za nią. To dlatego rozmarzony zapadłem w sen, ale wcześniej skryłem ją pod podłogą. A to jest porcelanowa figurka wielorybicy i oseska, a to muszla nadmorska. Zebrałem ją dla ciebie na zaoceańskiej plaży. Przyłożę ci do ucha. Posłuchaj morza.

Orjan przytulił konchę do ucha Zbyszka.

– Słyszę szum. I szum w szumach. Nie w mojej głowie, tylko w oddali dalekiej.

– Jedwabny, zamknij teraz twoje drogie oczy, a ujrzysz to, co usłyszałeś.

– Słomiany, boję się, że jak zamknę oczy, to już nigdy ich nie otworzę. Krawędzie sklejają się jak ciasto na pierogi i trzeba nożem je rozwierać, żebym mógł patrzeć. Nie zniosę tego bólu więcej.

– Nie bój się, drogi przyjacielu. Nie bój.

Książę opuścił powieki i rzeczywiście skleiły się jak ciasto na pierogi faszerowane gałkami ocznymi.

– Widzisz?

Jedwabny pozwolił prowadzić się szumowi na skraj lądu, gdzie zatrzymał się i czekał, aż z muszli przy uchu wysączy się ocean wody, a gdy tak się stało, powiedział:

– Słomiany, patrzę na niebieski przestwór, jakby niebo spadło lekko, posrebrzone dziennym księżycem. Jakie to piękne, mój przyjacielu! Jakie piękne!

– Co jeszcze widzisz?

– Widzę... widzę istotę ogromną niczym przewrócona baszta i przy niej bliźniaczą, ale mniejszą, rozmiaru drabiniastego wozu. Przypominają ryby z figurki. Co rusz wypływają na powierzchnię i tryskają fontannami.

– Jedwabny, to właśnie wieloryby. Wieloryby są bardzo rzadkie i powstają, gdy ławice z wieloma rybami łączą się w podwodnym tańcu w jedno. Masz szczęście, że je zauważyłeś. Nieliczni je widzieli.

Słomiany nie znajdował w sobie odrazy, jeno bolesne współczucie i też winę. Winił się, że tak późno podjął decyzję o powrocie.

– Mój przyjacielu, coś złego się dzieje w moim nadmorzu! Woda zaczęła się gotować jak w saganie, a buchająca para jest czarna. Czarna! I kieruje się w moją stronę. Gorąco mi tak bardzo. Chcę ją odepchnąć, lecz ona parzy moje dłonie i mój przełyk!

Słomiany przysunął się najbliżej do Jedwabnego.

– Najcenniejszy przyjacielu, przeprowadzę cię przez ból, nie bój się, nie bój. Zaufaj mi.

– Dobrze. Spróbuję, chociaż to tak straszliwie parzy. Od środka i po wierzchu.

– Jedwabny, musisz poddać się czarnej mgle, zaczerpnąć jej głęboko do płuc. Niech cię wypełni całego. Zrób to!

Książę krzyknął przeraźliwie.

– A teraz, mój przyjacielu, wypatruj w mroku chustki jedwabnej. Czy ją widzisz?

Cisza trwała długo, Orjan zaś czuł, że książęce ciało trawi coraz silniejsza gorączka i przechodziły przez nie potężne dreszcze, które poruszyły strupy, a spod nich wypływały mazie.

– Widzę. Coś jakby widzę... w takim niedowidzie... – cicho wysłowił Jedwabny.

– Pamiętaj, teraz to ty jesteś czarną mgłą, która jest w tobie, i możesz poruszać się tak szybko jak ona. Skieruj swoją wolę i zbliż się do chustki, a potem za nią podążaj.

Zbyszkiem przestały wstrząsać dreszcze, a Orjan zląkł się, iż jego przyjaciel odszedł.

– Słomiany, widzę coś jak zarys złotych wrót z sylwetkami szlachetnych istot, a niektóre są uskrzydlone.

– Dobrze. Teraz musisz dotrzeć do wrót i spróbować je uchylić.

Książę znowu zaczął rzucać się w pościeli.

– Nie ustępują, Słomiany!

Orjanowi łzy nabiegły do oczu. Zacisnął powieki najmocniej, aż do bólu i granatowych plam. A więc wszystko stracone. Wszystko stracone. Wszystko.

– Mój przyjacielu, ja znikam. Wchłania mnie czerń.

A wtedy karty drzwi się przewróciły.

– Orjanie, mogę przejść!

– Przyjacielu, przejdź na tamtą stronę opowieści i poczekaj na mnie. Tam będziesz zdrowy i szczęśliwy. Przejdź i poczekaj. Kocham cię. Taka jest kolej przyjaźni. Pamiętasz?

Ciałem księcia przebiegł jeszcze jeden dreszcz.

Orjan rozszlochał się prawdziwie. Objął przyjaciela i dostrzegł, jak granatowe palce zarazy przechodzą na niego, obejmują i duszą ciało.

Poczuł delikatne dotknięcie na ramieniu. Podniósł obrzmiałe powieki i ujrzał kobiecą postać.

– Nazywam się Alberta Hiacynta, księżniczka z nieistotnego królestwa. Obiecałam Zbyszkowi, że wrócę, aby go pogrzebać. Nie wiedziałam, że nie jego jedynego.

Orjan pokręcił głową, zapytał:

– Poczekasz?

– Tak. Przykro mi. Bardzo.

Objęli się. Przytulili do siebie.

W nocy zmarli ostatnią śmiercią w tym samym momencie, nasłuchując oddechu jeden drugiego, aż do ostatniego nic.

I nie czuli, żeby zawiedli albo przegrali. Zrobili wszystko, co było w ludzkiej mocy. I to musiało wystarczyć. I wystarczyło.

6

Pokój na drugim piętrze kamienicy przypomina splądrowaną jaskinię, a mój chłopak jaskiniowca. Gdy przykuca, zza sterty książek wystaje tylko jego kudłata głowa.

Październik irytująco ciepły, a my potrzebujemy wytchnienia. I porządku. Jesteśmy wykończeni, przypominamy ludzi głównie z wyglądu.

Dzwoni matka. Toczy opowieść długo i zawile. Rozmawiamy regularnie, zazwyczaj o tym, co kto przygotuje do jedzenia. I o dalszej rodzinie również wspominamy, bo ciotki i wujowie przecież jedzą oraz też chorują. Trudno rozstrzygnąć, które menu jest bardziej urozmaicone. Chyba jednak to z chorobami do przebycia.

– I co tam w Belostoku? – pyta machinalnie zza porządkowanych książek.

Milczę.

– No, co? – ponawia pytanie, nie od razu, ponieważ uwagę dzieli pomiędzy mnie a książki. Musi upłynąć czas, żeby przełączył się z jednego porządku w drugi.

– Ojciec w szpitalu – odpowiadam.

Upływają minuty, zanim ta wiadomość przebije się w jego głowie przez dziesiątki tomów.

– Jak to? – pyta, wstając w momencie, kiedy wychodzę do kuchni.

Otwieram butelkę wina. Korek się ułamuje. Wpycham go nożem po wcześniejszym wytrząśnięciu paproszków do zlewu.

On, mój kochany, kładzie mi dłoń z tyłu głowy, jakby nie wcelował z błogosławieństwem.

Z kieliszkiem, nadal w milczeniu, idę do mniej rozbebeszonego pokoju.

A potem rekonstruuję Zbyszkowi historię usłyszaną od matki.

– Ojciec miał wysoką gorączkę, całe czterdzieści stopni. Podałam paracetamol. Myślałam, że to grypa, a wszyscy się pochorowali wcześniej, on tylko jeden nie, to i przyszło na niego, ta grypa, sobie myślę. A jeszcze mało jadł, co do niego niepodobne, a zrobiłam pyzy, a tak je je. Mało też mówił, jak nie on, a normalnie gada i gada głupoty, sam zresztą wiesz. – Naśladuję sposób mówienia mojej matki, zwykle mnie rozbawia i wzrusza, ale nie dziś. – No więc, Zbyszku, gorączka nie spadała drugi dzień. Matkę coś tknęło i zapytała ojca, ilu ma synów. Odpowiedział, że coś tam ma. Wtedy wzięła zdjęcie chrześniaków i podetknęła pod nos. Powiedział, że ładne dzieci. Matka zadzwoniła po mego brata. Ojciec brata nie rozpoznał. Chyba nawet nie wiedział, że moja matka jest jego żoną. Zwracał się do niej w trzeciej osobie. Rozpoznawał tylko Sonię, z którą bardzo się zżył. Zawieźli go na pogotowie. Antybiotyki nie działają. Matka powiedziała jeszcze, że on próbuje wstawać, żeby iść do pracy. Musi skończyć budowę domu. „Jakiego domu? Co ty bredzisz?" – pytała matka. „Domu dla wszystkich. Dla wszystkich domu" – odpowiada ojciec.

– Musisz pojechać do rodziców – mówi mój kochany.

Kiwam głową.

– Zaraz kupię ci bilet – mówi.

Też kiwam głową.

* * *

Z aerodromu odebrał mnie brat.

U bramy naszego domu pierwsza wita mnie Sonia. Oddałem do rodziców na przechowanie. Nie widzieliśmy się ponad rok. Od dawna nie jest niebieska. Utyła i przypomina fokę. Skacze na mnie, potem pędzi wygryźć kępkę trawy i tak w kółko. Skacze i wygryza trawę.

Trwa to dłuższą chwilę, aż nieoczekiwanie siada przede mną, patrzy mi w oczy tymi swoimi brązowymi kamykami i zaczyna piszczeć. Całuję ją po pysku i całuję, a ona piszczy i piszczy.

Matka staje w drzwiach na ganku.

– Synki – mówi, bo brat właśnie do mnie dołączył, odstawiwszy samochód do garażu. – Chodźmy.

I poszliśmy.

* * *

Matka rzeczowo i jasno opowiada o stanie ojca, o punkcji, która potwierdziła boreliozę, jest zrozpaczona.

A potem pyta, jak się czuję, i przeprasza.

Przypomina mi się, że takie samo pytanie zadała, gdy leżałem w szpitalu.

Dziś już za późno, ojca odwiedzimy jutro z samego rana.

Idę do swego starego pokoju, latem przyjemnie chłodnego i ciemnego, ponieważ mieści się na dolnej kondygnacji, w podpiwniczeniu. Opuściłem ten pokój dwadzieścia lat temu, a później wracałem na krótko i coraz rzadziej. W połowie jest taki sam, a w połowie przeistoczył się w składzik rozmaitych słoików z przetworami. Matka przetwarza wszystko, co urosło w zasięgu jej ramion, czy to w ogrodzie, czy w lesie. „Dziesięcioletnie grzyby smakują lepiej niż nowe" – twierdzi z przekonaniem.

Kiedyś lubiłem ten pokój, a teraz wydaje mi się, że kogoś w nim brakuje. Są za to słoiki, których brakowało kiedyś.

Czuję nagłe zimno po całym ciele, jakby owiał mnie lodowaty podmuch. Włoski na przedramieniu się jeżą, a skóra pokrywa gęsią skórką. Moje przedramię wygląda jak oskubane udko. Napawa mnie odrazą. W głowie mam pusto. Próbuję pomyśleć o czymś. O czymkolwiek, żeby tylko nie być mną.

I nie potrafię. Odkręcam słoik z marynowaną papryką i wyjadam cały, a na koniec wypijam wodę i puszczam pawia na dywan.

Do pokoju wchodzi matka. Patrzy i mówi, po prostu mówi:

– Też tak mam – po czym wychodzi.

* * *

Jedziemy do szpitala, jak planowaliśmy. Brat szuka miejsca parkingowego, my z matką wysiadamy przed głównym wejściem. Z frontowej fasady odpada tynk, za to drzwi otwierają się na fotokomórkę. Coś z nimi jest nie w porządku, ponieważ otwierają się i zamykają same z siebie. Matka mówi, że ta fotorzecz najwyraźniej rejestruje również obecność duchów. Pytam matkę:

– Jakich?

Odpowiada, patrząc karcąco:

– No, wchodzących i wychodzących.

Kierujemy się do sali, w której leży ojciec. Po drodze zaczepia nas dyżurna siostra.

– Moglibyśmy pójść do pokoju lekarza prowadzącego? – pyta.

Kładzie dłoń na ramieniu matki. Matka odsuwa się od niej. Ręka siostry spada z ramienia jak ptak od strzału.

Tkwimy nieruchomo, napisani niby na ikonie, a wokół korytarzem suną ludzie. Dwie zasmucone kobiety i ja. I ci pod ścianami.

Przerywam bezruch pytaniem, gdzie leżał.

Ona wykonuje lekki ruch głową i podaje numer sali.

Matka ani drgnie.

Biegnę tam.

Wpadam do sali i widzę łóżko z pomiętą pościelą.

Nigdy ojcu nie powiedziałem, że go kocham. Nigdy. Przyklękam i kładę dłoń na poduszce, powtarzając w kółko: „tatek". Nigdy go tak nie nazywałem.

Wyczuwam ciepło na poduszce. I myślę sobie, że to ostatnie ciepło mego ojca.

Zaczynam płakać.

Wtedy jakiś głos pyta, co robię przy jego łóżku.

– Tatek? – pytam i odwracam głowę.

Nie. To nie on.

Wstaję, a wtedy coś szarpie we mnie. Zaczynam szlochać i rzuca mną bezwładnie na łóżko, jakby ktoś przeciął nitki.

* * *

– Dobrze, że przyjechał – powiedziała matka, a ja zatęskniłem za nim gwałtownie. Dziwne, że nie myślałem o ojcu. Myślałem o Zbyszku. Myślałem, że chciałbym się w niego wtulić.

Sprzątamy naczynia. Dzień wydaje się zwyczajny. Myję wielką salaterkę po sałatce.

– Czy ojciec mnie kochał? – pytam nieoczekiwanie dla siebie.

Nie spodziewam się odpowiedzi. Matka wkłada półmiski do szafki. Wkłada i przestawia.

– Tak – odpowiada.

***

Dwa lata po pogrzebie ojca matka nagle powiedziała:

– Nie mogę sobie jednego wybaczyć. Zawsze jak wracał z lasu, to oglądałam jego ciało. Wiesz, te kleszcze. A wtedy nie obejrzałam. Pokłóciliśmy się i nie chciałam oglądać jego ciała. Myślałam, a niech cię szlag. A tak nie można, synek. Jak się z kimś jest, to oglądać trzeba, nawet po kłótni, póki jest siła, synek.

***

Czasem, gdy śpimy obok siebie, czuję, jakbym wpadł w dziurę powietrzną i spadał. Ciekawe, że nazywa się ją turbulencją czystego nieba, a one są najbardziej niebezpieczne. Nie burzowe fronty ani nagłe kominy powietrzne. Czyste niebo jest niegroźne tylko z ziemi, tam na górze może zabić.

Czasem, gdy leżę obok niego, myślę, że dotarliśmy do takiej dziury, już bez kłamstw, zmyśleń i uników, a czeka na nas większe zagrożenie: bezchmurne życie.

I wtedy mam nadzieję, że spadając, zatrzymamy się tuż nad ziemią.

***

Hen od Warszawy, w zaoceańskiej krainie wybrali się na rejs. Zajęli miejsca na samym dziobie. Zimny wiatr zaczerwienił twarze. Wydawało się, że katamaran dokądś zmierza, ale on tylko wycinał ósemki białą smugą, spieniającą się za rufą. Ocean Spokojny, biegła nim długa, łagodna i gasnąca już martwa fala. Sztorm przeszedł. Błękit zdawał się momentami zielenieć, a wtedy dostrzegało się i tak nieostrą granicę wody i powietrza.

Później spierali się, kto pierwszy dostrzegł fontannę i po której stronie.

Nie oni jedni musieli ją dojrzeć, gdyż statek skręcił i przyspieszył.

Zupełnie niespodziewanie tuż obok wynurzył się ogromny wieloryb, a niedaleko odeń malutki, choć i tak wielki. A dalej zaczęły wybijać kolejne i kolejne fontanny.

Zwierzęta podpływały, żeby wykonać przewrotkę, odsłaniając pasiasto-białe brzuchy, i uderzyć w lustro płetwą rozpiętą jak skrzydło, najpierw jedną, potem drugą, a pokaz kończyło uderzenie ogonem i zniknięcie za kulisami fal.

– Zobacz, one w ogóle się nie boją, one się bawią – mógł powiedzieć któryś z nich.

I tak to trwało: katamaran z pasażerami, otoczony stadem wielorybów, i droga dokądś, choć bez określonego kierunku, za to razem.

Podziękowania

Największy dług zaciągamy u tych, którzy odeszli. Jarosław Iwaszkiewicz towarzyszył mi od pierwszych świadomych lektur. Jego mroczne uwikłanie w siebie i jasna strona, ta, która porządkuje i równocześnie skrywa, są ze mną od lat, wraz z postacią Anny Iwaszkiewiczowej, a ja czuję się zaszczycony takim towarzystwem. I Stanisław Barańczak – jego genialne przekłady sztuk Szekspira przemieniły historię w żywe słowo. Im trojgu zawdzięczam więcej, niż zdołałbym wyrazić.

Wielu przyjaciół okazało nieskończoną cierpliwość, słuchając, czytając i rozmawiając. Dziękuję profesorowi Ryszardowi Koziołkowi za wnikliwe uwagi i profesor Joannie Tokarskiej-Bakir za inspirujące rozmowy i mądrość. Zuzie Gałuszce za czujność na początku mojej drogi w *Miłość*. Dziękuję Michałowi Tomaszewskiemu, Małgorzacie Niemczyńskiej, Izie Klementowskiej, Ani Tomaszewskiej-Nelson, dzielnej Kasi Sawickiej, Adiemu Pi (to nie robot), Miguelowi Nieto i Annie Siemińskiej. Dziękuję czarującemu Krzysztofowi Kiczkowi i jego czarującej partnerce, Barbarze. Weronice Murek za toaletnika. Magdzie Brzezińskiej za dobre i piękne słowa oraz najnowsze, corocznie aktualizowane informacje z kieleckich targów Nekroexpo. Pawłowi Goźlińskiemu za to, że *Dobro* kończy się tylko raz. Mojemu niemieckiemu wydawcy Arturowi Bogdanowiczowi i cudownej tłumaczce, Katharinie Kowarczyk, za entuzjazm. Tomaszowi Fiałkowskiemu za podsunięte lektury.

Dziękuję mojej Rodzinie.

I jeszcze jednej osobie. Gdybyśmy się nie spotkali, nigdy nie zrozumiałbym, że dobro, prawda i piękno biorą swój początek w miłości. Nie byłoby bez Niego tej książki. Jego zaangażowanie i wsparcie dały mi siłę, by dokonało się niemożliwe. Najogromniej dziękuję.

© Copyright by Ignacy Karpowicz
© Copyright for this edition by Wydawnictwo Literackie, 2017

Wydanie pierwsze

Opieka redakcyjna: *Anita Kasperek*

Redakcja: *Waldemar Popek*

Korekta: *Pracownia 12A, Ewelina Korostyńska, Anna Dobosz, Aneta Tkaczyk*

Projekt okładki i opracowanie graficzne: *Przemysław Dębowski*

Na wyklejkach wykorzystano obrazy
Anny Tomaszewskiej-Nelson

Redaktor techniczny: *Robert Gębuś*

Książkę wydrukowano na papierze Lux Cream 90 g vol. 1,8
dystrybuowanym przez ZiNG

Printed in Poland
Wydawnictwo Literackie Sp. z o.o., 2017
ul. Długa 1, 31-147 Kraków
bezpłatna linia telefoniczna: 800 42 10 40
księgarnia internetowa: www.wydawnictwoliterackie.pl
e-mail: ksiegarnia@wydawnictwoliterackie.pl
fax: (+48-12) 430 00 96
tel.: (+48-12) 619 27 70
Skład i łamanie: Scriptorium „TEXTURA"
Druk i oprawa: Drukarnia Pozkal, Inowrocław
ISBN 978-83-08-06410-8

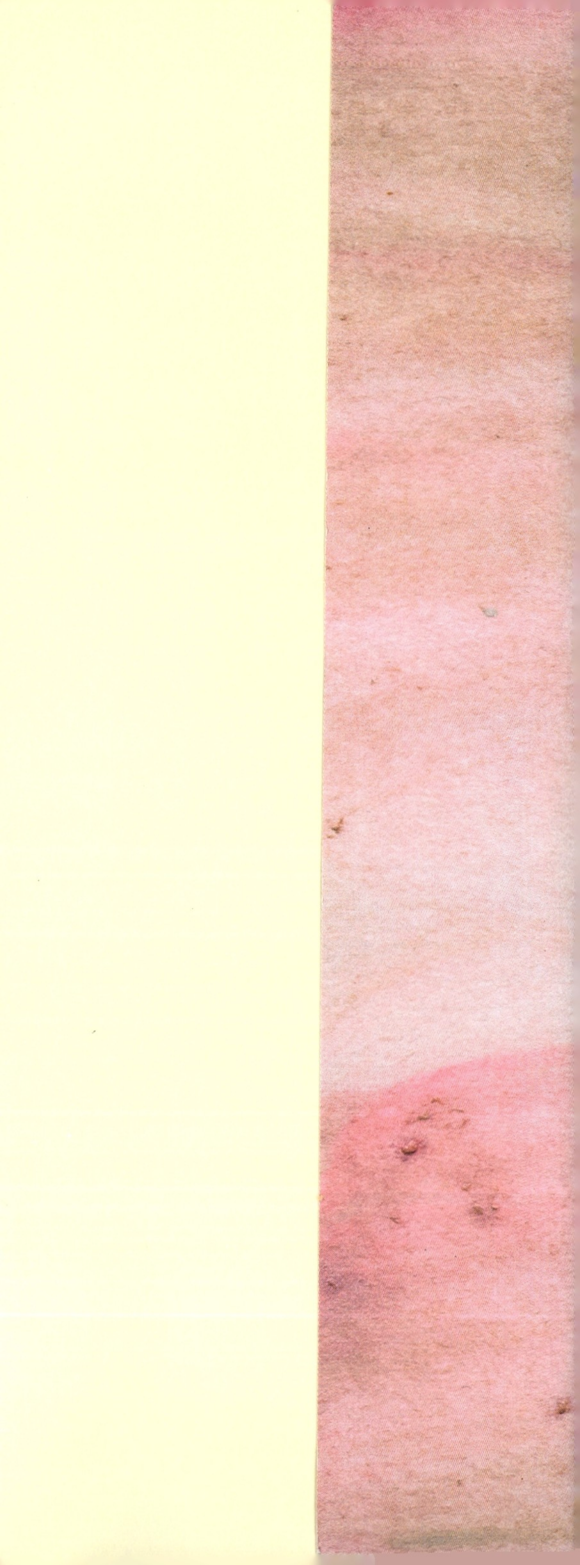